講談社文庫

死刑判決（上）

スコット・トゥロー｜佐藤耕士 訳

JN266057

ジョナサン・ガラッシに捧ぐ

目次　死刑判決（上）

死刑判決（上）

reversible error

〈名詞〉 破棄事由となる誤り：再審理している上訴裁判所が、一審判決を無効にせざるをえないほど重大な法的誤謬《ごびゅう》。第一審裁判所はその判決を破棄するか、審理をやり直すか、さもなければ判決を修正するよう指示される。

●死刑判決　主な登場人物

アーサー・レイヴン
弁護士

ラリー・スタークゼク
刑事

ミュリエル・ウィン
首席検事補

ジリアン・サリバン
元判事

パメラ・タウンズ
弁護士

スーザン・レイヴン
アーサーの姉

ロミー・ギャンドルフ
死刑囚

オーガスタス（ガス）・レオニディス
レストラン店主

ルイサ・レマルディ
空港の航空券発券係

ポール・ジャドソン
殺された男

ジュヌヴィエーヴ・カリエール
ルイサの同僚

ジョン・レオニディス
ガスの息子

アーノ・エアダイ
〈トランスナショナル警備〉の
空港担当責任者

コリンズ・ファーウェル
アーノの甥

ハロルド・グリア
刑事課長

ステュー・デュビンスキー
トリビューン紙の記者

ヌッチア・サルビーノ
ルイサの母親

ダーラ・レマルディ
ルイサの娘

ルーシー
刑務所の看守

ネッド・ホールジー
連邦検事

トミー・モルト
首席検事補代理

第1部　捜査

1

二〇〇一年四月二十日
弁護士と依頼人

依頼人というのはおしなべてそうだが、その依頼人もまた、おれは無実だといった。男は三十三日後に死刑が決まっている。

その依頼人の弁護士、アーサー・レイヴンは、気に病むのはよそうと決めていた。みずから進んで弁護を引き受けたわけではない。十年に及ぶ訴訟の結果、ロミー・ギャンドルフの命を救える確かな論拠は一切残ってないことを裏づけるため、連邦控訴裁判所から押しつけられた任務だ。気に病むのは仕事の一部ではない。

とはいえ、アーサーはやはり気に病んでいた。

「なにかいった？」助手席から若いアソシエイト弁護士、パメラ・タウンズが訊いてくる。いま一度自分自身に正面から向きあったせいで、思わず苦悶の声が洩《も》れたのだ。

「べつに」アーサーは答えた。「負けを前提にしたご指名がいやなだけさ」

「だったら負けなければいいのよ」パメラは満面に明るい笑みを浮かべた。テレビのニュース番組にふさわしい、華やかな美人だ。

二人はいまアーサーの真新しいドイツ車セダンに乗り、街から遠く離れたところを、クルーズコントロールで時速百三十キロ近いスピードで走っている。このあたりは道路が平坦な直線で、ステアリングに触れる必要さえない。トウモロコシの切り株と肥沃《ひよく》な土壌の広がる草原地帯の農地が横を飛びすさり、朝の青白い光のなかで、どこまでもひっそりと続いている。二人は渋滞を避けるため、朝の七時にセンターシティを出てきた。ラドヤードにある州立刑務所で新たな依頼人であるロミー・ギャンドルフと手短かに初顔合わせをすませ、二時には机に戻ろう、アーサーはそう考えていた。もっとも、パメラを昼食に誘うことができれば、戻るのは三時になるかもしれないが。アーサーは隣の助手席に坐っているパメラのことを、あいかわらず意識していた。ふわりと肩にかかった黄褐色の髪。車が数キロ走るごとに、ずりあがったタータン柄のスカートを直すために腿《もも》に伸びるその手。

パメラを喜ばせたいのはやまやまだが、この訴訟に関して希望を口にすることはできない。

「この段階になると――」アーサーはいった。「一審判決の破棄事由となる誤りに該当するのは、無実を証明する新しい証拠しかない。でも、まず見つからないよ」

「どうして断定できるの？」

「どうして断定できるかって？　被告はデイリー・プラネット以外のみんなに自白してるからさ」十年前、ギャンドルフは警察に自白し、つぎに検察官ミュリエル・ウィンに手書きの供述書を提出、最後にはその自白内容をビデオカメラの前で繰り返した。そのたびにギャンドルフは、自分が二人の男と女一人を撃ち殺し、三人の死体をレストランの地下冷凍庫に隠したことを認めている。新聞の抑制された表現でさえ、いまだに〈七月四日の虐殺〉と呼ばれている事件だ。

「でも彼は、電話でずっと無実を訴えてたわ」パメラはいった。「ありえることでしょ？」

七年前にオグレディ・スタインバーグ・マルコーニ＆ホーガン法律事務所で働きはじめる前は検事補だったアーサーにとっては、まったくありえないことだった。だが二十五、六のパメラは、まだ弁護士になりたてだ。無実の被告を救うことは、輝かしい正義に向かってジャンヌ・ダルクよろしく突き進むことであり、ロースクールにいたころ夢にまで見た冒険といっていいだろう。ところが現実はというと、大手法律事務所の職と年収十二万ドルの生活に甘んじている。しかし、夢と現実の両方を実現しようとしてなにが悪い？　人がどんな妄想を抱こうと責めることなどできないのだ。世の中なにが起こるかわからないのだから。

「ロミーの保護観察の記録からわかったんだけど――」パメラはいった。「一九九一年七月五日、ロミーは保護観察中の規則を破ったことに対する懲役を申し渡されてるわ。殺人事件は七月四日の朝早く起こってる。ということは、事件当時刑務所にいたということにならない？」

「彼がある時点で刑務所にいたという証明にはなるかもしれない。でもそれがかならずしも七月四日とはかぎらないよ。それとも、七月四日に拘置されてたことが犯罪記録からわかるかい？」

「いいえ。でも調べる価値はあると思わない？」

十年前なら調べる価値はあっただろう。その当時なら、わざわざ調べるまでもない記録が少なくとも存在していたからだ。それでも連邦控訴裁判所は、ギャンドルフの死刑執行停止を一時的に認める可能性が高く、そのあいだにアーサーとパメラは、この亡霊のような冤罪《えんざい》説に根気強く、無駄足を承知で取り組まなければならないのだ。

これから不毛な時間を費やすのかと思うとむしゃくしゃした気分になり、アーサーはクルーズコントロールバーを少し上に叩いて、大きな車のレスポンスにかすかな満足感を覚えた。この車は、所属する法律事務所でパートナー弁護士に昇格したのを契機に、自分への褒《ほう》美《び》として二ヵ月前に買ったものだ。自分に許したごくわずかな贅沢《ぜいたく》のうちのひとつだが、キーをまわすたび、最近亡くなった父の思い出をないがしろにしているのではと感じるようになっている。愛情あふれる父親ながら、その変人ぶりのひとつに、極端な倹約癖があったのだ。

「これを聞いて」パメラは膝の上の分厚いホルダーからロミー・ギャンドルフの犯罪記録を

取り出して、見出しを読んだ。泥棒にして、故買屋。六件もの前科があり、その内訳は強盗、窃盗、盗品所持数回。「でも銃を使った犯罪はないし、暴力行為もない。女性の被害者もいない。そんな人間が、ある日突然レイプ魔と人殺しに豹変すると思う？」

「エスカレートしたのさ」

視野の隅で、パメラの口が一瞬への字に曲がるのが見えた。二人きりのチャンスを、アーサーのほうからぶちこわしにしてしまっている。いつものパターンだ。いったい自分のどこが悪くて三十八になってもまだ独身なのか、アーサーにはほとんど心当たりがない。ルックスが問題のひとつであることはわかっている。十代のころから中年のように覇気がなく、血色の悪い顔だった。ロースクール在学中にルーマニア系移民のマージャと結婚し、傷つけあってすぐに別れた。そのあとしばらくは結婚生活を新たにはじめる気になれず、その時間もなかった。ひたすら法律に打ちこんだのである。すべての訴訟に怒りと情熱を注ぎこんで、週末も夜もなく働き、むしろ仕事に専念できる週末や夜の孤独な時間に喜びを覚えたほどだった。父の容態が悪くなっていったことや、精神に病を持つ姉スーザンの今後が気がかりなことも、結婚を何年も頭から遠ざけてきた要因だった。しかしいまは、パメラが好意を抱いてくれている兆候が少しでもないかと懸命に探している自分が、なんとも愚かしく情けない。パメラとうまくいく可能性など、パメラのいうギャンドルフが無罪になる可能性と同じくありえないのだ。どちらに関しても期待を戒める必要があると、アーサーは感じていた。

「いいかい。ぼくらの依頼人ギャンドルフ――ロミーは、早いうちから何度も自白してるだけでなく、法廷に出たときも、弁護の根拠は心神喪失だった。つまり弁護人は、ロミーが犯人だと認めたってことさ。その後十年のあいだに数々の上訴、有罪判決に対する非常救済申し立て、人身保護手続きが行なわれて、弁護団が二度も総入れ替えしたにもかかわらず、ロミーを犯人じゃないとする結論にはだれ一人至らなかった。ロミー自身、自分はやってないと思い出したのが、死刑用の注射針を打たれようって日の四十五日前ときてる。ロミーがぼくらの前の弁護士たちに無実を訴えたと思うかい？〝新しい弁護士には新しい話を〟――服役囚ならだれだって知ってるゲームさ」

アーサーはにっこり笑って、いかにも世事に長《た》けているように見せたが、じつをいえば、犯罪被告人のごまかしには慣れたためしがない。検事局を去って以来、たまにしか被告側弁護人を演じたことがなく、しかもそれは事務所が顧問をしている法人企業かその社長あたりが、財務操作の容疑をかけられたときだけである。アーサーが日々民事訴訟者として生きている法律の世界は、比較的整然とした幸福なものであり、検察側と弁護人はまともに取り組むのを避け、係争点も単なる経済的問題にすぎない。一方で検察官としての数年は、洪水によるる浸水で大腸菌や汚水がほとんどすべてを腐らせてしまった地下室を、毎日掃除するよう命じられたようなものだった。権力が腐敗しているといわれるが、その言葉は邪悪なものにも同じように当てはまった。邪悪もまた腐敗していた。ひとつのねじれた行動、あるいは、ほとんどの人に想像できるはずの限度をあっさり超えてしまう不気味な精神病理――たとえば自分の赤ん坊を十階の窓から放り投げる父親、教師に無理やり合成洗剤を飲ませる元学生、アーサーの新しい依頼人のように、三人を殺したばかりか死体のひとつを屍姦《しかん》する男――そういった残虐行為からの〝逆流〟は、近づいたすべての人を汚染する。警官もしかり、検察官や被告側弁護士、判事もしかりだ。このような残虐性に正面から向きあって、法に求められる公平無私な態度を維持できる者などいやしない。教訓がひとつだけある。ものみな壊れる、だ。アーサーは、自分がいつ混沌に呑みこまれるかわからないその領域に、戻りたい気はさらさらなかった。

十五分後、目的地ラドヤードに到着した。中西部にありがちな小さい町で、中心街には煤《すす》の染みが残る黒っぽい建物が数軒と、各種農業機械を置いてある波板状のプラスチック屋根が載ったブリキの格納庫がいくつかある。町はずれではショッピングモールや建売住宅が並ぶミニ郊外化が進行中であり、これらの経済的安定をもたらしてくれたのが、この町のめずらしい基幹産業――刑務所だ。

メープルの並木や小さな木造家屋が映画のセットのように建ち並ぶ通りの角を曲がると、そのブロックの突き当たりに、その施設がいきなり、ホラー映画でクローゼットから飛び出してくる怪物のように目の前にそびえ立った。窓が少ないうえに狭いことで悪名高い黄色のレンガ棟が、八百メートルほど不規則に連なり、その構造物が、中世から生き延びてきたかのようなどっしりした古い石造建築物を囲んでいる。周辺には高さ三メートルのレンガ壁、そしてステンレス鋼のスパイクが突き出た砂利の濠《ごう》が設けられ、その向こうにはさらに、剃《かみ》刀《そり》の刃がついて直径一・五メートルのコイル状になった鉄条網を有するチェーンリンク・フェンスが、日射しを浴びてぎらついていた。

看守所でサインしたあと、使い古したベンチに案内され、ロミーが連れてこられるまでの長い時間そこで待たされた。そのあいだにアーサーは、ロミーの手紙を読み返した。連邦控訴裁判所でさまざまな仲介者の手を渡り、アーサーのもとに届いたものだ。殴り書きしたような文字に、いろんな色でマークしてあったり表記が入り乱れていたりで、子どもじみたとさえ呼べないほどメチャクチャな書き方である。この手紙を見るだけで、ロミー・ギャンドルフがどれほど必死か、またどれほど頭がいかれてるかが一目瞭然だった。

判事さま

わたしはいま、身におぼえのないつみで死刑囚かん房にいます。みんなは、もう上告しつくしたといってるけど、これだけむじつなのに結果はサンザンでした。わたしのゆうざいはんけつに対するきゅうさい申し立てを、州にてい出したわたしのべんご士たちは、れんぽう法によってもうわたしのべんごはできないといってる。どうしたらいいんですか？　死刑の日は5月23日にせまってるのに！！！　人身ほご命令が出なければ刑のしっこうは停止してもらえません。でもわたしにはそれを勝ち取ってくれるべんご士がいない。どうしたらいいんですか？　そっちにわたしを助けてくれる人はいないんですか？　このままじゃわたしは殺されてしまう。だれもキズつけたことなんかないのに。この事件でも、ほかに覚えてるかぎりでも。助けてください。わたしはいままでだれも、一人も殺してません！！！

連邦控訴裁判所は人身保護法のもと、ロミー・ギャンドルフの手紙を一連の救済申し立ての一部として扱う命令を出し、公選弁護人を任命した。それがアーサーだった。判事たちは魔法の杖を適当に振って、いやがる蛙を——ただでさえ仕事に追われている弁護士を——口やかましいだけで金を払わない新しい依頼人のために尽くす無料奉仕の王子に変身させるのだ。訴訟規則上、これを引き受けないわけにはいかなかった。今回の任命は名誉なことなのだと考える者も、なかにはいるかもしれない。法廷が評判の元検察官に、死刑囚の最期の儀式にふさわしい法的尊厳を添えるよう頼んでいるからだ。だがそれは、すでに限度を超えた多忙な生活に厄介事を増やすようなものでしかなかった。

ようやくロミーの名前が呼ばれた。アーサーとパメラは控えの部屋でボディチェックを受けたあと、看守に案内されてなかに進んだ。数ある電気ボルト錠の一番最初の錠が開けられ、背後で防弾ガラス扉と鉄格子が固く閉ざされる。アーサーが前回この刑務所のなかに足を踏み入れたのは何年も前のことだが、ラドヤードらしさはまったく変わっていない。だが手続きはちがう。たしか記憶では、手続きは数日おきに変わるはずだ。州議会、州知事、刑務所当局といった管理側は、所内の規律の向上、禁制品の持ち込み阻止、ギャングたちの取り締まり、ベテラン詐欺師である服役囚たちの詐欺行為防止に、日常的に取り組んでいるのだ。来るたびに記入書類が新しくなり、お金、鍵、携帯電話など、所内への持ち込み禁止品を置く場所もいつも新しくなっている。通るゲートやボディチェックのやり方も、毎回ちがっていた。

けれども所内の雰囲気、空気、人間——これらは永遠に変わらない。塗装は新しく、床もピカピカだ。無理もない、好きなだけきれいに磨けるのだから。だがこれだけ狭い場所にこれだけ多くの服役囚が詰めこまれ、どの監房のトイレも開放式とあれば、汚物の臭いや饐《す》えた体臭に空気が汚染されてしまう。アーサーはひと息吸っただけで、何年も前と同じように吐き気がしてきた。

レンガ腰壁の廊下を進むと、緑色の金属扉が近づいてきた。扉には一言、〈死刑囚棟〉と記されている。アーサーとパメラはなかに入り、弁護士室に通された。正確には一部屋ではなく二部屋であり、幅約一・五メートルの腰高壁とガラスによって仕切られ、さながら銀行のドライブスルー窓口といった殺風景なたたずまいで、仕切りガラスの下には、書類をやりとりできる金属製の引き出しがついている。弁護士—依頼人間の秘匿特権を侵しているにもかかわらず、刑務所当局は、看守を服役囚側の隅に立ち会わせる権利を勝ち取っていた。

仕切りガラスの向こう側には、ロミー・ギャンドルフがいた。ぼさぼさ頭で茶色い肌の亡霊、といった感じだ。死刑宣告を受けた服役囚だけが着るだぶだぶの黄色いジャンプスーツに身を包んでいる。手には手錠がかかっているため、弁護士と会話するには両手を一緒に伸ばして受話器を取らなければならない。アーサーは自分の側の受話器を自分とパメラのあいだに持って、交互に自己紹介した。

「あんたたちがはじめての本物の弁護士だ」ロミーはいった。「いままではみんな州の公選弁護人だったんだ。本物の弁護士がついてくれたからには、チャンスがあるかもしれねえ」ロミーはガラスに身を乗り出し、自分の苦境について説明しはじめた。「つぎの死刑はおれの番だ。知ってたかい？　みんながおれをじろじろ見はじめてる。じきに死ぬからにはなんか様子がちがってるんじゃねえかっていいたげにな」

パメラはすぐに書類の文章に身をかがめ、励ましの言葉をかけて、今日は刑の執行停止を勝ち取るつもりよ、といった。

「ああ。おれは無実だからな。おれはだれも殺しちゃいねえ。なんだったらDMAテストでもやってくれってんだ」このごろは猫も杓子《しゃくし》も真っ先にDNA鑑定を思い浮かべるが、ロミーに関してそれが行なわれる可能性はない。犯行現場には犯人の特定につながるような証拠が——血液、精液、毛髪、皮膚の一部、唾液さえ——一切残されていなかったと、警察はいっているからだ。

するとロミーは、いきなりパメラに顔を近づけて、じっと見つめた。

「あんた美人だな。電話の声のとおりだ。おれたち、結婚したほうがよかないか?」

パメラはにっこり笑ったが、すぐにその笑みが翳《かげ》った。どうやら冗談でいっているのではないらしいとわかったからだ。

「人は死ぬ前に結婚すべきだろ? いい考えだと思わねえか?」

うれしいね、ライバル登場だ、とアーサーは思った。

「あんたとおれで一緒になれば——」ロミーは続けた。「夫婦生活が楽しめるぜ」

パメラが硬直していることからして、どうやらこのあたり、彼女が思い描いていた英雄的な弁護士活動とは勝手がちがうようだ。この面会をどうはじめたらいいか迷っていたアーサーはすぐに、ロミーに死刑を宣告したジリアン・サリバン判事の一九九二年の判決と収監命令を、大きな声で読みはじめた。

「オーガなんだと? だれだ?」ロミーが訊いてきた。

「オーガスタス・レオニディス」

「おれの知ってるやつか?」思い出そうとして閉じた瞼《まぶた》が、ぴくぴく動いている。

「三人のうちの一人だよ」アーサーはすぐに教えてやった。

「なんの三人?」

「検察側がきみが殺したと主張している三人さ」きみが殺したと自白した三人だ、とアーサーは頭のなかで訂正した。しかし、いまはそこまで細かくやる必要はない。

「ふーん、覚えがねえなあ」ロミーは首を振った。まるでつきあいでもすっぽかしたようなとぼけた口ぶりだ。ロミー・ギャンドルフはじきに四十代になる。白目の部分が黄色くくすんで、どこから見ても生粋のアメリカ人といった感じだ。現代用語でいう〝黒人〟だが、白人といってもインディアンといっても、あるいはヒスパニックといっても通るだろう。髪はぼさぼさで伸び放題、歯が何本か抜けているが、醜くはない。ただ、狂気が彼の内部を食い尽くしたかのようだ。光のそばで激しく飛びまわる虫のようにロミーの目がきょろきょろ動くさまを見ているうち、アーサーは、前の弁護士たちが精神障害の線で弁護しようとした理由がわかる気がした。「頭がおかしい」という言い方を人はよくするが、ロミーはまちがいなくそうだ。いや、それ以上に社会病質者である。境界性人格障害か、あるいは完全な統失調症かもしれない。だが正気まで完全に失ったわけではなく、善悪の区別がつかないほど羅針盤が狂ってしまったわけでもない。そしてその善悪の区別をつけることこそが、法律によって弁護側に求められているものだった。

「おれは人殺しなんかするような人間じゃねえ」後知恵で思いついたように、ロミーはいった。

「だがきみは、三人を殺害したことで有罪になった――オーガスタス・レオニディス、ポール・ジャドソン、ルイサ・レマルディだ。三人を銃で撃ち殺し、死体を地下の冷凍庫に運びこんだことになってる」検察はさらに、ロミーがルイサの死体を屍姦したと主張した。ロミーは羞恥心からか、その部分は頑として認めようとしなかった。だが陪審団なしでこの事件を審理したサリバン判事は、その行為も含めてロミーを有罪としたのである。

「そんなの知らねえよ」それっきりこの話題を終わらせようとするかのように、ロミーはそっぽを向いた。精神を病んだ姉を持つアーサーは、ロミーの視線を引き戻すため、仕切りガラスをトントン叩いた。ロミーや姉スーザンのような人間とコミュニケーションを取るときには、視線を引きつけておかなければならない場合があるのだ。

「ならこれは、だれが書いたんだい？」アーサーは穏やかな口調で質問し、ロミーの手書きの供述書をガラスの下の引き出しに入れて押しやった。すぐさま看守が椅子から立ちあがり、供述書を一枚ずつ裏表確認してなにか隠してるものがないか調べる、といった。確認が終わると、ロミーはしばらく供述書をめくってながめていた。

「株についてどう思う？」おもむろにロミーは訊いてきた。「株を持ったことあるかい？どんな感じだ？」

かなりの間《ま》を置いてから、パメラが株取引の仕方について説明しはじめた。

「いいや、おれはあんたの株のことを訊いてるんだ。どんな感じだ？　もしここを出られたら、株を買ってみてえなあ。そうすりゃテレビで出てくるあれもわかってくる。ほら、〝四半期〟とか〝ダウンジョーンズ〟とかあるだろ。ああいう言葉の意味がわかるってもんだ」

パメラは企業所有の仕組みについてさらに説明を試み、ロミーはいちいちうなずいていたが、すぐに気持ちがそれはじめたのは見ていてわかった。アーサーはロミーが持っている紙をもう一度指さした。

「検察側はきみが書いたといってる」

ロミーの淀《よど》んだ目がふと紙に落ちた。

「おれもそう思ってたんだ。こいつを見ながら、おれの字だといったような気がする」

「その紙には、きみが三人を殺したと書いてあるぞ」

ロミーは一枚めの紙に戻った。

「ここに書いてあるな。しかし、どうもおれにはさっぱりわからねえ」

「真実じゃないと？」

「そういわれても、ずいぶん前のことだしなあ。いつ起こった事件だ？」アーサーが教えてやると、ロミーは背もたれに寄りかかった。「おれはそんなに長くここにいるのか？　いってえ何年かかればすむんだ？」

「警察でこの供述書を書いたのか？」アーサーは訊き返した。

「警察署のなかでなんか書いたのは覚えてる。それが法廷に出されるもんだなんて、だあれも教えちゃくれなかった」もちろんファイルのなかのミランダ法のくだりにはロミーの署名があって、ロミーがするいかなる供述も法廷で不利な証言として扱われる可能性があることを、ロミー自身が了解している。「それに、そんなんで死刑になるなんて聞いてねえよ。たしかだ。あるおまわりからいろいろいわれて、それを書いたことはある。だがこんなことを書いた覚えはねえ。おれはだれも殺しちゃいねえんだ」

「だったらなぜそのおまわりがいってることを書いたんだ?」

「だっておれ、クソ垂れちまったし」この事件で比較的争点となる証拠のひとつは、ロミーがズボンのなかで大便をしてしまったことだった。事件を担当した刑事ラリー・スタークゼクが、ロミーを尋問しはじめた矢先のことである。裁判では検察側がロミーの罪の意識のあらわれとして汚れたズボンを提出、証拠として採用された。その汚れたズボンは、ロミーの度重《たびかさ》なる控訴において目立った材料のひとつとなり、どの法廷でも、含み笑いなしに言及されることはなかった。

刑事のラリーが暴行を加えたり、あるいは食事や飲み物を与えなかったり、弁護士を呼ばなかったりしたのかいと、アーサーは訊いてみた。明確な返事はなかったものの、そのような状況はなかったらしい。ただし自分が詳細に書いた供述書は、まったくのでたらめだ、というわけだ。

「一九九一年七月三日にどこにいたか覚えてる?」パメラが訊いた。ロミーの目が、さっぱり理解できないといいたげに大きく見開いた。パメラは刑務所にいたかどうかと訊き直した。

「ここに入れられる前は、本格的なムショ暮らしなんかしたこたねえよ」どうも自分の性格が問題になっていると思いこんだようだ。

「そうじゃない」アーサーはいった。「この殺人事件が起こった時刻に刑務所に入ってた可能性はないのかと訊いてるんだ」

「だれかがそういってるのか？」ロミーは内緒話でもするように身を乗り出して、ヒントを待った。ようやく呑みこめたとき、ロミーは短く笑った。「だったらいいんだがな」初耳だったのだ。だがその後のロミーの話によると、当時はしょっちゅう警察に捕まっていたらしく、パメラの説をしっかり裏づけるには至らなかった。

　ロミーは有利になりそうな材料をなにひとつ持たない一方で、この面会のあいだ、検察側の主張をことごとく否定した。彼を逮捕した警官たちは、女性被害者ルイサ・レマルディの所持品であるカメオのネックレスをロミーのポケットのなかから見つけたといっているが、ロミーはそれも嘘っぱちだと一蹴した。

「おまわりたちはとっくにあのネックレスを持ってたんだ。この件でパクられたときにおれが持ってたんじゃねえ」

　そこでアーサーは受話器をパメラに渡し、ほかに質問したいことはないかいと訊いた。ロミーはすでにファイル上で明らかになっている悲しい経歴を、彼らしいエキセントリックな表現で披露《ひろう》した。十四歳の母親はロミーを不義の子として身ごもり、妊娠中もずっと酒びたりだった。しかも産んだ子を好きになれず、ロミーをデュサーブルにいる父方の祖父母のところへやってしまった。罰こそが宗教の勘所だと思っているファンダメンタリストの祖父母だ。ロミーはかならずしも反抗的な子どもではなかったが、変わった子だった。発達障害と診断され、学校でも遅れを取った。それから非行に走りはじめた。盗みは幼いころからやっていて、薬物にのめりこんだり、ほかのクズどもとつきあうようになったりした。ラドヤードは、肌の色が白だろうと黒だろうと茶色だろうと、ロミーのような人間であふれかえっていた。

かれこれ一時間以上話したところでアーサーは立ちあがり、パメラと力をあわせてベストを尽くすと約束した。

「今度来るときはウェディングドレスを持ってきてくれよ、な?」ロミーはパメラにいった。「ここにも牧師はいるんだ。うまくやってくれるって」

ロミーも立ちあがると、看守はふたたびサッと立ちあがり、手錠と足枷《あしかせ》につながっている腰まわりの鎖をつかんだ。仕切りガラスを通して、ロミーの饒舌なおしゃべりが聞こえてくる。この人たちは本物の弁護士だぜ、彼女、おれと結婚してくれるってよ、この人たちはおれをきっとこっから出してくれる、なんてったって無実なんだからな。どうやらロミーを気に入っている様子の看守は、寛大に微笑み、ロミーに振り返っていいかと訊かれてうなずいった。ロミーは手錠をかけられた両手のひらをガラスに押しつけ、仕切り越しに大声でこういった。

「ここに来て、おれのためにいろいろとやってくれてありがとうよ。心から礼をいうぜ」

アーサーとパメラは案内されて、無言のまま刑務所の外に出た。外の自由な空気のなかに戻ってアーサーの車に向かって歩きながら、パメラはほっとしたように華奢《きゃしゃ》な肩をまわしている。予想どおり、いまだにロミーを本気で弁護する肚《はら》らしい。

「彼が人殺しに見える？　たしかに変人だわ。でも人殺しって、ほんとにああなの？」

なかなか見どころがある。腕のいい弁護士だ。彼女がこの件に進んで協力を申し出てくれたとき、まだ経験が浅いからたいして役に立たないだろうと思った。それでも申し出を受け入れたのは彼女を落胆させたくなかったからだが、パメラが美人でだれともつきあっていないことも大きな要因のひとつだった。おまけにいま才能があることもわかって、惹《ひ》かれる気持ちはますます強くなった。

「ぼくにも想像のつかないことがひとつある」アーサーはいった。「彼がきみの夫になる姿だ」

「ああ、あれよかったと思わない？」パメラはそういって朗らかに笑った。美人だから、ある程度いい寄られることに慣れているのだ。彼女の前では愚かになってしまう男がそれほど多いということだ。

それからいくつか冗談を交《か》わし、その気さくな流れのなかで、パメラはこうつけ加えた。

「最近は、いい男との出会いが全然ないみたいなんだもの。でもここは——」片手がハイウェイのほうを指し示す。「毎週土曜の夜に通うとなると、けっこうなドライブね」

パメラは助手席側のドアの前に立った。ブロンドの髪を風になびかせて、また軽やかに笑い声をあげている。アーサーは思わずどきっとした。三十八にもなるのに、いまだに自分のなかのどこかに〝影のアーサー〟がいる気がしてならない。もっと背が高くてハンサムで、上品な声の持ち主であると同時に、彼氏のいない現状を訴えるパメラの言葉にうまく取り入って、気軽に昼食に誘ったり、あるいはもっとちゃんとしたつきあいに誘ったりできる屈託のなさを備えた人間だ。だがそんな妄想も、現実世界と接する強固な境界に近づくと、毎度のことながらそこから先へは一歩も踏み出せない。恥をかくのがいやだという気持ちももちろんある。しかし、気軽な感じで誘えたら彼女だって気軽に断われるだろうし、どのみちそうなる可能性は大なのだ。にもかかわらずためらってしまうのは、どんなふうに誘ったところで結局はフェアじゃないと、冷静な頭で考えているからである。パメラは部下であり、事務所内での自分の将来を当然ながら心配している。一方でアーサーはパートナー弁護士だ。なにをするにも職場での上下の関係、上司としての権力が働いてしまうことは否《いな》めない。それを考えると、これまでどおり良識の枠から踏みはずさずにいるほうが気が楽だと思う。だがそういって割り切る反面、女のことになるといつもなにかしら障害があらわれ、思いが実ることのない苦悶から抜け出せずにいる自分が歯がゆかった。

ポケットのなかのリモコンキーを使って、助手席側のドアの鍵を開ける。パメラがセダンに乗りこむあいだ、アーサーは一瞬、駐車場に激しく舞いあがる土埃《つちぼこり》のなかに立ちすくんだ。希望が死ぬのは――完全に死に絶えたわけではないにしろ――いつだってつらいものだ。しかし、つぎに吹き渡ったプレーリーの突風が、今度は空気をきれいにし、町の外に広がる草原から新鮮な大地の匂い、春の芳香を運んできた。愛が――その甘くすばらしい可能性が――胸のなかで完全な旋律のように響き渡る。愛！　アーサーは自分が失ったチャンスによって、なぜか気分が浮き立つのを感じた。愛！　そしてその瞬間、はじめてロミー・ギャンドルフのことで疑問が湧いてきた。彼が本当に無実だとしたら？　それもまた、愛と同じくらい甘美な想像だ。もしロミーが無実だとしたら！

いいや、そんなはずあるもんかと、アーサーはまた思いなおした。とたんにみずからの生活の重みが気持ちにのしかかってきて、自分の現実をあらわす範疇《はんちゅう》がいくつか頭に甦《よみがえ》ってきた。パートナー弁護士、恋人はいない、父親は死んだ、姉のスーザンはまだ生きている――そのリストを考えながら、自分がずっと望んできた人生、あるいはすでに与えられて当然の生活に、まだ遠く及ばないことをあらためて思い知り、自分の現実へと舞い戻るため、車のドアを開けた。

2

一九九一年七月五日
刑事

　ガス・レオニディスが殺されたことを聞いたとき、ラリー・スタークゼクはミュリエル・ウィンという検察官とベッドにいた。ミュリエルはほかの男と真剣なつきあいをしていると告げたばかりだった。

「ダン・クエールよ」ラリーがしつこくその男の名前を問いただすと、ミュリエルはかつてトマトの綴《つづ》りをまちがえた元副大統領の名前を答えて、こうはぐらかした。「あたしが綴りをまちがえないところに惚れたの」

　うんざりしたラリーは、片方の足で、ホテルのカーペットに脱ぎ散らかした服のあいだからブリーフを探した。爪先がポケットベルに触れたとき、振動を感じた。

「悪い知らせだ」電話を切ったあと、ラリーはミュリエルにいった。「グッド・ガスが死んじまった。二人の客と一緒に銃で撃たれて、遺体が冷凍庫で見つかったそうだ」ラリーはズボンを振って皺《しわ》を伸ばし、行かなくちゃならないとミュリエルに告げた。全員仕事につけという刑事課長の命令だ。

小柄で黒髪のミュリエルは、一糸まとわぬ姿のまま、ごわごわしたホテルのリネンに背筋を伸ばして坐っている。

「検事局の担当はもう決まったの？」

ラリーはそこまで知らなかったが、その質問の意図はわかっていた。ミュリエルが現場に姿をあらわせば、みんなは郡検事局が彼女を送りこんだと勝手に思いこんでくれるだろう。そこがまたミュリエルのいかしたところだ、とラリーは思った。おれと同じくらい現場が好きなのだ。

ラリーはミュリエルに、もう一度つきあっている男の名前を訊いた。

「あたしはただ人生のコマを進めたいだけ」ミュリエルは答えた。「そっちのほうはきっと――けっこう進展するかもしれないわ。結婚だってするかも」

「結婚だと！」

「なによ、病気みたいにいわないで。そういうあなただって結婚してるくせに」

「そりゃそうだが――」ラリーは五年前、二度めの結婚をした。そうするのが妥当だと思ったからだ。妻はナンシー・マリーニ。気だてのいい看護師で、見た目もきれいだし、やさしいし、ラリーの部下たちを悪く思ったりしない。だが最近ナンシーから何度か指摘されたように、ラリーは最初の結婚をだいなしにした原因とはいまも決別できていなかった。あいかわらず女の尻は追いかけまわすし、大人同士の関係といえば、相手は街から掻《か》き集める死体だけ。そんなわけで、二度めの結婚もじきに過去形になりそうな気配なのだが、ミュリエルと一緒にいるときは、自分の問題を口にしたくない。「結婚は災いだというのがきみの口癖だったじゃないか」

「ロッドとの結婚は災いだったわ。でも当時は十九だったのよ」三十四のミュリエルは、夫を亡くしてもう五年以上も独りだった。

週末の七月四日、〈ホテル・クレシャム〉。早い午後で、不思議なくらい静かだ。このホテルのマネージャーには、チェックアウトしようとしない客、ラウンジで客引きをする売春婦といった厄介事を何度か処理してやったことで貸しがある。そのおかげで、頼めばいつでも数時間は部屋を貸してくれるのだ。ミュリエルが鏡のほうへ行こうとラリーの横を通ったとき、ラリーは後ろからミュリエルを抱きしめ、腰をすり寄せて、耳の横のカールした短い髪に唇を押しつけた。

「新しい男は、おれと同じくらい気持ちよくさせてくれるやつか？」

「ラリー、あなたはべつに公立セックス学校の成績が振るわなくて退学させられたわけじゃないの。あたしたち、いつだって楽しんできたじゃない」

二人の関係は、ひと言でいうなら〝戦闘〟だ。ラリーはそれをセックス以上に楽しんでいるかもしれない。二人の出会いはロースクールで、いまから七年前、たがいに夜学に通いはじめたのがきっかけだった。その後ミュリエルは優等生となって、昼間部に移った。ラリーは最初の妻とのあいだにできた息子たちの親権も勝ち取らないうちに辞めることにした。ロースクールにいる理由がなかったからだ。離婚後は気持ちを強く持とうとしたし、酒場に近寄らないようにもした。おまえに警察の仕事は役不足だといってくれた親兄弟の意見を、裏切らないようにさえした。結局、そういう努力の結果得られた最良のものがミュリエルであり、彼女とのたまさかの逢瀬《おうせ》なのだろう。ラリーの人生に女は多すぎるほどいたが、惹《ひ》かれながらもしっくりきたためしがない。セックスのあとでどれほどすばらしかったかと双方でいうが、そこに至るまでの手順にはことごとく悲しい計算があった。だがそれも、ミュリエルには当てはまらない。隙間のある歯、ずんぐりした鼻、排水孔さえもすり抜けられそうなほど細い身体は、たしかに多くの雑誌の表紙を飾るレベルにはない。しかし外見重視で二度も結婚したあと、こうしてミュリエルと一緒にいると、おれは自分を知らなさすぎたと、自分の首の輪縄を締めあげたくなることがある。

ミュリエルが夏のそばかすにパウダーを叩き終わったとき、ラリーはラジオのスイッチを入れた。どのニュース局もすでに殺人事件を報じている。だが刑事課長のハロルド・グリアは、詳細について縛りをかけていた。

「この事件、担当したいわ」ミュリエルが検察官になって三年半、極刑に関わる訴追を任されるにはまだ早すぎるし、そういう裁判で第二、第三の予備検察官になったこともまだない。しかし、そう焦ることはないさといったところで耳を傾けてくれるはずがなかった。ドレッサーの上の鏡のなかから、ミュリエルの黒い小さな目がラリーの姿を追っている。「あたし、歴史が好き。大きな出来事、意義のあることが。小さいころ、母も口癖のようにいってたの。歴史の一部になれって」

ラリーはうなずいた。この事件《ヤマ》はたしかにでかい。

「あのガスを殺《や》るとはな。やったやつは丸焦げにしてやって当然だ。そう思わないか?」

ミュリエルはコンパクトをパチンと閉め、悲しげな笑みを浮かべて同意した。

「ガスはみんなに好かれてたものね」

*

オーガスタス・レオニディスは、三十年以上も〈パラダイス〉というレストランの店主だった。ノースエンド界隈《かいわい》は、彼が店をオープンしてすぐにさびれていき、当時その衰退の最後の砦《とりで》だった市内の小さなデュサーブル空港は、一九六〇年代のはじめごろ大手航空会社から、ジェット機が着陸するにはあまりに滑走路が短いという理由で見放された。それでも無骨な移民の楽観主義に満ちていたガスは、引っ越すことを拒んだ。すでに絶滅した類《たぐい》の愛国者といえた。ここはアメリカだ、「悪い」地域なんかあるはずないだろ? そういって憚《はばか》らなかった。

そんな環境にあったにもかかわらず、ガスの店は繁盛した。八四三号線の東方向からの出口が店の真向かいにあったことと、伝説的な朝食のおかげだった。代表的な逸品は、風船ほどもある大きさでテーブルにどんと運ばれてくる焼きオムレツだ。〈パラダイス〉はキンドル郡の新たな活気の中心となり、だれもが饒舌な店主に熱烈歓迎された。ガスはずっと昔から〝グッド・ガス〟と呼ばれていて、その名の由来が不幸な人々にただで食事を振る舞うせいなのか、あるいは市民活動に熱心だからなのか、それとも感情豊かで陽気な性格のせいなのか、いまでは覚えている者もいない。ただガスは何年ものあいだ、トリビューン紙が行なうキンドル郡の人気投票で、毎年欠かさず名前が挙がっていた。

ラリーが到着したとき、パトロール課の警官たちが、ルーフの回転灯を点灯させた黒白のパトカーで通りを封鎖し、自分たちの存在を必死にアピールしていた。変化に富んだ路上生活者たちと画一的な一般市民たちが、吸い寄せられるように集まっている。七月で、だれもが薄着だ。界隈の古いアパートメント群にはエアコン用の配線が施されていないからである。貧乏たらしく固定剤で髪をストレートにした貧乏たらしい女たちが、自分たちの赤ん坊をあやしながら向かいにたむろしていた。縁石沿いにはテレビ局の報道車輌が数台駐《と》まっていて、中継準備のために立てられたアンテナは、さながらバカでかいキッチン用品だ。

ミュリエルは別の車ですでに到着していたが、レストランの大きな窓の近くでそわそわしながら、ラリーからこの事件に引きこんでもらうのを待っていた。ラリーはふらりと近づいていき、かすかに見覚えがあるようなふりで指をさし、「やあ」と声をかけた。ミュリエルは、着ているものはカジュアルでも、靴だけはミニーマウスなみのピンヒールだ。それは彼女がいつも背を高く見せたがっていることのあらわれだが、ラリーが思うに、形のいい尻を強調するチャンスでもある。持てるものはすべて利用する、というわけだ。彼女の青いショートパンツが風に揺れるのをながめていると、ほかのみんなには隠れて見えない服の下の肢体が思い出されて、ラリーは一瞬ぞくりとした。

店のドアの近くに立っている制服警官二人に、バッジを見せる。なかに入ると、左手のボックス席に、三人の民間人が並んで坐っていた。エプロン姿の黒人男、ベージュのホームドレスを着た憔悴《しょうすい》した様子の中年女、九メートルほど離れたところからでも光っているのが見える、大きなイヤリングをした撫《な》で肩の若者。三人とも、周囲の慌《あわ》ただしい捜査活動とは隔絶した自分たちの世界に浸っているらしい。従業員か家族だろうとラリーは踏んだ。事情聴取を待っているのか、自分たちが質問できるのを待っているかだ。ラリーがミュリエルに合図を送ると、ミュリエルは三人にほど近いところにある、カウンターの前で一列に生えた巨大キノコのような回転スツールのひとつに坐った。

犯行現場には何十人もの捜査員がいたが――そのうちカーキ色のシャツを着た少なくとも六名の鑑識技師が、指紋を採取しているところだ――雰囲気は明らかに沈んだものだった。

ふつうこういう連中が集まった場合、慌ただしい混乱、嗜虐《しぎゃく》的なジョーク、ガヤガヤとした喧噪《けんそう》がつきものである。ところが今日は、四日ある週末のさなかに休日返上で引っぱり出されたため、みんな虫の居所が悪いか眠いかのどちらかなのだ。おまけに謹厳実直を絵に描いたような刑事課長がお出ましだし、犯行そのものも酸鼻をきわめている。

刑事課長ハロルド・グリアは厨房の奥にある小さな事務室にいて、彼に召集をかけられた刑事たちも続々とそこに集まりつつあった。ガスは意外と整理好きだった。机の前の壁には、ビザンチン十字架《クロス》、食品卸会社のヌードカレンダー、それと、おそらくギリシャに里帰りしたときに撮ったのだろう、家族の写真が何枚かかけてある。写真には妻、二人の娘、十五歳ほどの息子が写っていたが、それをかけておくのは、ラリーの知っている多くの男と同じように、一心不乱に働いて商売を軌道に乗せ、家族を養ってきた昔を忘れないためだろう。写真のなかで微笑んでいる、ひだひだのついた水着姿の魅力的な妻は、さっき店の戸口の横に坐っていた、見るも哀れな中年女だった。

ハロルドは片方の耳に指を突っこみ、市長室のだれかに電話で状況を説明している最中で、室内の刑事たちはそんなハロルドを見ていた。ラリーは様子を訊くためダン・リプランツァーのほうへ行った。一九五〇年代の不良少年風に油で髪を撫でつけたリプランツァーは、今日も隅のほうにぽつんと立っていた。いつもながら七月だというのに冷たい感じで、換毛期の鳥よろしく自分の世界に引きこもっている。彼が現場に駆けつけた最初の刑事で、夜間マネージャーであるラファエルを事情聴取した男だった。

〈パラダイス〉は毎年二度しか店を閉めない。キリストの生まれたクリスマスと、アメリカの誕生日、七月四日である。ガスはキリスト教とアメリカのふたつだけを信じていたのだ。それ以外の日は、午前五時から正午までは店の前に行列ができ、あとの時間は警官やタクシー運転手、そしてデュサーブル空港の数多くの利用客が、客としてやってきた。デュサーブル空港は、数年前にトランスナショナル航空がこの地域での運航を開始すると同時に活気を取り戻していた。

　夜間マネージャーがリプランツァーに話したところによると、ガスは売上金を回収するため店に来て、七月三日水曜の夜十二時になる前に従業員全員を帰宅させた。どの従業員も、ガスからレジの金百ドルをもらった。ところが閉店の看板を出そうとした矢先、トランスナショナル航空の航空券発券係として働いているルイサ・レマルディが入ってきた。ルイサは常連客であり、女性客に甘いガスは、フライ専門のコックとラファエルと片づけ係《バスボーイ》を帰らせ、厨房に一人で入った。それから一、二時間のうちに、ガスとルイサともう一人の男が殺された。三人めの被害者は三十代後半の白人で、身元はひとまずポール・ジャドソンと特定された。その根拠は、店の駐車場に七月の日射しを浴びてずっと駐まったままだった一台の車のナンバーを洗ったことと、昨夜彼の妻から出された捜索願いだった。ジャドソン夫人によれば、夫のポールは、七月四日午前零時十分着の便でデュサーブル空港に戻ってきたはずだった。

今朝午前四時半、ラファエルは店を開けに戻ってきた。店内の散らかりようには気づいたものの、大して気に留めなかったのは、ガスが常連客を帰したあと、新しい客が来ないうちに店を出たのだろうと思ったからだった。午前五時少し前、レオニディス夫人であるアテナが沈んだ声で店に電話をしてきた。ガスが昨夜、スカージョンにある自宅に戻らなかったというのだ。店の周囲を探したラファエルは、ガスのキャデラックがまだ駐車場にあることに気づき、レジの近くに点々と残っている血痕が、ガスが地下の冷凍庫から厨房に運びあげる冷凍肉のものと明らかにちがうことを心配しはじめた。フライ専門のコックが出勤してくると、二人は警察に通報し、しばらく是非を議論したあと、とうとう地下にある冷凍庫の取っ手を引っぱった。まだ生存者がいる可能性に賭けたのだ。一人もいなかった。

刑事課長ハロルド・グリアがようやく受話器を置いて、召集した十二名の刑事にそろそろ仕事に取りかかるぞと宣言したときは、午後三時半近かった。三十二度近い暑さにもかかわらず、ハロルドはウールのスポーツジャケットにネクタイという出で立ちだ。テレビの取材を意識しているのだ。手にしたクリップボードを見ながら、担当を割り振りはじめる。それぞれどんな角度から現場を目に焼きつけておくか、刑事たちに把握させるためだ。ハロルドはこの事件を特別捜査本部扱いにして指揮をとり、すべての報告が自分にあがるようにした。記者連中にはウケがいいだろうが、ラリーには、六つの刑事チームが同じ手がかりを追って団子状態になり、結局ほかの手がかりを見過ごしてしまうのが目に見えていた。いまから一週間後には、よかれと思って指示を出したにもかかわらず、ハロルドは机の上に積み重なっていく本件以外の処理に追われはじめ、刑事たちは猫のようにさまようはめになるだろう。

ハロルドからウィルマ・エーモスと組むようにと発表されたとき、ラリーは努めて無表情を装った。ウィルマは基本的に職場での男女差別是正措置をアピールするためのお飾りにすぎず、最良かつ最善の使い道でも、おそらく帽子掛けくらいのものだろう。悪いことにそれは、ラリーがこの事件の立て役者にはとうていなれないことを意味していた。案の定、ウィルマとラリーは、女性被害者であるルイサ・レマルディの身辺調査を命じられた。

「それじゃ、ガイド付きのツアーと行くか」ハロルド・グリアはそういって、厨房を出ていった。たいていの人にとってハロルドは好印象を与える男であり、穏やかで几帳面《きちようめん》で、恰幅もよく、評判もいい黒人だ。ラリーもハロルドのことは悪く思ってない。ほかの大半の警察幹部とちがって世渡りばかりに力を入れているほうではなく、しかも有能であり、ラリーが自分と同じくらい頭が切れると考えている数少ない幹部の一人だ。

鑑識の技師たちによってテープで通路が作られていたが、ハロルドは刑事たちに、手をポケットにしまって一列で進むよう指示した。犯罪学の学位を持っている人間なら、十二名のよけいな人員に現場を歩かせるなどもってのほかというだろう。現場を荒らしてしまう危険性があるし、たとえ全員がバレエのトウシューズをはいていたとしても、被告側弁護士はこの〝見学会〟を、ハンニバルがアルプス越えの行軍に象を連れていくようなものだと騒ぎ立てるにちがいないからだ。だがハロルドは、刑事たちに現場を見せないと捜査を担当する意識が希薄になってしまうのを知っていた。猟犬には本物の獲物の臭いを嗅がせなければならない。

「いろんな見方が考えられるが――」ハロルドはそういって、キャッシュレジスターの後ろに立った。レジは板ガラスケースの上に置かれ、そのケース内の斜めになった棚には、カビ臭い葉巻やキャンディバーがあった。ガラスの表面には、明るい紫色の指紋が飾り模様のように浮きあがっている。

「まずその一、かなり確実なものだ。この事件は武装強盗が弾みで暴走したパターンだろう。レジが空っぽだ。銀行預金用のバッグもなくなっている。被害者たちは財布も腕時計も宝石類も持ってない。

その二。今日おれは、単独犯の仕業だというつもりだ。まだ断定はできないが、おれ自身はその線がますます気に入っている。回収した銃弾はおそらくすべて三八口径で、銃弾底部の刻印も同じと見た。撃ったのは一人にほぼまちがいない。共犯がいた可能性も否定できないが、あまり現実的な見方とはいえないだろう。

ガスはこの場で殺された。レジの後ろでな。この様子からして、電話を取ろうとしていたにちがいない。頭蓋骨の左後部に一発食らってる。〝ペインレス〟・クマガイは予備検査から、一、二メートルの至近距離だといっている。つまり引き金を引いた男は、レジのすぐ近くにいたわけだ。武装強盗がなにかの弾みで暴走したのさ」

ハロルドはまたその言葉を繰り返すと、内ポケットから光沢のある銀のペンを取り出して、血痕を指し示した。汚れたリノリウムの床で乾いている大きな血溜まりと、緑の壁掛け電話に飛び散ったものだ。それから続けた。

「犯人はガスを撃ったあと、深刻な問題に直面した。レストランに二人の客がいたからだ。重罪である殺人が、ここから残忍で忌まわしい殺戮《さつりく》に変わったんだ」その表現には意図がある。この州では〝残忍で忌まわしい殺戮〟は死刑に値するのだ。「そこらのチンピラなら玄関に向かって逃げ出すところだが、この犯人は目撃者たちに向かっていくほうを選んだ。そしてミズ・レマルディがこの場で殺された。下腹部に一発食らってな」

ハロルドは六メートルほど歩いて、玄関ドアの向かいにあるボックス席の前に立った。そこは店の開業当初からあるフロアだった。ガスが買い取った当時は、まだ隣接する店舗を買って拡張する前で、中世をイメージした趣《おもむき》があったにちがいない。ニスを塗り重ねて黒光りしているがっしりした板張りのボックス席が二列、中央の仕切り板を境に並んでいる。隅にはそれぞれ、四角いコートスタンドが小塔のようにそびえ立っていた。

「どうやらミズ・レマルディは、銃に飛びかかるのが最良の選択だと思ったらしい。彼女の腕と手には痣《あざ》があったし、指も一本折れている。だがそれでも彼女は怯《ひる》まなかった。銃創の周囲にある制服の繊維は焼け焦げ、皮膚に紫斑《しはん》があったことからして、銃口を押し当てられて撃たれたんだろう。ペインレスの話では、射出口から判断すると、おそらく銃弾は肝臓と大動脈を貫通し、数分で絶命しただろうということだ」

鑑識によってその銃弾は、二列並んだボックス席中央の仕切り板から回収された。板が粉砕されたところは、周囲にいびつなリング状の乾いた血痕があり、パイン材の生木が下から見えている。つまりルイサは、坐ったまま絶命したのだ。ルイサの鮮やかな口紅の跡が半月状に残ったコーヒーカップは、吸い殻が山盛りになった灰皿と一緒に、まだテーブルの上にある。

「彼女がもし共犯者の姿を見ていたとすれば、犯人と争うとは考えにくい。われわれが単独犯の仕業だと考えるもうひとつの理由はそこだ」ハロルドが指さしたテーブルの下には、揉《も》みあいで落ちて割れたと思われる、ステーキソースのついたディナー皿があった。陶器のかけらのあいだには、三センチ弱の牛脂、煙草の箱、使い捨てライターも見える。

「ミスター・ジャドソンは、奥の窓際の隅で食事をしていた。ラファエルが今朝、皿とグラス、セブンアップの缶をテーブルから片づけた。ミスター・ジャドソンのスーツの右側面には埃がついていたことから、テーブルの下にいたことがうかがわれる。たぶん銃撃を逃れるためだったんだろう。あるいはただ隠れただけかもしれない。だが、あいにく犯人に見つかってしまった。

床の血溜まりについた靴跡と、死体を引きずった血の跡、ガスとルイサ・レマルディの死斑の浮き具合からして、ミスター・ジャドソンは銃を突きつけられ、二つの死体を地下の冷凍庫まで運ばされたんだ」

ハロルドは小学校の課外授業の引率教員さながらに刑事たちを引き連れて、ミュリエルが坐っているカウンターの前を通り、地下に降りる狭い戸口に入っていった。階段の明かりは電球一個で、その薄暗い明かりの下、一行は踏み板をギシギシ鳴らしながら降りていく。レンガ造りの地下食品庫のなかには、すでに鑑識の装備が運びこまれていた。奥のほうでは、車輪つきストレッチャー三台が死体を待っている。死体はまだ凍っているため、冷凍庫から回収されていないのだ。検屍官であるペインレス・クマガイは、死体が解凍される前にやっておくべき検査と測定をいくつかすませてあった。一行が近づいていくにつれ、ペインレスの訛《なま》った甲高い声が、部下たちに命令を飛ばすのが聞こえてくる。ハロルドは刑事たちのほうを振り返って、コードを踏まないように気をつけろと注意した。ペインレスの鑑識チームが冷凍庫内の写真を撮るため、ハロゲン投光器を設置してあるのだ。

ハロルドはペンを使って、開いている冷凍庫の扉をさらに大きく開けた。すぐ手前にジャドソンの死体があり、片足が戸口に出ていた。ハロルドが指し示したジャドソンの靴は、両方の靴底が血で茶色に染まっている。その模様は上に残された靴跡と同じだ。ペインレスとそのチームは、ゴム手袋をして冷凍庫の奥のほうで作業をしている。

「ミスター・ジャドソンは冷凍庫のなかに死体を運ばされたあと、電気コードで縛られ、皿洗い用のタオルで猿ぐつわをされて、処刑と同じように後頭部を撃たれた」ハロルドの手のなかにある銀色のペンが、話の要所要所でミサイルのように滑空する。ジャドソンの身体は、撃たれた衝撃で横ざまに倒れていた。

「それから犯人は、たぶんお祝いのつもりだろう、ミズ・レマルディの死体をレイプした」

そのとき検屍グループの一人が横にどいて、ルイサ・レマルディの遺体がもろに見えた。遺体は予備検査を終えたあと、発見当時の姿勢に戻されていた。山積みになった冷凍フレンチフライの二十三キロ袋の上に、おおいかぶさるようにうつ伏せている。腰から上は、トランスナショナル航空の赤茶色の制服をまとっていた。背中にある射出口は制服の生地を小さくきれいに裂いていて、まるでベストをどこかに引っかけたようにしか見えないし、上のポックス席横の仕切り板にあったリング状の血痕と形のよく似た血の染みは、制服の生地の上では大きく広がって、絞り染めのように黒くなっている。スカートと赤いパンティはくるぶしまで降りていて、糊の利いた白いブラウスの裾の下からは、メロンのような丸みを帯びた臀《でん》部《ぶ》が宙に突き出し、その真ん中に浅黒い肛門――死亡と同時に緩む括約筋が見える。その部分が陵辱《りょうじょく》されていた。ハロルドの言葉が正しければ、周辺が赤みを帯びているのは、死亡直後のまだ生体反応があるあいだに行為が行なわれたことを意味している。

「レイプ検査では陰性と出たが、パンティのなかにコンドームの包み紙があるし、アヌスの周囲にはジェルらしきものも見える」ハロルドの指示で、若い検屍医がアヌスに懐中電灯の光を当てた。冷凍庫内の寒さのおかげで、ジェルは蒸発しそこねていた。近ごろのレイプ魔はエイズを警戒しているし、DNAに関する知識もある。共犯の線はないな、とラリーは思った。もしいま見たとおりだとすれば、単独犯の仕業だ。屍姦や肛門性交を好む者は、観客のために行為に及ぶわけではない。いくら変態でも、恥の観念はある。

ハロルドはいくつか手続き上の指示を出してから、上にあがっていった。ラリーは冷凍庫のなかに残り、なかを見ていいかとペインレスに訊いた。

「なんにも触らないでくれよ」ペインレスは念を押した。警察で働いて二十年、最初に現場に踏みこむ警官以上につぎに入る警官のほうが愚かだということを、ペインレスは経験的に知っている。

ラリーは捜査の過程全体に霊感のようなものを感じるほうだったが、そう思うのは彼一人ではなかった。知りあいの殺人課刑事のなかには、ウィスキーでほろ酔い加減になると、自分を導く幽霊の存在をときどき感じるんだと告白する者が半数ほどいる。その気持ちがよくわかるとまでいうつもりはないが、この手の残忍な凶行は、現実から遊離した感覚を引き起こすらしい。ラリーの場合、その是非はさておき、被害者とのつかのまの霊的交わりから捜査に取りかかることが多かった。

ガスのかたわらにしばらく立ち尽くす。ある日は容疑者で、つぎの日には殺害されるギャングたちをのぞけば、ラリーにとって被害者と知りあいであることは滅多《めった》にない。ガスのことも、店に来て、彼の移民らしい豪放磊落《らいらく》な人柄とオムレツを楽しむ以外、ろくに知らなかった。それでもガスは、優れた教師や司祭のように人と気持ちを通じあえる天性の才能を持っていて、その人柄の良さに触れる機会はあった。

おれはあんたの味方だからな、相棒《コンパードレ》。ラリーはそう思った。

ガスの場合、銃弾は頭蓋の後頭骨を突き抜け、脳味噌と骨を吹き飛ばした。発見された当時のまま、牛肉のパテの箱に顔をあずけ、口が開いている。まるで死んだ魚だ。死体はみんな、死んだ魚のような顔をしている。

いつものようにこの瞬間、ラリーは強く自分を意識した。これが殺人課刑事である自分の仕事なのだ。殺人。もちろんふつうの人間と同じように、庭のホースを買い換えることとか、明日のホッケー試合の予想、二人の息子たちの両方のサッカー試合にどうやって行くか、といったことも考える。だが毎日どこかで、殺人という苔《こけ》むした洞窟へ、じめついてスリリングなその想念の闇へと、一人足を踏み入れるのだ。

そのことに対して弁解するつもりはない。殺人は人間の条件のひとつだ。そして社会はそれを抑えるために存在する。ラリーにとって、唯一自分の仕事より重要なのは、子を産む母親の仕事だ。その理由を訊いてくる一般市民に対して、ラリーはいつも、文化人類学の本を読めという。穴のなかに、骸骨《がいこつ》と一緒に石斧が埋められてるだろう？　これがはじまりだと思わないか？　殺意はだれもが持っている。ラリーも人を殺したことがあった。ベトナムでだ。暗闇でM16をぶっ放すと、いったいだれを撃ったのかわからなかった。じつをいえば、味方の死体を見るほうがずっと多かった。だがある日、短い偵察中に、ラリーは手榴弾《しゅりゅうだん》を地下トンネルに放りこんだ。すると地面が吹き飛び、噴水のようにあがった土埃や血とともに、いくつか死体が飛んできた。最初の人間はバラバラになり、片腕のついた胴と左右の脚が宙を舞った。だがほかの二人は五体満足のまま、土のなかから飛ばされてきた。その二人が宙を飛ぶさまは、いまでも思い出すことができる。一人は悲鳴をあげていて、おそらく意識を失っていたもう一人は、深遠としかいえない表情をしていた。来るべきときが来た、男はそう考えていた――顔にそう書いてあった。ラリーはそんな表情をいまもよく見かける。ガスの顔にも人生の一大事――死がくっきりと刻まれていて、そういう表情に出会うたび、ラリーの胸は、美術館で見るホッパーやワイエスといった徹底した写実主義絵画に満ちている、息を呑むやり切れなさに包まれる。またあの顔だ。〝来るべきときが来た〟。

それが被害者の最期、あきらめの瞬間である。だがそれを進んで受け入れる者など滅多にいやしない。不意打ちのように間近に死を突きつけられれば、人の心は恐怖と未練だけになってしまう。生き続けたいという未練と、それが叶わないとわかっている名状しがたい苦悩。思うに、こういう状況で威厳を持った死に方ができる人間は一人もいない。冷凍庫の戸口にうずくまるようにして倒れているポール・ジャドソンにも、確実にそれはいえる。典型的な郊外居住者であり、面立ちは柔和で、薄くなりはじめたばかりのブロンドの髪は、トウモロコシのひげのように艶《つや》やかだ。ふだんは感情をあらわにしないほうだろう。だが死に顔にはあからさまにそれが出ていた。両膝をついて見ると、目の隅に涙の跡がある。泣きながら命乞いをして死んでいったのだ。おそらくそういう状況になったら、ラリーもそうしただろう。

最後にラリーは、ルイサ・レマルディのところへ行った。彼女の身辺捜査を担当する以上、最大の関心を払わなければならない被害者だ。死体が置かれた冷凍フレンチフライの大袋には血の染みがついていたが、彼女は一階で死んでいる。一発の爆弾が内部で爆発したビルと同じように、銃弾によって動脈や臓器が一気に引き裂かれ、愚かな心臓がそれに気づかずに血液を送り続けるものだから、傷ついた動脈や内臓から一気に血が噴き出したのだ。まず睡魔に襲われ、つぎに脳に運ばれるはずの酸素がどんどん減って、幻覚があらわれはじめる。おそらく恐怖に満ちた幻覚だろう。やがてその夢も、大きな白い闇に呑みこまれていく。

ラリーは検屍チームの許可をもらうと、ルイサの顔を見るため、冷凍フレンチフライの袋の上にあがった。美人だった。顎《あご》の下に贅肉がついているが、高い頬骨が可愛らしい。投光器の明かりが、黒髪に隠れたルイサの顔を眩《まぶ》しいほどに照らし出している。夜勤にもかかわらず厚化粧で、大きな茶色い目のまわりはとくに念を入れてあった。喉もとには化粧ブラシやファンデーションの届かない部分が線となって残り、その線から先は、ルイサの自然の肌の白さが取って代わった。イタリア系の女。この手の女は大勢知っている。三十代前半に突入しながらも見栄を張り、自分はいけてると思うのをやめたがらない女。

ルイサ、いまからおまえはおれの女だ。おれがおまえの面倒を見てやる。

ラリーは一階に戻って、ハロルドを探した。ミュリエルをこの事件に引きこめるかどうか確かめるためだ。途中、テーブルの前で立ちどまった。証拠品担当のブラウンという若い技師が、ルイサのハンドバッグから放り出された品物の目録を作成している。玄関ドアの近くの床に散らばっていたものだ。

「なにかあったか？」ラリーは訊いた。

「ええ、住所録が」ブラウンは手袋をしたまま、ラリーのためにページを捲《めく》ってくれた。

「じつにきれいな字だな」ラリーは口に出していったが、ほかの所持品はごくふつうのものだった。家の鍵、レシート、ミントキャンディ。ブラウンが指さした小切手帳のカバーの下には潤滑剤付きのコンドーム二袋が挟んであり、包装紙はパンティのなかに落ちていたのと同じ栗色だ。そのことは、彼女が遊び人だったということ以外に、なにを意味するのだろう？　もしかして犯人は、財布を探してハンドバッグのなかを漁《あさ》っているうちにこれを見つけ、思わず欲情したのだろうか。

だがそれらは、実際の出来事を正確に復元させてくれるものではない。ラリーはそのことを経験上よくわかっていた。過去は過去であり、いつだって現在からの徹底した究明を拒み、最良の鑑識技術をも拒むのだ。だがそんなことはどうでもいい。不可欠な情報ならすでに現在に届いている。三人の人間が死んだ。そしてどこかの残忍な人でなしが、引き金を引くたびに自分の力に小躍《こおど》りしたのだ。

ラリーはルイサが殺害された現場のかたわらに立って、もう一度霊と交信するために目を閉じた。それほど遠くないどこかで、いまごろ一人の男が心臓に引き攣《つ》れるような痛みを感じているにちがいない。

首を洗って待ってやがれ、このゲス野郎、ラリーは胸の内でそうつぶやいた。

3
二〇〇一年五月四日
元判事

最近ウェストバージニア州オールダーソンにある連邦女子刑務所から釈放されたばかりのジリアン・サリバン、四十七歳は、センターシティにある小さなコーヒーショップで煙草を手にして坐り、アーサー・レイヴンを待っていた。十年以上前からの知りあいであるアーサーが電話をかけてきて、仕事のことでぜひ会いたいといってきたのだ。連絡してくる人間は、慰めたいだの援助したいだのといってくるのが大半だけれど、どうやらアーサーはちがうらしい。とはいうものの、ここに来ると決めたことを何度めかに後悔しかけたそのとき、アーサーの姿が見えた。店の玄関ホールのガラスドアを開けて、ブリーフケースを小脇に抱えて入ってくる。

「判事」アーサーはそういって握手の手を差し出した。ジリアンはたちまち違和感に打たれた。刑務所送りになる前でさえ、アーサーがプライベートで「判事」と呼ぶなんてありえなかったはずだ。

「ジリアンと呼んで、アーサー」

「これは失礼」

「だって、変でしょ」アーサーが煙草嫌いかもしれないといまさらのように気づいて、ジリアンは煙草を揉み消した。女子刑務所のなかでは、煙草に文句をいう人間はだれひとりいなかった。喫煙者側の特権がいまだに残っていたのだ。


若いころ、ジリアンは検察官から判事に転身、しかしその後犯罪の被告人として有罪判決を受けてしまった。極端な例ではあるものの、そんな紆余曲折《うよきよくせつ》のキャリアも、刑事裁判を如実に反映している。まるでレパートリー劇団さながらに、法律家たちが役を代わる代わる演じる傾向にあるのだ。被告を追及する検察官が、つぎに会ったときには判事席に坐り、その十年後には、依頼人から金を巻きあげる弁護士となっている。競争や友情は歳月を経て強まるか忘れ去られるかのどちらかであり、成功や失敗はすべて、刑事裁判を取り巻く共同体のどこかに記憶として残ることになる。

なにもかもわかっているはずなのに、追いつめられた哀れなアーサーに自分をふたたび結びつけた運命が、ジリアンは理解しがたかった。十三年前、判事となって一年八ヵ月が経ったとき、ジリアンは刑事法廷で最初の裁判を任されることになり、軽罪と、被疑者に対する嫌疑に「相当な理由」があるかを判断する予備審問担当になった。その法廷に割り当てられた検事補が、アーサー・レイヴンだった。おたがい自分の仕事についたばかりで、当時のジリアンは、アーサー以上に自分の未来を明るいものと確信していた。裁判の世界では、男も女も自分の主張を気に入ってもらおうとするのはごく当たり前のことで、外見的には謙虚さや清廉潔白といったイメージを駆使しながら、活火山のごとく熱く燃える内心のエゴや野心家ぶりは仮面の下に隠しておくものだ。ところがアーサーに関しては、そういう裏表がなかった。見た目どおりの執拗な集中力、なにがなんでも勝ちたいという情熱の塊。アーサーを見ていると、薬でも飲んで落ち着いたらといいたくなることがしょっちゅうだった。自分は、判事としてとくに情け深くも辛抱強くもなかったと思う。けれど、だれがあたしを責められるだろう？　アーサーだっておそらくその表情の下では、勝利は最後には、彼が求めてやまない強烈な達成感を与えてくれるにちがいないという非現実的な信念にしがみついているのだ。

ばかげた誘導尋問ではないかのようなふりをして、アーサーは訊いてきた。

「その後どうしてた？」

「まあ、いろいろとね」ジリアンは答えた。本当は、数年かけて地に足がついた生活に戻ろうとしてきたつもりだったのに、ちっともそうなってないことに気づきかけていた。自分の状況に対する恥ずかしさで頭がおかしくなりそうなときもある。数年間ずっとそうだったし、いまもそんな感じのときが多い。なにを考えてもその恥の意識によって妨げられ、まるでデコボコ道をバウンドしながら走る車のような気分だ。

「あいかわらずきれいだね」アーサーがいった。

経験では、男が女にお世辞をいうときは決まって動機が怪しい。セックス目当ての布石か遠まわしの口説き文句だ。ジリアンは出し抜けに、なんの用と訊いた。

「それが――」アーサーはいいにくそうにはじめた。「きみの言葉を借りるけど、変なんだよ。じつはある件で連邦控訴裁から公選弁護人に選ばれたんだ。二度めの人身保護の訴えでね。ロミー・ギャンドルフ、覚えてるかい？」

もちろん覚えている。判事だった数年のあいだ、重罪で死刑判決を下したのは二度だけだ。一件は陪審裁判によって判決が下された。そしてロミー・ギャンドルフの場合、死刑判決はジリアン一人の裁定、つまり判事による非陪審審理で刑が宣告されたのである。数ヵ月前、ジリアンはこの件についてあらためて考える機会を持った。ラドヤードから手紙が来て、一人の服役囚の、よくあるばかげた主張が同封されていたのだ。その服役囚は殺人事件の十年後になって突然、明かしたい重要な情報があると伝えてきた。おおかた刑務所送りにされた腹いせに、ジリアンの目に唾《つば》でも吐きかけたがっているにちがいない。ギャンドルフ裁判の記憶をたぐると、いまだに地下冷凍庫のなかの死体写真がまざまざと脳裏に甦《よみがえ》ってくる。裁判のとき一人の警官が、〈パラダイス〉の豊富なメニューのせいで冷凍庫はじつに広かったと説明した。奇妙な殺人事件だった。

「そう」ジリアンが事件の概要を話すと、アーサーはいった。「グッド・ガスが殺された事件だ。けどきみも知ってのとおり、ぼくは一からこの件をほじくり返さなくちゃならない。ところがぼく自身、彼は無実じゃないかと錯覚することさえあるんだ。というのも、部下のアソシエイト弁護士が――」アーサーはいった。「彼女がこの事件を徹底的に洗い直したら、驚くべきものが出てきたんだよ。こいつを見てくれ」

アーサーは分厚いケースから、まず最初に数枚の書類を差し出した。どうやら、殺人の行なわれた時刻にギャンドルフは保護観察違反で刑務所に入れられていたという説を打ち立てようとしているらしい。記録はほとんど残ってないし、ギャンドルフの犯罪記録にはなんの補強証拠もない。だがアーサーはここ数日のあいだに、一九九一年七月五日の朝、ギャンドルフが刑務所から法廷に移送されたことを裏づける移送者名簿を見つけていた。

「で、ミュリエルはこれに対してなんていってるの?」ジリアンは訊いた。十年前、この裁判で新米検察官を務めたミュリエル・ウィンは、いまや首席検事補となり、来年の選挙では郡検事としてネッド・ホールジーの跡を継ぐと目されている。ジリアンはミュリエルにあまり好感を持っていなかった。今日《こんにち》の重罪法廷がたびたび作り出す、非情きわまりない女。実際には自分も以前は検察官だったくせに、ミュリエルにかぎらず検察官たちへのジリアンの好意的評価は、ここ数年の経験でほとんどゼロに等しい。

「ミュリエルは、ロミーが出廷の日をすっぽかしたりしないように、その日の朝保護観察官が出かけて捕まえてきたにちがいないといっている」アーサーは答えた。「でも金曜日に関してはぼくはそうは思ってない。休日のすぐつぎの日で、だれも仕事なんかしたがらないだろ？　ミュリエルはまたこうもいってる。依頼人と被告側弁護人がそろって、殺人の行なわれた時刻にロミーは刑務所にいたという事実を見すごしてたなんて、考えるだけでもばかげてる、とね。しかしロミーは事件後四ヵ月も経ってから逮捕されたわけだし、彼には日にちの感覚がほとんどないんだ」

　ジリアンなら、ミュリエルの言い分が正しいほうに賭けただろう。だがこの議論に首を突っこみたくはない。アーサーの前では、自分がもうどこかに忘れてきたと思っていた上品さを思い出すような感じがして、公平であろうとした。しかし、反応を顔に出すまいと思っていたにもかかわらず、アーサーには疑念を察知されたらしい。

「たしかに不利な証拠が多いよ」アーサーはいった。「それはわかってる。ロミーは二十回も自白しているからね。それに、たとえキリストがぼくの依頼人のために復活して証言してくれたとしても、いまの段階じゃぼくは負けてしまうだろう。でも彼には暴行や武装強盗の前科がひとつもないんだ。モルトとミュリエルは公判で、依頼人がフェンサイクリディン《PCP》をやってたと主張することでその暴力性を説明してるけど、最近のＰＣＰに関する研究はどれも、暴力とは相関性がないといっている。そんなふうに、首をひねらざるをえない部分もあるんだよ」

「それで、控訴裁はどういう経緯であなたを任命したの？」

「さあね。向こうはいつだって、大手の法律事務所じゃ人材があり余ってると思ってるんだ。それと、ぼくが検察官時代にフランチェスコ・フォートゥナートを訴追して死刑判決を勝ち取った経験があるのを、だれかが覚えてたんじゃないかな」

「自分の家族を毒殺した男だっけ？」

「三世代もね。祖父母から子どもまで。あいつはぼくらが法廷で被害者の名前を口にするたびに、大声をあげて笑ったんだ。それでも陪審団が死刑判決を読みあげたとき、ぼくはショックのあまり気を失いそうだった。それをきっかけに金融犯罪部へ異動になったのさ。処刑室でボタンを押さなくちゃならないとしたら自分が死んだほうがましだけど、原則的に死刑制度はいいものだと思ってる」

　奇妙なことに、ジリアンはそうは思わなかった。それは昔もいまも変わらない。簡単にいうと、あまりに面倒なのだ。十年前、ロミー・ギャンドルフの裁判が終了したあと、彼の弁護人だったエド・マーコウスキーはジリアンに、非陪審審理を彼が受け入れたのは、死刑制度に対するジリアンの否定的な考えを噂で聞いたからだ、と打ち明けた。けれどもジリアンは、立法者として判事席に坐っていたわけではない。死刑に値する犯罪があるとすれば、ロミーはまさにそういう犯罪を犯したのだ。

「アーサー、あたしからなにを聞き出したいの？　判決を思い直すかどうかってこと？」いまとなってはジリアンの意見に耳を貸す者などいないだろう。それにどのみち、ロミーの有罪を疑う気持ちは微塵《みじん》もない。数ヵ月前にラドヤードから届いた服役囚からの手紙も、自分のその気持ちを再確認させることにしかならなかった。ロミーの弁護士だったマーコウスキーが判決のあとにいったつぎの言葉を、ジリアンはいまでも覚えている。その恐ろしい言葉が出てきたのは、判事室で検察側も含めてみんなで少しおしゃべりしているときのことだった。マーコウスキーが精神障害の線でロミーを弁護したことについてジリアンが辛辣《しんらつ》なコメントをすると、彼はこう答えたのだ。「精神障害にしたほうが、彼の正直な話よりましなんですよ、判事。あれは時間稼ぎの有罪答弁みたいなもんなんです」

そういうことを説明してやろうかと思ったそのとき、アーサーの黒い目がふとジリアンの灰皿に落ちて、そこにある灰を、まるで紅茶の葉っぱでも見るようにしげしげとながめはじめた。ようやく本題に触れるつもりなのだ。

「控訴裁は気味が悪いくらい親切にしてくれてね」アーサーはいった。「ぼくを任命した負い目があるからだと思う。そこで、正式審理の前に証拠情報収集する機会を与えてくれと頼んだら、向こうはロミーの新しい人身保護請求手続きを開始するかどうか判断する前に、この件を地裁の所轄に降ろしてくれた。六月二十九日までを期限にね。それでいま徹底的に調べなおしているところさ」アーサーはそこでやっと、ジリアンを見ないようにする不自然な努力をやめてくれた。「そこで、これだけは訊いとかないといけないんだ。きみはその、あとで厄介なことになったわけだけど、重罪部の判事だったときもそうだったのかい？　きみが人身被害訴訟を審理してたときだよ」

この会話は最初から楽しいものではなかったが、ようやく話の方向が呑みこめた。馴染みのある怖気《おぞけ》がジリアンを捉《とら》えた。

「そういう噂があるの？」

「はぐらかさないでくれ、ジリアン。気を悪くするのもやめてほしい。ぼくはやるべきことをやってるだけなんだ」

「答えはノーよ、アーサー。刑事事件を審理してたときは、お金なんかもらわなかったわ。ロミー・ギャンドルフの裁判であたしを買収しようとした人はいなかったし、あの当時のどの裁判でもいなかった。あれがはじまったのは民事訴訟部に移ったときよ。民事ではそうするのが当たり前みたいな風潮だったの」ジリアンはそこで一度首を振った。みずからの過ちに呆れると同時に、自分の言葉が言い訳のように聞こえたからだった。

「わかった」アーサーがジリアンの答えに弁護士らしい尺度を当てはめ、その信憑性《しんぴょう》を推し量っているのは明らかだった。計算している彼を見ながら、ジリアンは思った。とくに美男子というわけではない。背は低いし、身体もさほど鍛えている様子はない。しかも実際より老けて見える。奥まった黒い目、バランスの悪い食生活と過労をあらわす血色の悪い肌。髪も薄くなりはじめている。最悪なのは、いまだに飢えた狼のようにギラギラしていることだ。まるでいまにも口の隅から長い舌がぺろりと出てきそうな感じがする。けれどもそこで思い直した。たしかアーサーには複雑な事情があったはずだ。家族のだれかが慢性的な病気に罹《かか》っているのではなかったか。ひょっとすると、それが原因で心身ともに磨《す》り減っているのかもしれない。

「お酒はどうだった、判事？」

「お酒？」

「ロミー・ギャンドルフの件を審理してたとき、アルコールの問題を抱えてなかったかい？」

「いいえ」

「飲んでなかった？」

この人はあたしを疑っている。無理もない。

「噂じゃなんていわれてるの、アーサー」

「噂なんか問題じゃないよ。きみが当時過度な飲酒をしてたわけじゃないと証言してくれるのなら」

「お酒は飲んでたわ。でも、溺《おぼ》れるほどには飲まなかった」

「その当時は、ということ？」

ジリアンは口のなかで舌を少し曲げた。世間一般の理解に惑わされて、アーサーは狙いをはずしてしまった。それを訂正してやることもできるし、「当時も、それから先も」と答えて、アーサーが迷いながらも正しい着地点に到達するかどうか確かめることもできる。けれどもジリアンは、有能な弁護士が証人を準備する際に絶対欠かさない指示を覚えていた。訊かれた質問にだけ答えなさい。できるだけ短く。よけいなことはいわないで。

「ええ、当時は」ジリアンは煙草をスエードのショルダーバッグに放りこみ、もったいをつけてバッグの口を閉じた。もう帰りたい気分になって、質問はこれで終わりなのと訊いた。

アーサーは答えるかわりに、太い指でコーヒーカップの縁を少し撫でている。

「個人的な質問があるんだけど」アーサーはようやくいった。「訊いてもいいかな」

おそらくみんなが疑問に思っていることを訊いてくるのだろう。どうしてなんだい？　どうして無限の可能性に満ちた人生からアルコール依存症に転落し、その後すぐ収賄《しゅうわい》なんかに手を染めたんだい？　人づきあいが得意とはいえないアーサーは、ほかの人が礼儀を優先させて遠慮するようなことでもずけずけと訊いてくるのだ。冷たい苛立ちの手がジリアンを締めつける。じつは本人自身が理解に苦しんでいるのだということを、なぜ他人はわかってくれないのだろう？　自分のなかに昔もいまもそれほど謎を抱えていなければ、そこまで転落するはずがないではないか？　ところがアーサーの疑問は、もっと月並みなものだった。

「なぜきみがこの街に戻ってきたのか、ずっと不思議なんだ。だってきみはぼくと同じ独身で、子どももいないんだろ？」

アーサー・大鴉《レイヴン》なら、鳥かごから出されたら遠くへ飛んでいってしまっただろう。けれどもジリアンは、自分の状況とアーサーの状況をそのままダブらせる気にはなれなかった。たしかに自分はずっと独身だけれど、それはあくまでも自分から選択したことであって、しかも永続的な状態だとは思っていない。連邦捜査官が自宅へ逮捕にやってきた夜には三十九歳だったが、そのときもまだ未来の自画像のなかには、結婚も家族を持つこともくっきりと描かれていたのだ。

「母が死にかけてて、それで刑務所局があたしに、母の面倒を見る許可を与えたがったの。はっきりいって、刑務所局の押しつけなのよ」いままでの答えと同じように、この答えもまた体裁を取り繕うために曖昧《あいまい》にぼかしてある。じつをいえば、刑務所を出た当初、一文なしだったのだ。州政府と弁護士たちに根こそぎ奪われたからである。そこへ、十二段階プログラムで〝後見人〟になってくれたダフィー・マルドワーが、部屋を貸してやろうと申し出てくれた。そんな裏事情があるにしても、ジリアンはアーサーと同じ困惑をわれながら感じることがあった。なぜあたしは、自分が犯罪を犯した土地に舞い戻ってきたのだろう？

「仮釈放期間が過ぎたら、たぶん引っ越すわ」

「亡くなったのかい？　お母さん」

「四ヵ月前に」

「残念だったね」

ジリアンは肩をすくめた。父や母の死をどう感じているのか、自分でもまだ整理がついていない。とはいえ、そういうことについてあまりくよくよ考えないのが自分の強さでもあると、ずっと思ってきた。ジリアンの家庭と子ども時代は、普通とくらべたらひどく、わずかな人々よりはましという程度だった。六人兄妹で、両親は二人ともアルコール依存症、家族のあいだには競争といがみあいが絶えなかった。ジリアンにとって、生まれ育った環境になにがしかの意味があるとすれば、しゃにむに生きていく力を与えてくれたことだ。そしてそれを梃子《てこ》に、〝ポンペイからの脱出〟をはかった——燻《くす》ぶる廃墟と有害な空気は見捨てるしかない。文明はほかの場所で再構築すべきなのだ。ジリアンには信じているものが二つだけあった。知性と美。ジリアンは美しく、頭もよかった。せっかくその天性のものがあるのに、自分より劣った人間に足を引っぱられる謂《い》われはない。こうしてあの家で生まれたジル・サリバンは、自分が望んだとおりのジリアンとなって世に出た。そして、破滅した。

「ぼくは三ヵ月前に父を亡くして、いまもまだショックから立ち直れないんだ」アーサーはいった。短い眉が一瞬苦痛に歪む。「父にはほんとに悩まされたよ。おそらくこの地球上で一番の心配性だったんじゃないかな。心配性が原因でとっくの昔に死んでたって不思議じゃなかった。でもそうやってなにかにつけて大騒ぎしてくれることで——自分がどれほど愛されているか、いつも感じることができたんだ」思い出に浸る静かな目が、ふとジリアンを見た。その暗く哀愁を帯びた表情は、彼の人生において父親のような人間がいかに少ないかを物語っていた。その姿はまるで、濡れた鼻先をしきりに押しつけてくる子犬のようだ。すぐにアーサーは、思わず自分をさらけ出してしまったのを後悔したのか、あるいはジリアンのあからさまな不快感に気づいたのか、恥ずかしそうにこうつけ加えた。「なんできみにこんな話してるんだろう」

「あたしみたいな人間は、よっぽど暇を持て余してるように見えるからじゃない？」

くだけた口ぶりでいったつもりだし、言外の意味をこめたつもりなどさらさらない。けれども実際にはそうは聞こえなかった。アーサーの身の上話を退屈な暇潰《ひまつぶ》しと皮肉ったも同然だったのだ。口から出たその言葉の容赦ない残酷さが、とたんに二人を凍りつかせた。青白い顔を一瞬引きつらせると、アーサーは背筋を伸ばして、ジャケットのボタンをひとつ留めた。

「つまらない話をしてごめん。おたがい共通部分があると思ったのがまちがいだった」

気持ちを落ち着けることに集中するため、ジリアンはハンドバッグの革ケースのなかから煙草の箱を取り出して、また一本火をつけた。けれどもマッチを擦ったとき、手が震えた。羞恥心の陥穽《かんせい》にはまってしまうのは、ジリアンにとって危険なことだった。一度この状態がはじまると、山のように降り積もった残骸の下から這《は》い出すことができなくなる。煙草の先端の赤い火が灰色の紙を舐《な》めるように焦《こ》がすのを、ジリアンはじっと見つめた。テーブルの向かいから、ブリーフケースのジッパーを閉める音がした。

「きみに召喚状を送らなくちゃならないかもしれない。証言録取をするために」

やられた、とジリアンは思った。アーサーは証言録取の機会を手に入れたら、すぐにもジリアンを切り刻むだろう。それが当然だ。

「郵送で受け取ってくれるかい？」保護観察事務所を通さないで連絡する方法を訊いているのだ。ジリアンは、ダフィー・マルドワーの家の地下に間借りしていることを伝えた。ダフィーは元カトリック司祭だが、数年前ジリアンが受け持っていた法廷では首席州選弁護人を務めていて、おかげでずっとアーサーの好敵手だった。けれどもアーサーはダフィーの様子について、おざなりの質問すらしようとせず、ジリアンのほうを見ずに、ダフィーの住所を事務的に電子手帳に入力している。どんどん小型化されていく驚異の技術、電子手帳は、ジリアンが塀のなかにいた四年半のあいだに、アメリカ人にとって欠かせないものとなっていた。二人のあいだには、紫煙《しえん》が立ちのぼっている。そこへウェイトレスがやってきて、コーヒーのお代わりはいかがですかと訊いてきた。ウェイトレスが立ち去るのを待って、ジリアンはいった。

「アーサー、あなたにぶしつけなことをいう理由はなかったんだけど」

「いいんだよ、ジリアン。きみがずっとぼくのことを退屈な男だと思ってたのはわかってるから」

思わず苦い笑みが洩れた。けれどもアーサーには感心している。すっかり大人になった。

人をこきおろす言葉がいえるようになったし、しかも的確に的を射ている。それでもジリアンは、もう一度試してみた。

「あたし、あんまり幸せじゃないの。それに、以前知ってた人に会うとますます幸せじゃなくなるみたい。昔を思い出してつらくなる」

もちろんそんなのはバカげたことだ。いったいだれが幸せだというのか。アーサー・レイヴンにもそれはいえる。たいしてハンサムでもなく、あるのは家族の悩みだけ。たしか精神に問題のある姉がいるという話だ。一方で、ジリアンの精神状態を気にかけてくれる人はだれもいない。それは、みんなからジリアンは苦しんでないと思われているからではなく、苦しみを受けて当然だと思われているからだ。

アーサーは返事をせずに立ちあがり、また連絡するよとだけいうと、店のドアに向かって歩きはじめた。アーサーの後ろ姿を見送るうちに、安っぽい鏡に映る自分の姿がふと目に入った。レストランの天井を支えている柱に、金縁に入った安っぽい鏡が取りつけられている。こうして自分の姿を見ると、ついわが目を疑ってしまう。大体において、自分が感じているよりはるかによく見えるのだ。まるでステンレススチールみたいに、転落によって叩かれても傷ひとつついてないかのように。もっとも、背が高くて身体はすらりとしているし、時が過ぎても頬骨の形のよさはあいかわらずだ。ただ、全体に色の衰えは否《いな》めない。ストロベリーブロンドの髪は褪《あ》せて白髪が交《ま》じりはじめているし、肌の白い人間にいえることだが、まるで磁器のひび割れのように一本一本皺《しわ》がくっきり見える。けれどもファッションに関しては、綾織りのぴったりしたスーツ、真珠のネックレス、ムースでふんわりさせた髪、それらがオーラのように、落ち着いた雰囲気を醸し出している。十代のころに背伸びしてよくやっていた格好で、大半の若者のファッションと同じようにうわべの取り繕いでしかないのだが、その方針を変えたことは一度もなかった。外見そのものについても、外見で他人《ひと》を欺《あざむ》くことについても。

たしかにジリアンは、アーサー・レイヴンを欺いた。わざとアーサーが誤解するような答え方をし、つぎにはぴしゃりと撥《は》ねつけて、もう真実などどうでもいいと思わせるようにした。アーサーも噂に惑わされている。ジリアンの人生が破滅を迎えた何年か前に駆けめぐった、悪意に満ちた風評。あの女はアルコール依存症だと人は吹聴したけれど、実際はそうじゃない。お昼時にしたたか酒を飲み、午後はなかば酔っぱらった状態で判事席についたと、人は噂した。たしかに判事席で居眠りしてしまったことはある。それも一瞬うとうとしたところの話ではなく、顔を判事席につけて、廷吏に起こされるまで眠りこけていたのだ。鏡を見ると、革製の案件簿の模様が顔にくっきりついていた。寝言で洩れた意味不明のつぶやきや他人への悪口を、人はからかった。三十二歳の若さで判事に任ぜられたほどの明晰な頭脳を持ちながら、ハーバード・ロースクールの学位を取得した才能をたかが酒でフイにしてしまったと、人は嘆いた。酒を断てという再三の忠告に耳を貸さなかったと、人は舌打ちをした。そのあいだじゅう、ジリアンは秘密を隠しとおした。ジリアン・サリバンは噂されるようなアルコール依存症ではない、ちっとも息が酒臭くないから睡眠薬常用者ではないか、と裁判所職員のあいだでは噂になったけれど、それともちがう。検事補から州裁判所判事になったジリアン・サリバンは、じつは薬物依存症、ジャンキー、ヘロイン中毒だったのだ。

　注射での摂取ではない。針を打ったことはいっぺんもなかった。どんなに自暴自棄になったときでも、外見は大事だと思っていたので、身体に傷が残るようなことはしたくなかったのだ。だから摂取方法はもっぱら吸引だった。その世界でいう、〝竜を追う《チェイス・ザ・ドラゴン》〟というやり方である。まずアルミホイルでストロー管を作り、一方でヘロインの粉末を熱してゆく。粉末はまず茶色い膠状《にかわじょう》になり、やがて刺激臭を放ちはじめる。そのあいだ、アルミホイルのストローで煙を追いかけるようにして吸うのだ。心地よい快感が全身を駆けめぐりはじめるのはすぐというわけではなく、数秒というより数分はかかる。けれどもジリアンは幼いころからすべてに周到だったし、この種の洗練された中毒症は、自分のイメージにもあっていた。しかも巧妙で気づかれにくい。注射針の跡もなければ、鼻から粉末を吸引することによる鼻血も出ない。

　はじめたのは、ある男とのつきあいがきっかけだった。きっかけなんていつもそんなものじゃないだろうか？　その男トビー・イライアスは、やさしくてハンサムで、ちょっと屈折したところのある男だった。州法務長官事務所の助手で、ジリアンが真剣に結婚を考えていた相手だ。ある日トビーは、自分が審理した事件で押収したヘロインをくすねて帰宅し、その夜試してみた。ある中毒者が別の中毒者に卸売りの前に〝味見用〟として渡したもので、法廷で証拠として採用され、評決が下ったあと、証拠物件課に戻されなかったのだ。「かまやしないさ」とトビーはいった。トビーはそんなふうに、不道徳な振る舞いをスタイリッシュなものと位置づけるのが常だった。斜に構えて規則に従おうとしないその姿に、ジリアンはつい惑わされてしまった。二人で最初の夜、はじめて鼻から吸引し、それからは毎晩量を減らしていった。この世のものとは思えない平和な気分に満たされたが、常習につながるようなことはなかった。

一ヵ月後、トビーは大型トラックに轢《ひ》かれた。それが事故なのかどうかは、いまだにわからない。なんとか命だけは助かって、何ヵ月もベッドに寝たきりだったあと、車椅子の人となった。その後トビーとは別れ、結婚もしていない。女に人生を捧げられなくなった男に、自分の人生を捧げることなどできなかった。

けれどもそれが悲しいターニングポイントだったことを、ジリアンはいま噛みしめている。トビーに回復の見込みがないように、ジリアンも立ち直れなかったのだ。それから三、四ヵ月後、はじめて一人でヘロインを吸ってみた。自分の担当する法廷で、被告側の化学者の要求に応え、押収されたヘロインの量を計るため封印してある証拠品袋を開けることを許可したのだ。いまにして思えば、そのときの甘美な恍惚感に病みつきになってしまったのだろう。チャンスをうかがっては、だれも要求していない検査をみずから命じ、検察官たちには、証拠品をいちいち検事局に持ち帰るのは面倒だろうからといって、判事室にひと晩保管することを勧めた。結局その不正は発覚してしまったが、疑われたのは法廷職員で、彼は辺《へん》鄙《ぴ》な管区に飛ばされることになった。それ以後ジリアンは、街に出てヘロインを手に入れざるをえなくなった。おまけに金も必要だった。

そのころには、酒にも溺れるようになっていた。ジリアンは戒めとして、重罪部から民事部へと移された。個人的権利に対する不法行為、すなわち「人身被害」を審理するところである。ところがその法廷に、まずい男があらわれた。刑を宣告されたヤク中の一人が、ジリアンのことを、裁判所から二キロと離れてない荒れ果てたブロックをこっそりうろついていたきれいな白人女性だと気づいたのだ。男はいつも情報をタレこんでいる警官に、そのことを話した。噂はそこから民事部首席判事ブレンダン・トゥーイという悪党の耳に入り、その手下であるロロ・コシックにも伝わった。コシックはその知らせを持ってジリアンを訪ねてきたが、なんらかの矯正策を提示するどころか、報酬を提示してきた。裁判で判決を出す前にときどき忠告に耳を貸してくれ。そうすれば金になるから、と。

ジリアンは応じた。そのことはいまでも後悔しているけれど、そのころには人生は、ヘロインをやらないときは悲惨の一語に尽きた。ある夜玄関ドアを突然ノックする音がして、まるでジョージ・オーウェルの『一九八四年』か、アーサー・ケストラーの『真昼の暗黒』の一場面を見るようだった。連邦検察官とＦＢＩ捜査官が戸口に立っていたのだ。かけられた容疑は収賄。ヘロイン常習ではなかった。彼らが去ったあとすぐ、ジリアンは泣き、わめき、ヘロインを吸った。

その夜からジリアンは、いまの家主であるダフィーを頼った。ダフィーは治りかけのアルコール依存症患者であると同時に、司祭だった当時からの長い経験を誇るベテランカウンセラーだ。ジリアンは刑を受けたときにはまったくの素面《しらふ》だったので、ヘロイン常習癖は見つかることのない唯一の秘密だった。もし見つかっていたら、素っ裸で鎖につながれ、マーシャル通りを引きまわされるような気分だったにちがいない。あのころの悪夢をまた甦らせるつもりはなかった。たとえアーサー・レイヴンのためだろうと、死者をレイプする獣《けだもの》のような殺人者のためだろうと。

それでも、アーサーに対して思わずぶつけてしまった悪意は、ふとジリアンを震撼させた。まるで足もとの地面にぱっくりと割れ目ができたような気分だ。これ以上恥の意識に苛《さいな》まれたくなくて、ジリアンはそこで物思いを打ち切った。そうでもしないと、アーサーのことや、こっちの言葉に対して口を小さくすぼめるアーサーの懐疑的なしぐさについて、何時間もくよくよ考えてしまうことだろう。今夜はダフィーの助けが、彼の静かなカウンセリングが必要となりそうだ。溺れてしまわないようにするために。

そのことがはっきりすると、ジリアンは小さなテーブルから立ちあがり、もう一度鏡に映る自分の姿を見やった。見た目には、外見に細心の注意を払うすらりとしたエレガントな女がいるが、その内面にはジリアンの本当の敵、悪魔のような自我がたしかにひそんでいて、ジリアンが服役生活と恥辱に塗《まみ》れたあとも、満足することも抑えつけられることもなく、宿主の苦しむ姿をあいかわらず見たがっているのだった。

4

一九九一年七月五日
検察官

飲み物カウンターに坐っていると、近くのボックス席から突然むせび泣く声がして、ミュリエルは心臓が止まるかと思った。おそらくコックだろう、長いエプロンをした黒人がすっと立ちあがってその場を離れそうなそぶりを見せたため、白人中年女の悲しみがまたぶり返したらしい。痩せて浅黒い中年女は、その黒人に力なくもたれかかった。きらきらした耳飾りをつけているもう一人の年下の若者は、いかにも手持ちぶさたといった様子で、二人の後ろにたたずんでいる。

「未亡人さ」鑑識技師の一人が、レジ下のケース正面を指紋採取しながらいった。「家に帰ろうとしないんだ」

黒人のコックは若者のほうにそっとレオニディス夫人を押しやり、若者はしぶしぶといった感じで夫人に手を伸ばした。そのあいだも夫人は激しく泣きじゃくっている。検事局でも冷徹なほど明晰な頭脳で名を馳せているミュリエルは、一瞬のうちにその明晰さを発揮して、ガスの未亡人が標準的な悲嘆の姿を演じていることにふと気づいた。泣き、わめくことが、いまの彼女にとってはひとつの義務なのだ。夫の死に対するもっと純粋な反応、すなわち本当の悲しみ、あるいは安堵は、今後人目を忍んだところで長く続くことだろう。

検察官になったその日からずっと、ミュリエルは暴力事件による被害者の遺族に対して、ある特別な思いを抱いていた。自分に関していえば、両親や男たちと――死んだ夫も含めて――どれほど強い絆《きずな》があったか、それが自分にとって本当に大切なものだったかどうかわからない。けれども、残忍な犯罪に対して怒りの炎を激しく燃やす一方で、これら遺族には深い哀れみを覚えた。彼らの苦しみが単に愛する者を失った事実ばかりか、いわれない仕打ちを受けた理不尽な思いからも起因していることに気づくのに、そう長くはかからなかった。彼らが苦痛に苛《さいな》まれるのは、それが台風のように不可避の天災だからでも、病気のように気まぐれで不条理な敵だからでもない。人間の過ちによるものだからだ。殺人者の異常な意志と、そういう殺人者を論理や規則で抑制しなければならない社会システムの落ち度によるものだからだ。こんなことが起こっていいはずがないと遺族が考えるのも無理はない。法律によれば、本来こういうことは起こるべきではないのだから。

レオニディス夫人はふたたび落ち着きを取り戻すと、ミュリエルの前を通って女子トイレに行った。若者は途中まで夫人についていき、トイレのドアが閉まると、ミュリエルにおどおどした顔を向けた。

「おれにはいえないよ」若者はいった。「妹たちはいまこの町に向かってる。そうなったら彼女を連れ出すだろう。だれもおれの話に耳を貸しちゃくれない」穏やかな顔立ちで内気そうな若者は、若いのに禿げかかっていて、新兵のように短く髪を刈りこんでいる。近くで見ると、目と鼻が赤くなっているのがわかった。あなたもガスの親戚なの、とミュリエルは訊いた。

「息子さ」若者は陰鬱《いんうつ》な声できっぱりと答え、「ギリシャ人の息子さ」といい換えて、そこに自嘲《じちょう》気味のユーモアを感じているようだった。ジョン・レオニディスと自己紹介し、じっとりした手で握手を求めてきた。ミュリエルが名前と職名を名乗ると、ジョンの顔はパッと輝いた。

「ありがたい。お袋はあんたみたいな人を待ってたんだ。検事局の人と話をしたがってるんだよ」ジョンはポケットをあちこち叩いてから、クールの箱を手に持っていることに気づいた。「ひとつ訊いていいかな」ジョンはミュリエルの隣のスツールに坐った。「おれは容疑者なんだろうか」

「容疑者？」

「わからないんだ、頭のなかにいろんなことが渦巻いてて。親父を殺したがってる人で思い当たる人物といえば、自分しかいないんだよ」

「あなたがやったの？」ミュリエルは冗談まじりに訊いた。

ジョン・レオニディスの目は煙草の赤い先端に釘づけになっていた。爪を嚙《か》むせいで爪先がぎざぎざになっている。

「そんな勇気、ないね」ジョンはいった。「ここはいい店主にいい料理、なんでもいい《グッド》だろう。でもそれは表向きのPRにすぎない。家じゃ親父はただのブタだったよ。お袋に足の爪を切らせるんだ。信じられるかい？　夏になると、親父は裏のポーチにスルタンみたいに坐って日光浴しながら、お袋に足の爪を切らせるのさ。反吐《へど》が出るよ」

ジョンは悔しそうに顔をつんとあげると、唐突に泣き出した。ミュリエル自身、父を亡くした二年前はちょうど折りあいが悪かった時期だったので、ジョンを襲った精神的ショックの大きさがすぐに理解できた。父トム・ウィンは、フォートヒル郊外にあるフォード社で地元自動車労組の組合長を務めていた人で、世間の評判によると社内では気さくな人物だったけれど、家では不機嫌な男だった。父の死後、母は教鞭《きょうべん》をとっていた学校の校長と意外なほどあっさり再婚し、いまは愛情に包まれて幸せに暮らしている。一方のミュリエルは、目の前のジョンと同じで、父との確執を解消しないまま死に別れたことに対する、終わりのない苦悩を味わうことになった。ジョンはなんとか気持ちを落ち着かせようと、鼻梁《びりょう》をつまんでいる。フォーマイカ製のカウンターに置かれたジョンのもう一方の手に、ミュリエルは自分の手を重ねた。

レオニディス夫人がトイレから出てくるころには、ジョンは平静を取り戻していた。ジョンのいったとおり、ついさっきまで悲しみに打ち萎《しお》れていたアテナ・レオニディスは、ジョンが「検事局の人だよ」とミュリエルを紹介したとたん、俄然《がぜん》勢いづいて、自分の意見を主張しはじめた。

「死刑よ、絶対死刑にしてちょうだい。あたしのガスにこんなことをした悪党は、あたしの見てる前で殺して。それを見届けるまでは眠らないから」アテナ・レオニディスはそれだけいうと、ふたたびくずおれるように息子のジョンに寄りかかった。ジョンはその肩越しから、もう一度ミュリエルに冷たく悲しい目を向けた。

けれどもミュリエルには、レオニディス夫人のいいたいことがよくわかった。ミュリエル自身、罪にはそれ相当の罰を与えるべきだと信じている。教師だった母は、スキンシップや精神的な触れあいを大切にし、右の頰を打たれたら左の頰を差し出すようなタイプだったけれど、ミュリエルの意見はいつも父のほうと同じだった。父は、人間は自分一人ではいい人間にならない、周囲から促してやる必要があるのだといって、組合では戦闘的戦術を擁護した。理想的な世界なら、正しく生きている人間にはかならず勲章が与えられるだろう。だがこの現実世界では、勲章を作るブリキもなければ時間もない。そこで、教訓となる別の具体例が必要とされた——善人がその努力と引きかえになにかを得るようにだ。苦痛は悪人にこそ与えられなければならない。悪人の苦しむ姿が面白いからではなく、善に苦痛が——悲劇を打ち消すことのできない切なさ、怒りの暴発を抑えることからくるやり場のない懊悩《おうのう》が——生じるからだ。善人は公平な処遇に値し、殺人には命の代償が必要となる。その基本的相互関係の一部が法なのだ。

そこへ、刑事課長のハロルド・グリアがあらわれた。ハロルドはレオニディス夫人に帰宅を勧め、ミュリエルには残ってくれといった。奥にあるガスの小さな事務室で、ハロルドは自己紹介した。

「検事局からだれかが来るのを二時間も待ってるんだ。トミー・モルトは全然つかまらないし」検事局殺人部の主任であるモルトは、被告をはめた嫌疑で失職したあと、最近ふたたび民事部に返り咲いた。モルトをどう理解したものかは、だれにもわからない。「ラリーから聞いたが、きみは頭が切れるそうだな」

「情報の出所をよく考えたほうがいいわよ」片方の肩をくいっとあげて、ミュリエルはいった。

元来が謹厳実直なハロルドも、これには快活に笑い声をあげた。ラリーの性格が上司に気に入られることは、おそらくないにちがいない。

「まあ、きみが休日の週末に家宅捜索令状を取れる程度に頭が切れるなら、私にはそれで充分だ」ハロルドはいった。

ミュリエルはウェイトレスたちが使う緑色の注文票の束から一枚破り取り、その裏にメモを取った。ハロルドは駐車場にある車の捜索令状と、念のため店の従業員全員の家宅捜索令状がほしいといった。ミュリエルはハロルドと別れる前に、父を殺したかったというジョン・レオニディスの言葉をひとまず伝えておこうと思った。

「嘘だろ」ハロルドはそういって顔をしかめた。遺族を締めあげたがる人間はいない。

「ただのショックよ」ミュリエルはいった。「そういうものでしょ、家族って」

「そうだな」ハロルドはいった。彼にも家族がいる。「令状のほうは頼んだぞ。それから、なにかあったときのためにきみの電話番号を聞かせてくれ」

休日の週末の午後四時に令状にサインしてくれる判事がどこで見つかるか、ミュリエルには見当もつかなかった。ハロルドが出ていったあと、ミュリエルは小さな事務室に残り、重罪部の判事数人につぎつぎ電話をかけた。案の定、残るはジリアン・サリバン一人となり、いつものように酔っぱらったような眠たげな声だったが、都合がつくという。ミュリエルはすぐに郡庁舎にあるオフィスに向かった。捜索令状を自分でタイプ打ちするためだ。

ミュリエルの心は浮き立っていた。検事局には慣習的な決まりがある。一度事件に着手したら、着手した者が最後までその事件を担当する、というものだ。この原則は、検事補たちが厄介な案件を途中で放り出したり、政治的に力を持つ実力者たちがうまみのある案件を横からさらっていったりするのを防ぐ機能を果たしている。普通ならミュリエルは、第三の控え選手に追いやられるだろう。これは死刑を求める刑事訴追になるからだ。かりにジョンとアテナが、これ以上人が死ぬのはいやだというタイプなら、検察側は死刑を求刑するのをためらうだろうが、レオニディス母子がそういう考えを持ってないことはすでにはっきりしている。しかも有罪答弁の場で、死刑覚悟で殺人を認める者などいない——これは大きな裁判になる。この件が片づくまで自分の名前がトリビューン紙の一面を飾る様子を、ミュリエルは瞼《まぶた》に思い浮かべた。考えただけで、興奮が全身を稲妻のように駆け抜ける。

ミュリエルは子どものころずっと、死ぬのが怖かった。ベッドに横になって慄《ふる》えながら、大人になるための長い旅は、終わりに待つ恐ろしい暗黒地点に近づくことにしかならないと気づいていた。けれどもやがて、母の助言を受け入れるようになった。ひとつだけ解決法があるわ、自分の跡を記《しる》すの、永遠というもののせいで霧散してしまわない、自分だけの跡を残すのよ。ミュリエルはいまから百年後に、だれかに胸を張ってこういってほしかった。「ミュリエル・ウィンはいいことをいくつも行なった。そのおかげで私たちみんなの暮らし向きがよくなったんだ」それがいうほど簡単でないことはミュリエルも承知している。がむしゃらに働き、危険を冒すことも当然ながら必要だ。けれどもガスのため、みんなのために正義を果たすことは重要だし、それはまた、肩で堤防を支え、ともすると世界を呑みこんでしまいかねない邪悪の波を必死に押し戻そうとする、終わりのない仕事の一部でもあるのだ。

外に出ると、店の前の歩道にラリーの姿があった。チャンネル5の鼠顔《ねずみ》の報道リポーター、スタンリー・ローゼンバーグを追い払おうとしている。ラリーがハロルドに訊いてくれと何度断わっても、ローゼンバーグがしつこく声をかけてくるので、ふだんリポーター連中に用のないラリーはとうとう、黙りこんでそっぽを向いた。

「ふん、禿げワシめ」歩きながら横に並んだミュリエルに、ラリーはそうつぶやいた。二人の車は同じ方向を向いて駐まっている。ミュリエルは薄墨色の通りを歩く自分に、店のなかに置いてきたはずのおぞましさが、まるで服に染みついた臭いのようにまとわりついているのを感じた。

「で、ハロルドはきみを雇ってくれたかい？」

「ええ、あなたのおかげよ」二人はミュリエルのホンダの前で立ちどまった。ミュリエルは重ねて礼をいい、「じゃあね」といったが、ラリーはいきなり腕を取ってきた。

「それで、だれなんだ？」

なんのことをいっているのかようやくわかったとき、ミュリエルは忘れてちょうだいといった。

「今後おれの耳に入らないとでも思ってるのか？」

さらにやりとりを繰り返したあと、とうとうミュリエルは降参した。

「タルマッジよ」

「あのタルマッジ・ローマンか？」

「そう。あなたの人生で、タルマッジという名前の人間にほかに何人出会った？」

前下院議員タルマッジは、いまや有名な企業弁護士にしてロビイストであり、ラリーとミュリエルが在籍していたロースクールの契約法の教授でもあった。三年前、タルマッジの妻は乳癌のため四十一歳の若さで他界した。おたがい配偶者の早すぎる死を経験したことで、ミュリエルとタルマッジは引き寄せられていった。ただ、男女の関係は閃光のように激しく燃えあがったものの、それは断続的にすぎなかった。ミュリエルの男たちとのつきあいはいつもそんな感じだった。ところが最近、二人の力のモーメントは接近する方向にあった。二人の娘を大学に進学させたおかげで、タルマッジが一人暮らしにうんざりしてきたのだ。ミュリエルも、タルマッジが持つ〝力の場《フォースフィールド》〟を楽しんだ。タルマッジと一緒にいると、叙事詩を思わせるほどスケールの大きな出来事がいつも手近なところにあるのだ。

「本気でタルマッジ・ローマンと結婚する気なのか？」

「あなたと結婚する気はないわ。だっていったでしょう、いまのつきあいがなにかに発展する可能性はないんじゃないかしら、ないと思う、ありそうもない、きっとないって。もうその可能性からは何百万キロも離れてるの。ただ、いちおうあなたの耳に入れておきたいと思っただけ。これからはあなたが口笛を吹いても、あたしが駆け寄っていかない理由をね」

「口笛？」

どちらの側にとってもじつに奇妙な会話だったろうが、ミュリエルは自分が、心理学でいう〝遁走《とんそう》〟状態に陥ったような気分だった。まるで魂が肉体から離脱して、この場面の上を空中浮遊しているかのようだ。ここ数年、こういう瞬間がしょっちゅうある。現実の生身の自分がここにいるのに、まったく実感がない。存在の小さな核があるにもかかわらず、目に見える形がないのだ。十代のころのミュリエルは、世界はいかさまだと考えるどこにでもいそうなひねくれた少女だった。ある意味、いまもその考えは変わらない。だれもがそのいかさまのなかに身を置いている。だからこそ法律の世界に惹かれたのだ。その法律のなかの、みんなの見せかけを切り裂くことが要求される代弁者の役割が気に入ったのだ。

どうやらそのことがラリーを、メリーゴーラウンドのように自分の人生へと周期的に連れ戻すことになっているらしい。ラリーのことはよく知っている。頭が切れて――冷酷なほどだ――偏見に満ちたユーモアと、自分と同じくらい確かな判断力を持っているところが好きだ。大柄で、ポーランド人とドイツ人の血が流れている。澄んだブルーの瞳、大きな丸い顔、頭頂部が少し薄くなりはじめたブロンドの髪。ハンサムというより筋肉質タイプといったほうが近いけれど、野性的な魅力にあふれている。ラリーとのつきあいは、若いころの奔放さと気まぐれの延長線上にあるといっていい。若いころのミュリエルは、勝手気ままでいるのが最高にかっこいいことだと思っていたのだ。けれどもラリーはすでに家庭を持っているし、骨の髄まで警官だ。いまミュリエルは、ラリーにいった言葉をもう一度胸のなかで繰り返していた。あたしはただ、人生のコマを進めたいだけ。

通りを見渡して人目がないことを確かめると、ラリーがポプリン地のスポーツジャケットの下に着ているアセテート地のゆったりしたシャツに、ミュリエルは手を伸ばした。最後にそのシャツのボタンを、理解してほしいという意味をこめて、いつものようにくいっと引っぱる。それから自分の車に乗りこんで、エンジンをかけた。エンジンを吹かしながら事件のほうへ思いを馳せたとき、ミュリエルの心臓は期待に高鳴った。

5

一九九一年十月三日
相次ぐ手がかり

ラリーは被害者の一人であるルイサ・レマルディに関して聞き込みをするため、デュサーブル空港へ向かう途中、一軒の家を見にザ・ポイントに立ち寄った。十年ほど前、ある不動産業者の殺人事件を扱った直後、中古家屋の修復に目をつけ、およそ一年半ごとに不動産を改築して転売しては、けっこうな儲けを出しているのだ。若かったころは警察をひとつの中継地点とみなしていた。仕事自体は気に入っているものの、ロースクールをドロップアウトし、天命として警察の仕事を受け入れるまでは、もっと高次の運命を思い描き、パワーエリートのなかに自分がいる姿を想像していた。だが最近思い描いている将来の展望は、もっぱら不動産関係だ。

穏やかな秋の午後、ラリーはその家をじっくり検討した。ある不動産屋が、今週売りに出されるとこっそり教えてくれた物件だ。ザ・ポイントは、キンドル郡には数少ないアフリカ系アメリカ人中流階級にとって安らぎの地だが、最近はセンターシティに近くて条件のよい物件を探しているあらゆる人種の独身者や若い家族を引きつけはじめていた。この物件はビクトリア朝風の大きな家で、ヤッピーにはたまらない魅力的な物件だろう。いくつかのアパートメントに分けられているが、本来の佇《たたず》まいはほとんど無傷で残っていて、両端にある一対の鐘塔《しょうとう》をそれぞれ取り囲むように作られた方形の屋上バルコニーもあるし、槍の形をした鋳鉄製の柵も造られた当時のままだ。その柵に黄色い落ち葉が引っかかって、小さな山ができている。

正面にはすばらしく日当たりのいい場所があるから、五月から十月まで花が楽しめるように、百日草、キンレンカ、ダリア、グラジオラス、マリーゴールド、菊などを植えてもいい。こうして不動産を扱ううちにわかったのは、植栽は通りから見た建物の外観を引き立たせ、結果的に草花のために投資した額が三倍になって戻ってくる、ということだ。妙なものでガーデニングは徐々に、この副業のなかでラリーが一番好きな部分となっていった。父方の祖父はポーランドの農夫だったので、どうやらそこへ先祖返りしているらしい。とりわけラリーが気に入っているのは、ガーデニングを通して、いままでなんとも思わなかったものに興味を持つようになったことだ。たとえば真冬には、土に降りる霜、死んでいく微生物、植え床を育《はぐく》む雪のことを思うようになった。陽の傾きを追うようになったし、雨が降ってほしいかどうか、日によって考えを変えるようになった。通りのアスファルトの下には土の大地がある――いつもそんなふうに思うようになったのだ。

デュサーブル空港が目の前に見えてくるころには、午後四時をとうにまわっていた。ハロルド・グリアの召集で〈パラダイス〉に集まった特別捜査班が、トライシティズで徹底的に聞き込みをしてから五週間が経ったが、予想したとおり、大きな石造りの建造物〈マグラスホール〉にある警察本部の外での捜査活動は、なんの成果もあげていなかった。マグラスホールはしょせんは中世の宮殿と同じで、だれがだれと寝ているとか、署長や課長連中がどの出来損ないを贔屓《ひいき》にしているかといった噂の宝庫にすぎず、警官たちは政治的駆け引きや男女の乳繰りあいといった気晴らしに明け暮れるばかりで、真剣な警察活動など行なわれていないのだ。八月にはFBIが、アイオワ州で三人殺しの犯人を捕まえたと思いこんだ。立証には至らなかったが、そのころにはほとんどの刑事が通常の仕事に戻っていた。ラリーの知るかぎりでは、特別捜査班のなかで二週間に一回以上報告書を書いているのは、いまではラリー一人だ。

ルイサの死には、いまだにラリーを引きつけてやまない謎があった。検屍報告さえ、彼女の死の正確な状況についてはいくつか疑問を呈しているほどだ。ペインレス・クマガイは、彼女のアヌスの周囲に、かすかに細い血の筋がついた線状の浅い傷をいくつか見つけた。死体は出血しない。最近ラリーが考えている説は、ルイサは命が助かりたくて、最初の性的暴行に服従したのではないか、というものだ。しかしその場合、ルイサの死体を地下室まで運び降ろした第三の被害者ジャドソンは、彼女が暴行を受けているあいだなにをしていたのか？　共犯者がジャドソンに銃を突きつけていたのだろうか？

　そのころにはラリーは、トランスナショナル航空が最近完成させた大きな管理センターの前に車を駐めていた。短距離専門のジェット機が出現したことで、トランスナショナル航空はデュセーブル空港での運航を再開し、標的市場《ターゲットマーケット》をはっきりと絞りこんだ。ビジネスマンとギャンブラーである。トランスナショナル航空は、中西部の各都市と、ラスベガスやアトランティックシティへは、余分なサービスを排除して航空運賃を安く設定し、一日二十四時間飛行機を飛ばすことにした。これがじつに大当たりとなった。ほかの三つの大手航空会社も乗り入れを開始、郡の空港関係当局は、巨大なトライシティズ空港の絶え間ない混雑状況を解消するため、デュサーブル空港の大規模な拡張工事を許可した。大手ホテルチェーンやレストランチェーンが近くでつぎつぎと新規展開しつつあり、トランスナショナル航空もその波に乗って、五年前にはさびれた低所得者向けの公営団地だったところに、この新たな管理センターを最近オープンさせたのである。コンクリートの建物に入ってすぐのところは、細長い筒状になったガラス張りの吹き抜けになっていた。典型的な新しい建築で、壁は薄いし、照明もやたらと明るい。モダンは性にあわないぜ、とラリーは思った。

　〈TN《トランスナショナル》警備〉には、みんながルイサの親友だといっていた発券係、ジュヌヴィエーヴ・カリエールへの事情聴取を再度手配してくれるよう頼んであった。警備員ナンシー・デイアスのオフィスに入ったとき、ジュヌヴィエーヴはすでになかでお待ちかねだった。ナンシーはほかの多くの警備スタッフと同じく、キンドル郡の元警官である。ラリーとジュヌヴィエーヴだけにしてほかの仕事に行きかけて、ナンシーはドアのところでこう告げた。

「アーノが、終わったら話をしたいんですって」

アーノ・エアダイは、デュサーブル空港の警備を切り盛りしている〈TN警備〉の副主任だ。ラリーはアーノとは十年来の知りあいだが――はじまりは警察学校で一緒だったことだ――ラリーが事件を探りに来た最初の数回、アーノのほうからは挨拶ひとつなかった。アーノは昔からラリーに、自分がどれほど偉い人間になったか誇示したがっているような男だった。

ナンシーのオフィスには木目調の合板でできた机がひとつと、窓がない分を補うための明るい蛍光灯があった。ジュヌヴィエーヴは柿色の制服姿で、くるぶしで脚を組んで坐っている。学校の先生のように取り澄ましているが、実際に以前は学校の先生だったらしい。いまは夫を医学部に通わせているところで、ここだと夜間シフトで働くほうが楽だし給料もいいし、昼間は一歳の子どものために家にいてやることができるという。少々太り気味の傾向にあり、喉もとには小さな銀の十字架をかけていて、頬はふっくら、上の前歯が下の前歯に覆いかぶさる過蓋咬合《かがいこうごう》の傾向が少しある。人と話すときには顎をあげて目を見てしゃべるが、二ヵ月半前に事情聴取をしたときは、なにか隠しているかのように慄《ふる》えていたのをラリーは見逃さなかった。

二人は赤ん坊のことを少し話した。前回ジュヌヴィエーヴの持ち場で事情聴取をしたとき、カウンターの上に革製の折りたたみ式三面写真立てがあったのだ。今回ラリーは、金のことで質問したいと切り出した。

「お金？」ジュヌヴィエーヴは訊き返した。「お金には疎《うと》いわ。もうちょっと詳しくなれたらいいんだけど」

「そうじゃなくて、ルイサの金だよ」

ジュヌヴィエーヴはその言葉に、かえって混乱した様子だった。ルイサの元亭主カーマインはほとんど毎月生活費を入れず、ルイサはいつも目一杯働かされてきた。同居していたのは年配の母親一人と、自分の娘二人。五年前、ルイサは大きなトライシティズ空港から配置転換でデュサーブル空港にやってきた。勤務については、ある日は午後八時から午前六時までで、つぎの日は午後六時から夜十二時までといった具合で、ジュヌヴィエーヴと柔軟にシフトを入れかえながら働いてきた。ラスベガスとのあいだを往き来する飛行機が飛んでいるあいだ、勤務中の発券係は一人だけである。そのスケジュールのおかげで、ルイサは朝娘たちを学校へ送り出すことができ、娘たちが帰ってくるときも家にいてやることができたし、ときどきは夕食も家で食べることができた。寝るのは日中だった。

いくつかの事情聴取でわかったように、奔放な都会っ子として通っていたルイサは、よくある危機的状況に陥った。カーマインの子どもたちをもうけたにもかかわらず、カーマインに逃げられたのである。理由は体重がちょっと増えたということもあるかもしれないし、嫌味なところがカーマインの母親にそっくりだ、あるいはルイサの母親にそっくりだ、とカーマインに思われたのかもしれない。とにかくカーマインが逃げたあと、四つの寝室がある自分たちの夢の家が、ウェスト銀行の抵当に入っていることに気づいた。しかしルイサは、二人の娘たちが父親の愚かさに苦しめられる姿を見たくないと心に決めた。その結果、借金が残った。それもかなりの額が。一年前の時点で、ルイサのクレジットカードに三万ドルの借金があったことはわかっている。ところがその後ルイサは、給料の全額を銀行に送りはじめた。となると、食料品や学用品などの費用はどうやって払っていたのか？　のちにそれが現金だったことがわかった。ルイサはどこへ行くにも、現金を持っていたのである。

他人の経済状況を徹底的に暴き出すのはお手の物という殺人課刑事もいるかもしれないが、あいにくラリーはそういう人間に会ったことがない。だから銀行から手に入れた数ヵ月分の明細書をジュヌヴィエーヴの前の机に並べたときは、自慢したい気分だった。ルイサはジュヌヴィエーヴの奔放な友人だった――なにしろジュヌヴィエーヴより口が悪いし、クラブで過ごす夜も多く、ベッドに連れこむ男の数も多い。ジュヌヴィエーヴはそのあたり、かなり突っこんだ事情を聞いているのではとラリーはにらんだが、いまは不思議そうに首を振っている。

「こんなの聞いたことないわ。ほんとよ」

折りたたんだ分厚い札束を目の当《ま》たりにしたら、ふつうはどこか怪しいと思うものだ。ラリーはルイサの住所録に並んでいた名前をＦＢＩの全米犯罪データベース、ＮＣＩＣで検索してみたが、あいにくひとつもヒットしなかった。しかしジュヌヴィエーヴには、スキャンダル色をやや控えて説明した。ルイサの私生活には、年配の紳士がいなかっただろうか？

「もしいたとしても――」ジュヌヴィエーヴは答えた。「聞いたことないわ。あんまり男は必要ないって感じだった。カーマインと別れてからは、つきあいらしいつきあいってなかったみたいよ。土曜の夜はパーティ三昧《ざんまい》だったけど、金持ちの中年男がどうのこうのなんて一言もいってなかったもの」

「これだけの現金に説明がつくような行動や交友関係に心当たりは？」

「たとえば？」

「ドラッグとか」ラリーはジュヌヴィエーヴの表情のなかに手がかりがあらわれるのを待ったが、どうやら本心から面食らっている様子だった。「彼女の制服のジャケットに、そういう品物があったんだ」ラリーは説明した。飛行機の安全性確保という名目で、トランスナショナル航空の全従業員は四ヵ月に一度尿検査をすることになっている。死の二ヵ月前、ルイサの尿から薬物反応が出た。ＴＮ警備が調査を進めると、空港内でルイサがドラッグを密売していたという匿名情報が入ってきた。組合の客室乗務員が呼ばれ、ＴＮ警備がボディチェックを要求すると、ルイサは怒りの反論をぶちまけながらも従った。そのボディチェックではなにも出てこなかったし、二度めの尿検査では、薬物反応は偽陽性だったこともわかっている。それでも現金の札束となれば、やっぱりそこになにかあったのではと、ラリーは考えはじめていた。空港の従業員は、ドラッグを密輸入する手助けができる立場にあるのだから。

だがジュヌヴィエーヴは、別の見方をしていた。

「はめられたのよ」ジュヌヴィエーヴはそういった。「その件に関しては全部聞いてるわ。ルイサはほんとに怒ってた。この航空会社に勤めはじめて十年間、彼女はドラッグをやったことなんてないのよ。なのにいきなりボディチェック？　変だと思わない？」

「それじゃ、だれがはめたんだ？」

「ルイサは口が悪かったの。そしたらだいたい想像がつくでしょ。きっとだれかのご機嫌を損ねたんだわ」

「そのだれかに心当たりは？」

ジュヌヴィエーヴは、ひとつふたつ名前が頭に浮かんでいるような目でラリーを見たが、ルイサのように後先考えずにしゃべるような過ちは犯さなかった。ラリーはなんとかしゃべらせようとあれこれ試みたが、ジュヌヴィエーヴは小さく愛想笑いを浮かべ、おどけて目をまわすだけだった。時間はもう遅くなりはじめていたし、このままではアーノと話ができなくなってしまう。そこでラリーは、またあとで連絡するかもしれないといって、ジュヌヴィエーヴを解放することにした。が、ようやく解放されるというのに、彼女はあまりうれしそうな顔をしなかった。実際にはジュヌヴィエーヴのような人間をきわめてまともな部類とみなしているにもかかわらず、そういう人たちから反感を買うことが多いのが、警察の仕事の報われないところだ。ジュヌヴィエーヴはルイサの現金の出所を知っているのだろうか？統計を取れば、アメリカ人の七十三パーセントがイエスというだろう。しかし、その金とルイサが殺されたことは無関係だとジュヌヴィエーヴが確信しているのは明らかだ。彼女はおそらく死んだ女友だちの思い出を汚したくないと思っているにちがいないし、ラリーもじつは彼女のそういう姿勢に一目置いていた。ひょっとするとルイサにはやくざな組織とつながりのある叔父でもいて、援助を受けていたのだろうか。あるいは旧世界タイプのルイサの母親が、前に住んでいたキワニーのご近所でナンバーズ賭博の胴元でもやっていたのだろうか。なかでも一番可能性が高そうなのは、母親が長いことマットレスの下に貯めこんでいた現金を娘にくれてやったことだ。

アーノのオフィスの外で数分ほど鉢植えのまわりをうろうろしていると、秘書が招き入れてくれた。ＴＮ警備の主任はトライシティズ空港のほうに配置されているため、アーノは事実上このデュサーブル空港の責任者であり、オフィスは与えられた家具には広すぎるほどだ。大きな窓から射しこむ光が机の上に反射する。机の上にはなにもない。埃《ほこり》すらも。

「ひとつ訊いていいか？」二人とも坐ると、アーノが訊いてきた。「ここのだれかが新聞沙汰になるようなまずいことでもしたんなら、センターシティのお偉いさんたちの耳に真っ先に入れとかなくちゃいけないんだ」

アーノは一九五六年、ハンガリーから亡命してきた。ロシア人によって家の前の街灯に父親を吊るされたのがきっかけだ。話し言葉のなかには不釣り合いなBGMのようにいまも訛りが残っていて、ある種の母音を長めに発音し、喉の奥で貼りつくような音を出すこともある。その訛りをだれにも気づかれてないかのように振る舞うあたりが、いかにもアーノらしい。内部事情に詳しいのだと他人に思われていたいタイプでもあり、それを考えると、ラリーがなにをつかんだか確かめるために、あちこちから情報を掻《か》き集めることだろう。そんなアーノの詮索好きは、かえって捜査の梃子《てこ》になる。ラリーは答えるかわりに小さならせん綴《と》じノートをさっと開き、ルイサの職員ファイルに記録されている麻薬云々《うんぬん》に関して調べるつもりはないんだ、と切り出した。アーノは口をもごもご動かして、その言葉を受け入れることによる代償を頭のなかで天秤にかけると、ようやく身を乗り出して、両肘をどっかと机の上に置いた。

「こいつは書き留めないでほしいんだが――」アーノはいった。「どうも部下たちが少し勝手なことをしてるようなんだ。この若い女――ルイサは、聞くところによるとみんなの頭痛のタネだったらしい。ファイルのなかに彼女の評価があっただろう。〝反抗的《Insubordinate》〟。綴りをまちがえるやつが何人かいたがな。彼女は問題を起こすたびに開き直るクチでね。懐疑的な連中が態度を硬化させるのも無理はないんだ」

アーノは最後の言葉をいいながら渋い顔をした。部下が調査の口実として勝手に〝匿名情報〟をでっちあげた、といいたいのだ。そういうことは街ではしょっちゅう起こっている。この点はジュヌヴィエーヴのいったとおりだった。ルイサは口が災いしてみずからトラブルを招いたのだ。

「つまり、手がかりなしってことか？」

「まるっきり」アーノはもったいぶった口ぶりでいうと、机の引き出しに手を伸ばし、口の端に爪楊枝をくわえた。神経質な感じで、身体は全体に痩《や》せている。ほっそりした顔。長く細い鼻。眉毛は薄くて、あるかないか。ラリーにはなかなか好きになれないタイプだ。顔つきに険があり、しょっちゅう機嫌悪そうに顔をしかめる。なにか饐《す》えた匂いでも嗅いだかのようだが、それは人間の臭いを嗅ぎ分けているからなのかもしれない。きっと申し分のない警官になっただろう。それほど頭が切れたし、仕事にも真剣に打ちこんでいた。だが警官にはならなかった。まだ警察学校にいたころ、アーノは家庭内のトラブルに巻きこまれ、義理の母親を銃で撃ち殺してしまうという事件を起こしたのだ。死因審問は、義理の母がナイフを持ってアーノを追いかけていたという妻の証言を認めた。だが警察の幹部連中は、まだ警官バッジも持たないうちにサービスリボルバーで人を撃った男を、警察官にしようとはしなかったのである。

しかし、世の中どうなるかわからないもので、アーノにとってはこれがかえっていい転機となった。警察学校の警官数名が、トランスナショナル航空の警備部門に口利きをしてくれたのだ。空港の安全を守り、税関職員の麻薬密輸摘発を手伝い、飛行機のタダ乗りを未然に防ぐ、それが仕事だった。出勤時はスーツにネクタイ姿だし、最近は郊外に洒落《しゃれ》た家を買った。年金にも加入したし、航空関係の株も持った。元警官の部下を大勢抱えるようにもなった。まずまずの成功といえるだろう。だがアーノはいまでも警官に未練があって、警官が集まるバーとしてはトライシティズ一有名な〈アイク〉に、しょっちゅう顔を出している。銃とバッジ、だれもが認める男らしさ、そういったものがたまらなく好きなのだ。そしてビールをちびちびやっては警官たちの話に聞き入るその顔には、人生で逃《のが》したものについて、ラリーも含めた多くの中年男たちが見せるのと同じ悲哀を湛《たた》えているのだった。

「で、薬物に関するきみの見方は？」アーノが訊いてきた。「ハロルドはルイサが〝行きずりの暴漢〟に殺されたと踏んでるんだろう。たまたま時と場所が悪かったんだと」

「おそらくな。だがルイサは、あるところから大金を手に入れてたんだ」

その一言でアーノの目の色が変わった。ラリーの経験では、ハンガリー系移民は金《かね》に執着する人間が多いが、アーノもその一人で、とりわけ自分の金には関心が高い。かといって、やたら自慢するほうではなかった。自分の株式《ストック》オプションを話題にするときも、コレステロール値が低いことに安堵するような口ぶりだ。おれはついてるだろ？　そんなアーノを見ていると、年配のポーランド人の親戚が頭に浮かんでくる。彼らは稼いだ金と使った金の全記録を、一ドル単位で諳《そら》んじることができた。金すなわち安心という、じつに旧世界的な考え方である。ラリーは殺人課刑事になってから、金に関してふたつのことを学んだ。第一に、人は金のために死ぬ。金よりも多い理由は愛だけだ。そして第二に、ブギーマンがドアベルを鳴らすときには、充分な金があったためしがない。

「その金の出所は？」アーノが訊いた。

「それをあんたたちに訊きたかったのさ。ルイサはなにか盗んでたのか？」

アーノは身体を横に向けて考えこんだ。通りの向かいの南北に走る滑走路には、ボーイング七三七が、池に着水するアヒルのような格好で着陸態勢に入っている。リベットとアルミ板の巨大な塊が甲高い轟音《ごうおん》を響かせながら、中心からわずかに逸《そ》れた角度で高度を下げ、滑走路に進入、機体を震わせて着地した。アーノのオフィスの窓はおそらく三重ガラスなのだろう。騒音らしい騒音は聞こえてこない。

「航空券を裏で不正に売ってたんじゃないかと疑ってるとしたら、それはまちがいだ」アーノは答えた。

「むしろおれが考えてたのは、航空券の売上金をちょろまかしてたんじゃないかってことなんだが」

「ありえないな。経理がうんと厳しくて、現金なんか盗めっこない」

「だったら航空券じゃないのか？」

「航空券？　たしかに航空券は手っ取り早く盗めるし、たかが紙切れ一枚でも街に出れば千ドルの価値を持つことだってある。だがそんなことをしたらかならず捕まるだろうな」アーノはその手口を簡単に説明した。まず発券係が航空券を発行する。たいていはコンピューターで行なうが、たまには手書きで発行することもある。その航空券は、発券係が確認されないことには有効にならない。発券係を確認するにはコンピューター・コードを通すか、手書きの航空券だったら、金属製のプレートでできた各発券係の刻印機を通す。クレジットカード番号の刻印機のような機械で、以前は航空券を有効にするのにこれが使われた。「だれかが旅行するときにはいつでも、支払金額と有効発券枚数が一致するわけだ。支払いがなければ私の電話が鳴る。そしてその発券係を真っ先に調べることになる」

「それで？　あんたの電話は鳴ってるのか？」

「たまに。それも一、二枚ってとこだな。一人の人間が何千ドルも横領するなんてことは、とてもじゃないがありえない。発券係の刻印機が紛失したこともない。万一そんなことがあったら上を下への大騒ぎさ。航空会社は金にはせこいんだ。横領が発覚したら、たとえ一ドル九十五でも即捕まえて告訴だろう。融通がきかないったらありゃしない。しかし、おかげでうまくいってる。全職員がビビッてるからな。ジュヌヴィエーヴの事情聴取はどうだった？　ルイサが金のなる木をどこに隠してたか、手がかりになりそうなことをなにか教えてくれたか？」

「見ざる聞かざる言わざるさ」

「ほんとに？」アーノは渋い顔をした。

「ああ。ジュヌヴィエーヴがルイサと同じことに手を染めてた可能性は？」

「絶対にないとはいえないが――まあ、ないだろうな。人が良すぎるくらいだし、規則にもちゃんと従う。なんなら彼女に大陪審の召喚状を出したらどうだ？　ああいう人間は、神に誓いを立てたら人を騙そうなんて夢にも思わないもんだ。ジュヌヴィエーヴを絞りあげれば、ルイサがなにに関わってたかきっとわかるだろう」

その手もあるかとひとまずノートに書き留めたが、おそらくミュリエルとトミー・モルトはサインしないだろう。大陪審への召喚となると、被告側弁護人が、善良な白人をただの勘だけで逮捕するのか、という具合にわめき立てるに決まっているからだ。

アーノが、ほかになにを考えてるんだと訊いてきた。

「そうだな、ほかにはたいしてないんだが、ルイサはノミ屋で稼いでたわけじゃないよな――どうせこの空港に来る客の半数はラスベガスに行くわけだし」

その理屈にはアーノも同意した。

「それで、おたくはどんな問題を抱えてるんだ？」ラリーは訊いた。

「いまはここもまだ小さな町だ。だからうちの一番の問題は、冬のごくつぶしどもさ。ふだんノースエンドの路上にたむろする負け犬たちは、冬になると暖かい場所に身を寄せたがるだろ。おかげでここはそういう連中の溜まり場だよ。たとえばトイレだとか、奥の手荷物引き渡しコンベヤーの上とかな。おまけに盗みは働くし、人を脅かしたり、床に吐いたりときてる」

「売春婦は?」

一夜の慰めを求める孤独な旅行者は大勢いる。航空会社の制服を着たルイサのような若い女性は、男が好む客室乗務員との妄想の代用として、求められることもあるだろう。昼食時、コーヒー休憩、仕事後、客足のぱったり途絶えた真夜中、チャンスはいくらでもある。だがこの空港の周囲には、その手の若い女がせっせと仕事に励むためのホテルがろくにないのだ。アーノはそう指摘した。

「そんなんじゃ、ろくに捜査の足しにならないじゃないか」ラリーは苛立った。

アーノは舌先で口の横を膨らませた。アーノの場合、これは笑顔といっていい。

「実際には——」アーノは爪楊枝を振りかざしながらいった。「きみにひとつ提供できる情報があるかもしれないんだ。果たして話していいものかどうかわからないがな。ある少年がいる——といっても、もう子どもじゃないんだが——知りあいの若者だ。それもただの知りあいじゃない。ざっくばらんにいうと、私の甥なんだ。だがきみが彼に会ったときは、私の甥であることは忘れてくれてかまわない」

「ハンサムじゃないのか？」

「いいや、ハンサムだ。甥の父親は大柄でハンサムな色男だし、甥も父親に似て大柄でハンサムだ。しかし、きみや私とは少しばかり肌の色がちがう」

「ほほう」

「私の妹が、その——私がサウスエンドで子どもだったころ、年配者たちがしょっちゅういってたのは、なんとか茶色い野郎を町から追い出せないかってことだった。三方をやつらに囲まれてて、ドラッグやら売春やらをはびこらせるあの茶色い野郎どもにはもううんざりだって感じでな。ハンガリー語じゃ〝フェケテ〟というんだ。〝黒人〟だよ。いつも〝フェケテ！〟と吐き捨てるようにいう。だから当然のように、女の子は年ごろになると、パパもママも最低、ローマカトリックなんかクソくらえよ、と親に反発する子が出てくる。彼女たちにとってスリルを楽しむことは、声をかけてきた最初の黒人にできるだけ早く処女をくれてやることだった。妹のイローナはそういう蓮《はす》っ葉《ぱ》な女の一人で、いくら蜜壺に黒い肉棒を入れても、飽き足りるということを知らなかった。

　そんな経緯で、甥はこの世に転がり出てきたのさ。私の両親は、妹と自分たちのどっちを先に殺したらいいかわからなかった。そこで最初から兄貴——つまりこの私が、妹親子の面倒を見てきたのさ。約六百回を迎えるロングランのメロドラマだ。ショートバージョンを聞く時間はあるかい？　話の残りを理解する手助けとなるはずだ」

「じゃあ残業することにしよう」ラリーは答えた。

「甥は有り体《あてい》にいえば、茶色い肌の父なし子だった。近所の年寄り連中は甥を相手にしなかったし、甥もご近所なんか鼻にもかけなかった。そして、妹がよかれと思ってやったことが、逆に裏目に出てしまった。妹は息子を聖ジェロームには行かせず、パブリックスクールに通わせたんだ。そこなら黒人の生徒は甥だけじゃないからな。ところが甥はたちまち黒人たちになじんで、黒人のようにしゃべり、ワル仲間とクスリにどっぷりはまる始末だった。私は炎のなかに手を突っこむようにして、なんとか甥を取り戻そうとした。だが甥は〝ティーズ・アンド・ブルース〟でとうとう有罪になってしまった」咳止めシロップのピリベンザミンと鎮痛剤ペンタゾシンの、中毒性のある処方薬だ。クラックが出まわる前の八〇年代の安価な薬物である。「いろんな伝手《つて》を頼って、なんとかまともに更生させようとしたよ。しかし、ああなるともう遺伝子に問題ありとしかいいようがない。つくづくそう思う。甥は三日と持たないんだ。もちろんドラッグさ。クスリというクスリは全部試してた。なにか才能がなかったかって？　頭はよかったよ。だが甥には自分の肌の色がどうにも我慢ならなかったんだ。母親を毛嫌いし、私を蔑《さげす》んでいた。そんな甥に、私たちはどうすればいいのか教えてやることができなかった。この白人社会のなかで黒人であることがどんなものか、私たちには想像もつかなかったからさ。もちろん甥のほうは口が達者で、くだらない話はお手のものときてる。ここがオープンしたときに私は甥を雇うことにしたんだが、甥は一足飛びに幹部社員になりたがった。金属探知機の横に立つような下っ端仕事はいやだといってね。それに甥は旅に出たがった。そこで陸軍に入ったんだが、一年半で除隊されてしまった。もちろん原因はドラッグさ。そこで私たちは甥を祖国ハンガリーへ送った。だが甥は、ハンガリーはおれのルーツじゃないといって、アフリカのほうへ行ってしまった。それでどうなったと思う？　だれもバスケットボールをしない、平日と週末の区別もアメリカとは全然ちがう。で、結局また舞い戻ってきた。これからは大人になるよといってな。ようやく、会社で働きたいと決心してくれたんだ」

「会社で？」

「航空会社だ。世界を見ることで給料をもらいたいとな。身のほど知らずとはこのことさ。全航空会社が従業員に対して大がかりな麻薬審査をやってるってのに。どの航空会社も、薬物の前科を持つ若者を雇うくらいならオランウータンを雇うだろう。だが私はこういう仕事をやってきた関係で、大手旅行代理店をたくさん知っている。そこでひと肌脱ごうとした矢先、甥のほうで〈タイム・トゥ・トラベル〉に仕事を見つけたんだ。しかもたまげたことに、けっこう真面目にやりはじめたらしい。コリンズは——それが甥の名前だ——コリンズは準学士号を取り、旅行業務取扱主任者の資格も取った。ジャケットを着てネクタイを締めるのも好きだし、人と話すのも好き、コンピューターだって立派に使いこなした。おかげでただの使いっ走りから、旅行案内業者に昇進したよ。その当時、私は五分ほど思った。こいつはうまくいくかもしれない、甥は立派に更生できるかもしれない、とな。だが案の定、甥はまた性懲りもなくドラッグにのめりこんで、密売に走ってしまった。それでアウトさ。最初の有罪判決が加味されて、甥はクサい飯を一年半食らった。この州での旅行業務取扱主任者の資格も取り消しだよ。

甥はシャバに戻ってきたとき、旅行業務取扱主任者の資格が取り消されたことに対して、ムショ暮らしそのものよりも腹を立てていた。私は甥に、引っ越しをしろ、前科が問題にされないところへ行くんだと勧めた。甥の旅行業務取扱主任資格が通用する州は、ほかにまだ三十六あったのさ。だがもう結末は察しがつくだろう。先週電話があって、甥はいま〝郡〟にいるそうだ」

「郡刑務所か、郡病院か?」

「鉄格子モーテルのほうだ」

「なんでまた?」

「麻薬のおとり捜査に引っかかった」

「量は?」

「連中の言葉でいう六ゾーンの——」六オンス（約百七十グラム）だ。「クラスXだ」

「そいつはまずいな」

「まずいどころの話じゃない。これでトリプルXだ」トリプルXとは、薬物での三度に及ぶ重罪のことであり、仮釈放なしの終身刑を意味する。もっとも、アーノの甥が検察側に提供できる情報でもあれば話はちがってくる。ラリーはまだこの話の行く先が見えなかった。アーノには警察の麻薬捜査課に、力になってくれる知りあいがたくさんいるはずだ。

「あんたの甥は、タレコミでもするしかないだろうな」ラリーはいった。

「ああ、取引相手のギャングたちの名前とかな。だがもしそいつらを一人でも売ったりしたら、あいつはパンチボードみたいに風穴だらけにされちまうと考えているようだ。しかし、ほかに情報がなくはないらしい。甥はやばいことになるたびに私に電話をしてくるんで、私も相手にしないようにと自分にいい聞かせてはいるんだが、そうもいってられないだろ？　で、甥は昨日泣きながら電話してきて、長々としゃべったそのなかで、きみが担当してる事件に関してあることを耳にしたとか、見たとかといったんだ」

「この事件のことか？」

「甥はそういっている。宝石を持った男を見たそうだ。しかもその宝石は、被害者の一人のものじゃないかというんだ」

「どの被害者だ？」

「それは訊かなかった。きみが来ることは聞いていたんで、甥には伝えておくと約束した。コリンズのことは自分のことのようによく知ってるから、本当のところは、おおかたムショ暮らしでよく聞く風の便り、、、、だろう――ルディから聞いた話をトルーディがジュディに話した、という類のな。しかし、かりにそれがガセじゃないとして、甥がきみにその情報を伝えるとしたら、なんとか甥を助けてほしいんだ」

「その点はなんの問題もない」とラリーは答えた。「だがそのためには、決定的な情報でなくちゃだめだ」

「甥もそこは第一に考えてるだろう」アーノはいった。

ラリーは名前を書き取った――コリンズ・ファーウェル。管理センターを出るとき、建物内部の照明は消えかかっていて、通りの向かいでは、垂直尾翼にトランスナショナル航空のジグザグ模様のロゴが入ったジェット機が、周囲の空気を激しく振動させながら、空に向かって飛び立っていった。ラリーははじめ、なぜこんなにもいい気分なのかわからなかった。だがふとその理由《わけ》がわかった。この話、ミュリエル・ウィンに知らせなければ。

6

二〇〇一年五月十五日
ジリアンの手紙

外の雨から〈オグレディ・スタインバーグ・マルコーニ＆ホーガン法律事務所〉のなかに入ってきたときのジリアン・サリバンは、いつもながらアーサーの目には、落ち着きと静かな美しさをたたえて見えた。ジリアンは事務所の広々した受付エリアで雨に濡れた傘を振ると、ビニール製のすべすべしたレインコートをアーサーに手渡した。短めの髪が湿気で少しべたっとしているが、黒っぽいテーラードスーツの着こなしは非の打ち所がない。

アーサーはジリアンを会議室に通した。白の紋様が入った緑色の花崗岩《かこうがん》のテーブルが、真ん中にでんと置かれている部屋だ。このＩＢＭビルのスチールフレームの窓からは、三十六階下の、薄れゆく日射しを川面に躍らせたキンドル川が見える。ジリアンは昨日電話をかけてきて、話しあうことがあると単刀直入に切り出し、電話を切る前に、前回会ったときのぶしつけな物言いをあらためて謝ってきた。もう忘れたよ、とアーサーは答えた。女性とのつきあいで生じた心の傷には触れない癖がすっかり染《し》みついていたし、あのときもほかの多くの場合と同じように、アーサーのほうがジリアンの反感を買ったかもしれないのだ。酒の飲み過ぎで人一人の生命を顧みなかっただの、買収されただのと遠まわしにいわれれば、だれだって穏やかな気持ちではいられないだろう。

アーサーは会議室の電話を取って、パメラを呼び出した。パメラを待つあいだ、いま仕事はしてるのかい、とジリアンに訊いた。

「ええ、〈モートン〉で化粧品を売ってるわ」

「どう、仕事は？」

「誠実とはいいがたいお世辞を並べて過ごしてる。二週間に一度給料がもらえて、そのほとんどがワードローブに消えていくわ。でもこの仕事にはけっこう自信があるの。化粧と洋服に関しては、法律と同じくらい詳しいから」

「きみはずっと素敵だったからね」

「あたしはそんなふうに感じたことなかったけど」

「とんでもない、判事席のきみは本物のレディの風格があったよ。ほんとさ。きみを見るたびうっとりしてたんだ」アーサーはいったそばから、まるで先生の机の横に立たされた小学生のような気恥ずかしさを覚えたが、おかげでジリアンからふっと笑みがこぼれた。もちろん〝うっとり〟というのは適切な言葉ではない。アーサーが人に惹かれるときは、その程度の表現でおさまったためしがないのだ。むしろアーサーの妄想は、鮮明で官能的で、激しいものだった。十二、三のころからほぼ半年ごとに、素敵な女性への片思いに陥るたび、瞼にその女性の姿が蜃気楼《しんきろう》のように焼きついて離れなくなる。裁判所の華だったジリアン・サリバンは、息を呑むほどの美しさと手強い知性の持ち主であり、その天賦の才はまさに判事職に打ってつけだった。アーサーはジリアンの法廷に検察官として任命されてまもなく、彼女の虜《とりこ》となってしまった。判事が検察官と弁護人を判事席前に呼び寄せて行なう協議《サイドバー》や、判事の前での訴追進行についての打ち合わせで、いつも隙のないファッションと強い香水の匂いをまとったジリアンのそばに行くと、思わず勃起しかけて、黄色いメモパッドで前を隠さなければならないことがしょっちゅうだった。ジリアンの性的魅力に参っていた検事補は、アーサーばかりではない。裁判所近くの酒場で一杯機嫌になったミック・ゴヤは、たまたまジリアンが品よくエレガントに通りすぎるのを目で追いながら、こういったことがある。

「壁の向こうに彼女がいると思えば、その壁にだってファックしたくなるってもんだ」

　頂点から一気に転落したとはいえ、あいかわらずジリアンは、アーサーにとって気になる存在だった。苦労したせいか、ガリガリといっていいほどに痩せてしまったが、数年前に見た、飲酒のせいで顔色が悪くぼうっとした感じの彼女よりも、はるかに印象がよくなっている。ジリアンが来てくれるというだけで、アーサーの胸は自然と弾んでいた。

　パメラがやってきて、にこりともせずにジリアンと儀礼的な握手を交わした。ロミー・ギャンドルフに死刑判決を下したというだけでも、パメラの敵対者リストにジリアンが載るには充分だったが、アーサーがジリアンの服役理由を説明してやると、パメラは心底呆れ返っていた。判事が賄賂《わいろ》を受け取るだなんて！　パメラの氷のように冷淡な態度を観察しながら、アーサーは思った。ジリアンはこういう冷たい反応に何度も遭《あ》ってきたにちがいない。ましてや法の聖域に足を踏み入れるときはなおさらだろう。こうして事務所まで来てくれただけでも、じつに勇気がある。

赤銅色の日射しが斜めに差しこむテーブルの端のほうに、三人は並んで坐った。パメラには、十日前に会ったことがきっかけでサリバン元判事は記憶のなかからいくつか思い出したことがあるんじゃないか、と話してあった。だが実際にはジリアンは、おもむろにハンドバッグの口金を開いてこう切り出した。

「やっぱりあなたに見てもらったほうがいいんじゃないかと思って」ハンドバッグから出てきたのは、白い事務用封筒だった。それがジリアンの手でテーブルの上を滑ってくる前に、アーサーにはその表書きの記号がわかった。左上隅の差出人のところにはラドヤード重警備刑務所の住所が印刷されていて、その下に受刑者番号が手書きで添えられている。

なかには手紙が入っていた。今年三月の日付で、二枚の黄色い紙に丁寧な文字で綴ってある。アーサーが読み進むあいだ、パメラも後ろに立って肩越しに読んだ。

親愛なる判事殿

私の名前はアーノ・エアダイです。正当防衛ながら一人の男を撃ったことで、現在ラドヤードにある重警備刑務所に収監され、暴行罪で十年の刑に服しています。刑期満了は二〇〇二年四月の予定ですが、どうやらその日を迎えることはできそうにありません。というのも、身体が癌に冒されていて、健康状態が思わしくないからです。記憶にないかもしれませんが、私は以前、デュサーブル空港でトランスナショナル航空の警備副主任をしておりまして、空港内のトラブル、それもおもに規則に従わない乗客について訴えを起こしたとき、何度かあなたの法廷に出廷したことがありました。とはいえ、呑気に思い出話をするつもりはありません。もっとも、そういうことをするための時間はたっぷりあるので、その気があればなんなりと（冗談です）。

なぜこうして手紙を書いているかというと、じつは、あなたがある男に死刑判決を下した訴訟について、重大な情報を伝えたいからです。その男はいまこの刑務所の死刑囚棟に収監され、実際につぎの処刑室送りが決まっているため、早いに越したことはありません。私が告げる内容は、彼の死刑執行を大きく左右するはずですから。

これはだれに話してもいいという内容ではないし、率直な話、耳を傾けてくれるしかるべき人物を探すのにも、うんざりするほどの時間がかかっています。数年前、事件の担当だったラリー・スタークゼク刑事にも手紙を書きましたが、彼は私の話に関心を持ちませんでした。彼にとってはなんの得にもならないからです。州の公選弁護人事務所にも手紙を書きましたが、あそこの連中は依頼人の手紙に返事を出さないし、ましてや名前を聞いたこともない服役囚からの手紙など鼻にも引っかけない。私は数年間なかば警官のような仕事をしていたせいか、気に入った弁護士や心から信用できる弁護士には出会ったためしがありません。あなたの場合はそうでもなかったでしょう。脱線してしまいました。

あなたが問題を抱えてなかったら、もっと早くあなたに連絡していたにちがいありません。しかし、あなたが出所したと聞いて、私としては、むしろいまのほうがあなたに話しやすいと思っています。犯罪者は裁きませんから。しかるべき情報が充分になかったがゆえの判断をきちんと正す労を、あなたがいとわないことを期待しています。私がここから送る手紙は検閲を受けるため——もちろんそんなことはご存じだと思いますが——これ以上詳しくは書かないほうがいいでしょう。看守たちが手紙の内容にどう反応するかわかりませんから。遠方ではありますが、私の話を自分で確かめに来てください。私の目を見れば、決してふざけてなどいないことがわかるでしょう。

敬具

アーノ・エアダイ

パメラがアーサーの肩を握りしめた。つぎの死刑執行を大きく左右するにちがいない情報をこの服役囚が持っているというくだりを読んだのだろう。おかげでまた、彼女に慎重な心構えを説く必要性を感じた。この手紙にはロミーの名前すら触れられていない。しかも文字どおり最悪の人間である重警備刑務所の収監者たちは、関心を引くためならどんな突拍子もない作り話だって平気でするのだ。

ジリアンがこちらの反応を待っている。アーサーは、このアーノ・エアダイという服役囚について記憶があるかどうか訊いてみたが、ジリアンは首を振った。

「なぜきみは、アーノがぼくの依頼人のことをいっていると確信してるんだい？」

「あたしが死刑判決を下したのは二人だけよ。そのうちの一人マッケソン・ウィンゴは、とっくにテキサス州で死刑になってるわ。それにスタークゼク刑事は、マッケソンの事件の担当じゃなかった」

アーサーはパメラのほうを振り返った。歓喜の叫びをあげたい気分にちがいないと思ったが、その目はエアダイの手紙が入っていた封筒にじっと注がれている。どうやら消印が気になるらしい。

「この手紙、三月に受け取ったのね？」パメラはジリアンをまっすぐ見すえた。「二ヵ月も放ったらかしにしてたわけ？」その対決口調が、アーサーには意外だった。だいたいにおいてパメラは、自分の世代の人間に共通する礼儀正しさを崩さず、人生には対立の火花を散らすほどのものなどないと、それとなく愛想のよさで示唆するほうなのだ。

「まあいいじゃないか、いまからなんとかするためにこうして集まってるわけだし」アーサーは穏やかにいった。しかし、パメラの言い分に一理あるのもたしかだ。ジリアンは二ヵ月もかけて逡巡《しゅんじゅん》していたのだ。自分がなにをすべきか、あるいは、自分がこの件でなにかしたい気があるのかを。

「このあいだあなたと会ったあとで、その手紙のことをいろいろ考えるようになったの」ジリアンはいった。

パメラはその答えに満足しなかった。

「だけど、あなたはまだこの男に会いに行ってないんでしょ？」

「それはあたしの仕事じゃないわ」ジリアンは顔をしかめた。

「じゃああなたの仕事っていうのは、死刑になるべきじゃない人間が死刑になるのを黙って見過ごすこと？」

「よさないか」アーサーは交通巡査のように手を挙げて、パメラを制した。パメラは黙りこんだものの、あいかわらず険しい目つきでジリアンをにらんでいる。アーサーはジリアンに、この手紙をパメラにコピーしてもらってもかまわないかいと訊いた。ジリアンはそばかすの浮いた華奢な手を顔にかざしながら、うなずいた。パメラが引ったくるように手紙を取りあげたとき、アーサーは思った。ジリアン・サリバンは、なぜ自分からここへ来てしまったのかと、いまごろ後悔していることだろう。

＊

ジリアンは、検察官や判事として法曹界にいたあいだ、決して平静を失わないことを信条にしてきた。被告人や弁護人がどれほど狡猾《こうかつ》だろうと、感情的に盾突《たてつ》く快感を彼らに与えなかった。短いブーツに縫い目の凝った革スカート姿のアソシエイト弁護士、パメラが大股で会議室を出ていくとき、ジリアンの頭に真っ先に思い浮かんだのは、忠告してやることだった。落ち着きなさい。彼女にそういってやりたかった。けれども忠告したところで、あなたみたいにはなりたくないの、という答えが返ってくるのが関の山だろう。

「彼女の燃料はなに？」ドアが勢いよく閉まると、ジリアンは訊いた。「ハイオク？」

「パメラは腕のいい弁護士になるよ」アーサーの口ぶりは、それがまったくのお世辞ではないことを告げている。

「受刑者たちからいまだに手紙が送られてくるの。彼らがどうやってあたしの居所を突きとめるのか不思議なくらい。しかもいかれた話ばかり」想像がつくのは、おそらく監獄のなかの悪党たちが、法的権限を持つ魅力的な女の思い出から飛躍させたポルノ的妄想の類《たぐい》だ。あとはアーノ・エアダイの手紙と内容的にそれほどちがわないメッセージのこめられたものが何通か。禁固刑とはどういうものか、ジリアンが身をもって知ったいま、彼らの置かれた状況をいくらか考え直して改善してくれるのではないかと期待するものだ。とてもまともとは思えない。「真面目につきあってなんかいられないわ」ジリアンは続けた。「アーサー、この手紙がなんなのか、あなたもわかるでしょ。ギャングたちはいつもなにかしら企んでるものよ」

「アーノ・エアダイがギャング？　文章からして彼はどうやら白人みたいだし、ロミーは黒人だ。双方が同じギャング組織に絡んでるとは思えないな。ロミーの犯罪記録にギャングの影はないし」

「ギャングにはいろんな形の同盟関係があるわ。バラ戦争みたいなものよ」

アーサーは肩をすくめてこういった。確かめる方法はただひとつ、アーノ・エアダイと話をするしかない。

「そうしたほうがいいと思うわ。だからその手紙を持ってきたの」

「でもこの手紙には、きみと話したいと書いてある」

「バカいわないでよ」ジリアンはそこで、ハンドバッグに手を入れた。「吸ってもいい？」

ここは禁煙なんだ、とアーサーはいった。ラウンジに行けば吸えるけど、あそこは空気が悪すぎて灰を吸いこむようなものさ。ジリアンはいつものように欲求を抑える決心をして、ハンドバッグの口を閉じた。

「どう考えてもまずいわ、あたしが行くのは」

　アーサーは空とぼけた顔をした。笑いをごまかそうとしてそんな表情になったのだろう。アーサーのいいたいことはすぐにわかった。倫理的過失を理由にジリアンを処罰する権威などもうない。ジリアンを判事職から追い出す人間も、彼女の法曹資格を剝奪する人間もいない。それらはもう済んだことなのだ。もう刑務所に放りこまれる理由がないというのは、ありがたいことだった。

「アーノの話を聞くためにこっちが動いたって――この場合はきみだけど――だれも非難しやしないさ。それに彼は、弁護士は信用できないと率直に書いてる」

「でも、あなたになら話すかも」

「あるいはぼくを嫌って、その後はぼくら二人と口をきかなくなるかだね。ジリアン、控訴裁がロミーの命の灯火《ともしび》を消すかどうか決定するまで六週間しかないんだ。だからもう時間を無駄にできないし、賭けに出るわけにもいかないんだよ」

「ラドヤードには行けないわ、アーサー」刑務所のことを考えただけで、身体がすくんでしまう。あの澱《よど》んだ空気を二度と吸いたくないし、受刑者たちの偏執的な現実とも関わりたくない。ジリアンは服役中のほとんどの時間を隔離監房で過ごし、大半の受刑者たちとは接触がなかった。それはそれでよかったと思う。検察官時代に訴追したり判事時代に有罪判決を下したりした悪党の妹か娘が服役していて、ジリアンに殺すほどの恨みを抱いていないともかぎらず、刑務所局がその点も含めて受刑者を掌握するのはむずかしかったからだ。同じ棟のほかの受刑者は、妊娠したまま入所してきた女たちか、所内の規則違反かなにかで一般受刑者から隔離された女たちだったが、ジリアンは彼女たちと打ち解けたことが滅多《めった》になかった。じつは彼女たちはみな被害者でもあった。彼女たち自身がそう考えていたのはたしかだし、実際そのとおりであることも多かった。そしてほとんどが、人生の再出発をするための手段をなにも持たないまま出所していった。なかには聡明な女もいたし、一緒にいて楽しい女たちも何人かいた。けれども彼女たちのことを知るようになると、遅かれ早かれジブラルタル海峡ほどに狭小な人格的欠陥に突き当たる。嘘つき。ベスビアス火山なみに噴火しやすい気性。ごくまともな世界が一部見えてないにもかかわらず、その状態を当たり前と考える偏狭さ。ジリアンはほとんど人づきあいをしなかったが、法律的な問題で力になってやることがたまにあった。おかげでやめてくれといくら頼んでも、みんなからは〝判事〟と冷やかされる始末だった。かつて権力を振るった一人の人間がここまで堕ちたことを、刑務所のみんなが――受刑者ばかりか職員も含めて――面白がっているように思えてならなかった。

けれどもアーサーには、諦める気配がない。

「えらそうなことをいうようだけど、このアーノ・エアダイの言い分には一理あるんじゃないかな。判決を下したのはきみだ。きみがロミーを有罪にし、死刑を宣告したんだ。もしロミーが無実だとしたら、きみにはそれ相当の責任があるんじゃないかい？」

「アーサー、はっきりいわせてもらうけど、あたしはもう充分すぎるほど協力したつもりよ」アーノ・エアダイの手紙をアーサーのもとに届けようと決意するまでの数日間、ジリアンは激しく葛藤した。アーサーはこっちの過去に関して、より的確に質問してくるようになるかもしれないからだ。これ以上彼と関わりあうのは危険であり、愚かだった。それに、法に義理立てする必要も感じない。かつては法の持つ戦略性と複雑さに喜びを覚えたものだけれど、その法が君主然としてその王国から彼女を追放してしまったのだから。しかし、先日アーサーに対していい放ってしまった残酷な一言に、ジリアンの心が大きく傷んでいたのも確かだった。ここに来たのも決して法を意識したからではなく、後見人兼家主のダフィーから慈愛に満ちた援助を受けるうちに自分に課すようになったルール——他人に対しても自分に対してもこれ以上無用な混乱や破滅を引き起こさない、必要があれば償いをする、という決意からだった。

未練がましくニコチンに気持ちを馳せながら、ジリアンは立ちあがり、部屋の隅にふらりと歩いていった。刑務所を出て数ヵ月、そのあいだ法律事務所という場所には足を踏み入れたことがなかったせいか、いかにも高級感ただよう雰囲気がどこか滑稽《こっけい》だった。自分が刑務所にいた分だけ、だれもが経済的な豊かさを増したかのようだ。普通の人々がこれだけの贅《ぜい》沢品《たくひん》——高級木製家具、花崗岩の大テーブル、スウェーデンのデザイナーによるコーヒー用の銀製品、滑《なめ》らかな子牛革を張ったローラー付き肘かけ椅子——に囲まれて生活していること自体、まったく想像を超えている。ジリアンはどれひとつほしがったことがなかった。もっとも、有能でやる気はあってもずば抜けた才能までは持ちあわせていそうにないアーサーのことを、富に慰めを求めるタイプとは考えにくい。

アーサーはこっちを見ながら、薄くなった頭頂部にわずかに残った髪の跳《は》ねているところを、無意識のうちに撫でていた。いつものように、仕事に打ちこんでいたようだ。ネクタイは緩めてあるし、手とシャツの袖にはインク染《じ》みが何ヵ所かついている。ジリアンは直感的に、アーサーの気をそらす方法を探した。

「アーサー、お姉さんの具合はどう？　たしかお姉さんよね、ご病気だったのは」

「ああ、統合失調症でね。姉のスーザンは介護付きの施設に入っているけど、しょっちゅう様子を見に行ってる。父がぼくにいった最期の言葉が、〝スーザンのことを頼む〟だったんだ。別に驚かなかったよ。十二のときからそういわれ続けてきたから」

「ほかに兄弟は？」

「ぼくとスーザンだけさ」

「お母さまはいつ亡くなったの？」

「母さんはいたって元気だよ。三十年前にぼくらを捨てて出ていったんだ。スーザンが病気になったのはそのころさ。母さんはメキシコに長いこと行ってて、ある日ふらりと戻ってきた。精神が自由な人でね。もともと父さんとは奇妙な取り合わせだったんだ。いまはセンターシティに小さな勤め口を見つけて生活してるよ。美術学校で人物デッサンのモデルをやってる」

「ヌードモデル？」

「もちろん。〝アーサー、人間の肉体はいくつになっても美しいものよ〟なんてうそぶいてる。皺を描きこむほうがよっぽど力作になると思うけどね。ぼくにはよくわからないけど」

アーサーはそういって、ためらいがちに笑みを浮かべた。自分から打ち明けている内容に少し当惑している様子だ。

「いまも会ってるの？」

「ときどき。でも、遠い親戚の叔母を訪ねるような感じだね。高校のとき、祖母に育てられたっていう友だちが——みんな黒人だけど——何人かいたんだ。彼らも母親に対してはぼくと同じで、年の離れた友だちみたいな感覚だった。それがぼくの家庭環境さ。ほかになにが知りたい？」

アーサーはまたためらいがちに微笑んだ。ミセス・レイヴンがメイ・サリバンの対極にあるのは明らかだった。ジリアンの母メイは、家族一人一人がなんらかの卓越した才能を持つことを要求した。メイは聡明で辛辣な皮肉屋だったけれど、毎日ジリアンが聖マーガレット高校から帰宅する時間には、キッチンカウンターの上にトリプルセックの瓶がすでに口を切って置いてあるありさまだった。夜の団欒《だんらん》はいつも不気味なほど緊張感に包まれていた。今夜のママはだれを槍玉に挙げるのだろう？　金切り声をあげるだろうか？　それとも父と喧嘩するときによくやるように、暴力に訴えるのだろうか？　母の怒りは、たとえ賑《にぎ》やかな十人家族の家だろうと何時間も沈黙を強《し》いてしまうほどの威圧感があった。

アーサーは自分の私生活にジリアンが興味を持ってくれたと喜んでいる様子だったが、ひとまずアーノのもとへ彼女を同行させることに話を戻した。そういえば、原則を曲げないのが昔からアーサーのプロらしいこだわりだった。

「どうすれば納得してくれるかわからないけど」アーサーはいった。「あまり多くは求めないよ。アーノの話が聞ける道筋をつけてくれればそれでいいんだ」アーサーは、なんならきみはアーノの話を聞かなくてもいい、ぼくが車で送り迎えしてその日のうちに帰ってこれるようにするから、と約束した。「いいかい、ジリアン。ぼくはこの件を自分から望んだわけじゃない。裁判所に押しつけられたんだ。まるで鞍《くら》をつけられた馬さ。おかげでこの四週間、一日も休みがない。それでもがんばってるんだ。これが仕事だからね。だから頼む、力になってくれないか」

アーサーはあからさまに悲哀を滲《にじ》ませ、ジリアンが恐縮するほど遠慮がちに、短い両腕を差し出してきた。母親の話をしたときのように、ためらいがちに微笑んでいる。そうすることしか知らない不器用な人なのだ。受け入れてあげるしかない。なんてできた人だろう、とジリアンは思った。成長してすばらしい人間になった。ここまできちんと自分を理解した男《ひと》になるとは、正直、予想以上だ。仕事に燃える勤勉家、曲がったことのできない人間、そのことをちゃんと自分でわかっている。それに前回こぼしていたように、ジリアンのような人間に、こんな男は退屈だと判断されることもわかっている。もっともジリアンは、そんな自分の判断がまちがいだったことにふと気づいた。しかもまちがいはこれ一度だけではない。いままでも何度かあった。アーサーやアーサーのような人々には、いつももっと敬意を払うべきだったのだ。それをきちんと自覚することは、心のリハビリの一歩でもある。そう、リハビリは自分の計画のなかにたしかにあったはずなのだ。心の密《ひそ》かな片隅で、ずっと思っていたのだ。気力が戻ってきたら、自分を改善させて生まれ変わり、人生にぽっかりあいてしまった底なしのクレーターを、しっかりした強いもので埋めようと。

「わかったわ。行きましょう」ジリアンは同意した。けれども口から出たその言葉は、まるで棚から落ちてゆく高価な陶器のように感じられた。それが落ちて衝突するのを見つめながら――アーサーの顔には輝きが広がっている――自分は恐ろしいまちがいをしでかしたのではないかと、たちまち不安に駆られた。自分が望んでいるのは、安らかな眠りにも似た平穏な人生だけだ。これまで毎日、決めたとおりに生きてきた――抗鬱薬《こううつやく》パキシルを服用し、過去と対峙《たいじ》するようなことは極力控えてきた。それなのにいま、これまで積み重ねてきた努力が台なしになったような気がして、内心、元麻薬中毒患者によくあるパニックを感じていた。

アーサーはジリアンをこぎれいな受付エリアに案内すると、不器用な感謝の言葉を並べて、ジリアンの濡れた傘とコートを取ってくれた。よく磨かれた硬木の壁には、巨大なラグがかけてある。絵画から織物まで手がける現代の巨匠がデザインした、明るく鮮やかなラグだ。ジリアンは内心まだ慄《ふる》えを覚えながら、その抽象的な図柄に見入った。これで二週間に二度もアーサー・レイヴンと会った。木の陰に見え隠れする森の小さな妖精のように、そう語りかけてくる声があった。

唐突に別れの言葉を切り出すと、ジリアンは高速エレベーターで下に降りた。自分自身にすっかりうろたえていた。なかでも大きな狼狽《ろうばい》の原因は、一瞬胸が高鳴るような感じを覚えたことだ。まるでかごの隅に小さな炎が灯《とも》ったような気分だった。けれども、その炎がたちまち消えるのは目に見えていたので、これが希望というものなのだろうかと思い悩むことはなかった。

7

一九九一年十月四日
刑務所

刑務所では、ほとんどの受刑者が複数の通り名を持っている。前科が警察に知れたら、罪状を免れたり保釈を勝ち取ったりするチャンスは少なくなるため、犯罪者たちは逮捕されたとたん、母親からなんて呼ばれていたか故意に忘れる傾向にあるのだ。たいてい何週間かは涼しい顔をしていられるが、やがてマグラスホールの身元照合部が、記録簿にある十指の指紋カードとファイルにあるものを照合し、正しい身元を割り出すことになる。

コリンズ・ファーウェルにとっては不運なことに、その照合はあっけないほど早かった。コンゴ・ファノンの偽名で刑務所入りしたにもかかわらず、ミュリエルがラリーの電話を受けるころには、刑務所はコリンズという本名をつかんでいたのである。ミュリエルは銀行強盗事件の裁判の真っ最中だったが、法廷が終わったあと刑務所でラリーと落ちあうことにした。ミュリエルが到着すると、ラリーはロビーにいて、ベンチとして使われている花崗岩の塊のひとつに坐って待っていた。ブルーの目を大きく瞠《みは》っているラリーに、ミュリエルは歩み寄った。

「いいねえ、バッチリきまってる」

ミュリエルは法廷で着た赤のスーツ姿のままで、オフィスで訴状を書いているときより幾分化粧が厚い。いつも無遠慮なラリーは、手を伸ばして大きなイヤリングの片方のリングに触りながら訊いてきた。

「アフリカ系の裁判だったのか?」

「じつをいうとね」

「似合うよ」

なんの用と訊くと、ラリーは昨日アーノから聞いた話を、電話のときより詳しく教えてくれた。午後五時で、服役囚たちは点呼のため監房に戻っている。ということは、コリンズの尋問までまだ少し時間があるということだ。

「点呼のあいだに、やつの顔を拝んでみたくないか?」

ラリーが手続きをすませたあと二人はなかに入り、監房の前に延びている格子網《グレーチング》の通路にあがった。ミュリエルには少し歩きにくかった。靴をはきかえる時間がなかったため、ハイヒールの先がグレーチングの隙間にすぐ挟《はさ》まるのだ。転んだりすると、恥ずかしいどころではすまない。民間人は男女を問わず、監房とのあいだに一定の距離を置くようになる。自分のネクタイで絞殺されかけた男たちがいるし、女たちは当然のごとく、もっとひどい目に遭いかねないからだ。しかも看守である保安官補たちは、おたがい干渉しあわないことで収監者たちとの平和を維持しているため、いつもすばやく対処してくれるとはかぎらない。

　そこにあるのは、いつもの監獄の光景だった。陰鬱な顔つき、鼻を突く異臭、背中に浴びせかけられる罵声《ばせい》と性的いやがらせの言葉。監房のなかには、収監者たちが洗濯紐を結びつけて、ただでさえ狭い空間をさらに仕切っているところもある。家族の写真やヌード雑誌の切り抜きの類を、鉄格子にテープで貼りつけてあるところも多い。監房内への拘束時間中、収監者たちはぶらぶら歩いたり、眠ったり、ラジオをかけたり、ギャング仲間の符丁に満ちたおしゃべりを大声で交《か》わしたりしている。この監房棟に入る最後のゲートのところから、くすんだ黄褐色の制服を着た大柄な黒人の看守が同行してくれていたが、この看守は自分が駆り出されたことであからさまに苛立っていた。警棒で二度鉄格子を叩いてコリンズの監房に着いたことを知らせると、警棒の先を鉄格子に当ててガラガラと音を立てながら、その場を離れていった。警棒の音で、服役囚たちに自分の存在を誇示したいのだ。

「どっちがコリンズだ？」ラリーが監房のなかにいる二人に訊いた。一人は便器に坐り、もう一人は隣の房の服役囚と、鉄格子越しにトランプをしている。

「あのなあ、おれにはプライバシーってもんがないのかよ」ステンレススチール製の便器に坐っていた男——コリンズは、そういってミュリエルを指さしたが、排泄の邪魔をされたのをものともせずに、そのまま続行した。

　ラリーとミュリエルはひとまずその場を離れた。少しして戻ってくると、コリンズはオレンジ色のジャンプスーツのジッパーを引っ張りあげているところだった。

「あんたら麻薬捜査官かなにかかい？」ラリーがバッジを開いて見せると、コリンズ・ファーウェルはそう訊いてきた。比較的肌の色が薄い黒人で、瞳も黒くはないし、髪はきれいに手入れされたスポンジを思わせるアフリカンヘアだ。聞いていたとおり、大柄でハンサムな若者だった。瞳はオレンジ色に近く、猫の目のように冷たく輝いている。自分の顔立ちのよさをかなり意識している様子だ。コリンズはミュリエルをじっと見つめながら、ジャンプスーツがしっくりくるように肩のあたりを直した。

「殺人課の刑事だ」ラリーは答えた。

「殺しはおれの流儀じゃないぜ。人ちがいだ。おれが人なんか殺すわけない。女のハートはイチコロにするけどな」コリンズはそれを証明するためにオーティス・レディングの曲を何小節か口ずさみ、上下の階の監房を沸かせた。歌い終わると、背を向けてジャンプスーツのジッパーを降ろし、ふたたび便器のほうへ戻っていった。そうすれば追い払えると思ってか、ミュリエルをまっすぐ見つめたが、ミュリエルは一分ほど微動だにしなかった。

「どう思う？」二人で引き返す途中、ラリーが訊いてきた。

「ものすごいハンサムね」ミュリエルは答えた。母のお気に入りだったハリー・ベラフォンテにそっくりだ。

「なら警察のファイルにあるやつの顔写真を、額に入れてプレゼントしてやろうか。時間の無駄だったと思うかい？」

　ミュリエルはラリーの考えを逆に訊き返した。

「おれにいわせれば、どこの監獄にもいるただのゴキブリ野郎だな。けど一時間くらいつきあってもいい」

　食事時間が終わってコリンズがそのまま服役囚たちのたむろする場に戻れば、こっそり面会室に連れてくることができる。ラリーは管理事務所のなかで当番の刑務所員にそうしてくれと頼んだが、理由は、ある殺人事件でコリンズ・ファーウェルの事情聴取をしなくちゃならないんだとしかいわなかった。この刑務所の職員は半数が直接ギャングとつながりを持っているか、さもなければギャングの息がかかっている。コリンズは警察に協力的だと彼らに思われたりすれば、噂はたちまちその筋に伝わるだろう。当番の刑務所員はラリーとミュリエルを小さな面会室に案内した。安い石膏ボードを張った台形の部屋で、床から数センチ上の壁に靴跡が残っている。二人はプラスチック製の回転椅子に坐ったが、椅子はあいだにある小さなテーブルと同じく、頑丈な六角ボルトで床に固定されていた。

「で、タルマッジは元気かい？」ラリーはいったそばから、口にしたのを後悔するかのように目をそらした。いままではいろんな人がミュリエルにタルマッジの話をするようになっている。先週新聞に、政治資金集めのパーティで撮られた写真が掲載されたからだ。それでもミュリエルは、ラリーとはこの話題に触れたくなかった。

「あなたがそんなに嫉妬深いとは思わなかったわ」

「訊いてみただけじゃないか」ラリーは抗議した。「天気予報みたいなもんさ。身体の具合はどうだとか、家族は元気かってのと同じだよ」

「あ、そう」

「それで、どうなんだ?」

「ほっといてちょうだい。彼とデートして、二人で楽しく過ごしてるわ」

「おれとはデートしてくれないんだな」

「悪いけど、あなたとデ、ー、トした記憶はほとんどないわ。あなたがあたしを思い出すのは、やりたくなったときだけじゃない」

「それのどこが悪い?」ミュリエルは思わず反論しそうになったが、ラリーの言葉にも一理あると思い直した。「これからは毎日花を送るよ。それに恋文も」

「恋文?」ラリーにはいつも意表を突かれてしまう。ミュリエルは黙ってラリーを見つめた。

「少し距離を置こう」ラリーはおもむろにいった。「きみがそうしたがってると思うからさ」

「そうね。たしかに距離がほしいわ」ミュリエルは目を閉じた。睫毛《まつげ》が化粧にべたつく感じがする。本能のおもむくままに生きるラリーは、なにかが起こっていると勘づいたのだ。たしかに二日前の夜、タルマッジはミュリエルの部屋を出ていくとき、自分の胸にミュリエルの頭を引き寄せてこういった。「二人のことを世間の前でちゃんとした形にするように、そろそろ考えはじめたほうがいいかもしれない」それこそ二人が向かっている方向なのだと、ミュリエルにはずっとわかっていたが、さすがにこの言葉を聞いた瞬間、身体に震えが走った。以来ミュリエルは、自分なりに仕事に打ちこみ、タルマッジがいった言葉について考えないようにしてきた。それはとりもなおさずミュリエルの頭に、ほかの選択肢などないことを意味していた。

まるでグランドキャニオンの崖の上に立って見おろしているような、晴れ晴れとした気分だった。いまではろくに思い出しもしない最初の結婚は、はるか下の危険な斜面にある。当時のミュリエルは十九歳。この年齢には愚行がつきもので、結婚当初のミュリエルは賞を取ったような気分でいた。ロッドは通っていた高校の英語教師。皮肉屋で頭が切れ、四十二歳にしていまだ独身だった。なぜ独身なのか、ちっとも不思議に思わなかった。卒業した年の夏、街角でたまたまばったり出会い、大胆にもミュリエルのほうから誘いをかけた。交通マヒを引き起こすほどの美人ではない女にとって、性的な積極性こそが奇跡を呼ぶことにちょうど気づいたころだった。ミュリエルはロッドにつきまとい、いつもこっそりと、一緒にお昼を食べてとか、映画に連れてってって、などとせがんだ。ミュリエルがロッドとの結婚を宣言したとき、両親はひどく嘆いた。けれどもミュリエルは働きながら五年で大学を卒業し、パブリックスクールで教鞭《きょうべん》をとりながら、ロースクールの夜学にも通った。

もちろんロッドの魅力は、時間が経つにつれて衰えていった。いや、正確にはそうじゃない。ロッドはあいかわらず、呆れるくらい面白い人だった。バーのカウンターの一番端で、イギリス喜劇の粋なセリフを飛ばす気障《きざ》な酔っぱらい。けれども彼は、ひとくちにいえば未完成な人間だった。みずからの不幸によって両手足を縛られた、聡明な少年。当人もそのことを自覚していて、人生の根本的問題はウォッカと煙草とテレビのリモコンをたった二本の手では同時に持てないことだ、と口癖のようにいっていた。おそらくゲイだったにちがいないが、臆病なあまり、自分のそういう面を直視することができなかった。ミュリエルとのセックスへの関心も、婚約期間がすぎたあとはあまり続かず、結婚して三年もたつころには、ロッドのセックスへの無関心が、ミュリエルをほかの男たちへと向かわせていた。ロッドはそれを知っていてなにもいわなかった。むしろミュリエルが離婚を持ちかけるたび、激しく取り乱した。母親にあわせる顔がないからである。義母は厳格で冷たくて、いかにも上流階級といった感じの人間だった。ロッドは母親に対してもっと前に、とっとと失せろというべきだったのだ。けれども実際には、母親にまるで頭があがらなかった。やがてロッドは死んだ。心臓発作。ロッドの父も祖父も早死にだったのだから、ずいぶん前に予測できたはずだ。いろんな兆候があったにもかかわらず、ロッドは運動をしなかったし、医者に行くのももっぱら医者をからかうのが目的だった。けれどもミュリエルにとってその喪失感は、予想外に大きかった。ロッドがいなくなったというだけでなく、十九のときに彼を通して感じた誇らしさも同時に失ったからだ。

父親ほども年齢の開いた男と結婚した女は、振り返ったときにこう思うだろう——一緒になった理由はいろいろあったのだ、と。しかし、ミュリエルにとって結婚に向かった動機の核心部分は、いまも手に取るようにわかる馴れ親しんだものだった。自分はただ人生のコマを進めたかっただけなのである。あのときの無責任な飲んだくれのロッドとくらべて、不変の力を持つタルマッジは雲泥の差があるし、最初の結婚から十五年経ったいま、二度めの人生を迎えようとしているといっても過言ではない。とはいえ、ミュリエルには不安があった。こういうことに関して自分は判断を誤っているのではないか、自分自身が見えてないのではないかという思いが、つきまとって離れないのだ。もっともラリーに対しては、毅然とした態度を崩すまいと心に決めている。

「信じられない。タルマッジがそんなに気になるの？」

「さあね」ラリーは答えた。「どうやら晴れて自由になれそうなんだ」近々離婚するつもりだ、とラリーは続けた。今度は本気だ。ナンシーと一緒に女弁護士のところへ行ったら、はじめはその女弁護士から、もう少し我慢したらと説得されたよ。財産についてはなんの問題もない。問題は息子たちだ。ナンシーは息子たちにべったりで手放したがらず、親権がほしいとまでいい出した。だがおれはそれを突っぱねた。いまのところ膠着《こうちゃく》状態にあるが、最後には落ち着くところに落ち着くだろう。二人とも別れたい気持ちは同じだからだ。

「侘《わび》しいもんだな」ラリーのその言葉は、本心から滲《にじ》み出ているようだった。ミュリエルのほうを見ようともしない。安っぽい同情は願い下げというわけだ。

ドアの外から、鎖がじゃらじゃらと鳴る刑務所特有の〝音楽〟が聞こえてきた。看守が一度ノックして、コリンズ・ファーウェルを面会室に導き入れた。腰を鎖で拘束され、両手足も同じように縛られている。看守はコリンズを隣のテーブルに坐らせると、南京錠でくるぶしの鎖を床の黒い掛け金に固定した。

「刑期を短くしてくれよ」看守が面会室を出ていくと、コリンズはすぐにいい出した。

「あのなあ、そいつは気が早いってもんだ」ラリーはいった。「まずは挨拶が先だろう」

「刑期を短くしてくれといってんだよ」コリンズは繰り返した。監房を離れると、明らかに訛《なま》りが白人寄りなのがわかる。コリンズはミュリエルに向かってしゃべっていた。決定権を持つのは検察官だということがわかっているらしい。

「逮捕されたとき、どれくらいのヤクを所持してたの？」ミュリエルは訊いた。

コリンズは顔をさすった。ここ何日分かの無精ひげが剃らずにそのままになっている。それがファッションなのだろう。刑務所内ではミランダ警告なしに尋問できないし、二人はその警告を読みあげてない。つまり法の屈折した論理では、コリンズがここで発言した内容は、法廷で彼が不利になる証言として使われることはない、ということだ。ミュリエルはそれを説明したが、悪擦《わるず》れしているコリンズは、教えられるまでもなく理解していた。彼はただ、戦術を吟味するための時間稼ぎをしていたのだ。

「八ゾーンだ」コリンズはようやく答えた。「けど麻薬捜査課の連中がちょろまかしやがった。だから六ゾーンてことになってる。おれを終身刑にできる分だけ残しといたってわけさ」警察の腐敗に呆れ返って、コリンズは大笑いした。警官たちは八オンス（約二百三十グラム）のドラッグからかすめ取った二オンス（約六十グラム）を、街で売ったり自分たちで吸ったりするのだろう。それでもコリンズが仮釈放なしの終身刑にまっしぐらであることに変わりはない。

「あなたが持ってる情報を教えてくれる？」ミュリエルはうながした。

「その前に、どれくらい刑期を短くしてくれんのか教えてくれよ。それと、ドジッてサツに捕まったバカな黒人服役囚って扱いはやめてくれ」

ラリーが立ちあがった。少し伸びをしたが、その後の展開から、それがただのポーズにすぎないことがわかった。さりげなくコリンズの背後にまわると、ラリーは南京錠で床にくくりつけられた鎖を出し抜けにつかみ、その鎖がコリンズの股間に食いこむまで力任せに引っぱりあげながら、罵声を浴びせ返した。ミュリエルはラリーに警告の目を投げかけたが、ラリーはちゃんと限度を弁《わきま》えていた。背後からコリンズの肩に手を置いて、こういった。

「ちょいと行儀が悪すぎるんじゃないのか、え？　ま、しゃべりたくなきゃそれもいいさ。本気でそう思うんならな。おれたちはこのまま帰ったっていいんだ。そしておまえは終身刑のまま。だがこのゴミ溜めから出たけりゃ、少しはいい子になったほうがいいぞ。この部屋の外に、もっといい条件を出してくれる検察官さんたちが行列を作って待ってるようには見えないからな」

ラリーが鎖を離すと、コリンズは後ろを振り返って挑戦的な目でラリーをにらみつけ、その目をミュリエルに向けた。目つきに凶悪さを込めたつもりだろうが、ミュリエルの目にはかわいい坊やにしか映らなかった。コリンズ自身、自分が実際にはどの程度のワルなのかわかってないのだろう。ミュリエルはラリーに手を振って合図し、二人で面会室を出た。看守がコリンズを見張るために面会室のなかに入るのを待ってから、話をはじめた。

「ヤクの売人なんかと交渉するのはいやなんだ」ラリーはいった。「やつらのほうが決まって上手《うわて》だからさ」

ミュリエルは大声で笑った。ラリーは自分を笑いのネタにできる。タルマッジにはまねできないことだ。ラリーはあいかわらず中くらいの丈の黒い革ジャケットを着ていて、狭い刑務所のなかでラリーと囁《ささや》き交わしていると、ミュリエルはその大柄な体軀《たいく》から絶えず立ちのぼってくる動物的な熱気を感じずにいられなかった。

「おれにはわからない――」ラリーはいった。「あの出来損ないが情報なんか持ってないくせに甘い汁だけ吸おうとしてるのか、それとも王国への鍵を持ってるのか」

「確かめる方法がひとつだけあるわ」ミュリエルはいった。「これはウィンドウショッピングじゃないの。彼は自分が持ってる情報をテーブルの上にさらけ出さないことにはなんにもならないのよ。しゃべりはじめたらほんとかどうかわかるわ。もし犯人を差し出して証言してくれることになれば、たぶん麻薬捜査課も証拠のヤクを六オンスより少なくして、十年か十二年で彼を釈放してくれるはずよ。もちろんあたし一人じゃ約束はできないけど」

　ラリーはうなずいた。これでプランができた。けれどもミュリエルは、面会室のほうに振り向こうとするラリーの太い腕をつかんだ。

「でも今度はあたしにやらせたほうがいいかもよ。あなたはもう悪い警官役を印象づけたことだし」

　二人でまた面会室に戻ると、ミュリエルは基本的な規則を説明した。一人で考える時間があったせいか、口調はややしおらしくなったものの、あいかわらずコリンズは首を縦に振る様子がない。

「おれは証言するなんて一言もいってないぜ。証言したって、しばらく刑を務めることに変わりはないんだ。そうだろ？　おれがなにをしゃべろうと、こっから出られないんだろ？」

　ミュリエルはうなずいた。

「証言したらとんでもない目に遭うのは目に見えてる。ＧＯの連中さ」ギャング《Ｇ》スター・

アウトローズだ。「一度でも司法に協力したやつは、あいつらただじゃおかないんだ」

「あのね」ミュリエルは切り出した。「あなたはこっちの理想のデート相手ってわけでもないの。ゴミ溜めから逃げ出すために証言しようとしているトリプルXのあなたが、陪審員たちに修道女並みに受け入れられるはずないでしょ。もっとも、いまからあたしたちに話してくれる内容を正式に証言する気がないとなれば、なんの価値もないけど」

「証言はできないんだ」コリンズはいった。「おれを嘘発見器にかけたっていい。けど証言台に立つのだけはごめんだ。あくまでもCIってことにしてくれ」匿名情報提供者《Confidential Informant》のことだ。

　さらに数分、両者は激しくやりとりしたが、ミュリエルは内心、コリンズの証言を採用しなくてもいいと考えていた。コリンズが嘘をついている印象はなかったけれど、三度の重罪《トリプルX》で終身刑となった服役囚を証人に据えなければならないような訴訟は、そもそも起こす価値がない。結局ミュリエルは、こう伝えることにした。検事局で刑期短縮をかけあうつもりだけど、それはあくまでもあなたの情報が犯人の有罪判決をもたらした場合にかぎるわ。そのためには、持っている情報をいますぐ聞かせてもらわなくちゃ。

「そういっといておれを騙さないって保証はどこにある？　犯人を逮捕しておれのことは放ったらかし。そうなったらおれはどうなるんだよ？」コリンズの薄茶色の目が、どうせおれを騙すんだろといいたげに、ラリーに注がれた。

「おれのことは、おまえの伯父さんが太鼓判を押してなかったか？」ラリーはいった。

「へ、伯父さんね」コリンズはアーノのことをあざ笑った。「あいつがなに知ってるっていうんだ。ブタはいくら口紅塗りたくろうがブタだよ」

　ミュリエルは思わず口もとが緩んだ。だがラリーは身体を強《こわ》ばらせている。「ブタ」という言葉は、いまでもほとんどの警官にとって侮辱表現なのだ。ミュリエルはラリーの腕を押さえて制しながら、コリンズに告げた。あたしにできるのはここまで、あとはそっちが受けるか断わるかするだけよ。

　コリンズは首を伸ばして、凝りをほぐすかのようにぐるりとまわした。

「おれは、ある酒場にいたんだ」コリンズはおもむろに話し出した。「〈ランプライト〉って名前の店だ」

「いつ？」ミュリエルが訊いた。

「先週だよ。サツにとっ捕まる前だ。火曜日だったな。そこに常連客のコソ泥がいたんだ。どこにでもいそうなケチな泥棒さ」

「名前は？」

「店のみんなは栗鼠《スクイレル》と呼んでた。名前の由来は知らない。おおかた阿呆《ナッツ》だからじゃないのか」コリンズは自分のジョークにくっくっと笑ってから、続けた。「とにかく、おれは何人かとわいわいやってて、そのあいだこのスクイレルは、こそこそと盗んだブツを売ろうとしっけ？」

「前の週に手に入れた金《きん》さ。金の鎖だよ。スクイレルがポケットからそいつを引っぱり出すと、なんとたいそうな物まで出てきた――顔がついてるネックレスのことをなんていうんだっけ？」

「カメオ？」ミュリエルが訊いた。

コリンズは長い指をパチンと弾いた。

「バーに坐ってた黒人の一人がそいつを見たがってさ。スクイレルは見せてやったんだが、〝だめだめ、こいつは売り物じゃねえんだ〟てなことをいっていた。あとでわかったんだが、そいつは顔の部分が開くんだよ。ロケットになってるのさ。両側に赤ん坊の小さな写真が一枚ずつ入ってた。〝親戚がこいつにたんまり金を払ってくれるんだ〟とスクイレルはいっていた。親戚ってのがどういう意味なのか考えてみたが、結局わからなかった。で、しばらくしてトイレに行ったとき、スクイレルと鉢合わせしそうになったんで、おれは訊いたよ。〝親戚ってのはどういうことだ？〟〝ああ、あれをいただいた女の親戚ってことさ。女はもうこの世にはいねえ。どてっ腹に一発ぶちこんでやったからな〟でもこのスクイレルは、人を殺しそうなやつには見えないんだ。だから訊いたよ。〝おまえブッ飛んでんのか？　冗談だろ？〟〝ほんとの話さ〟スクイレルはそういって、〝七月四日に、その女ともう二人を始末し

てやがったんだ」

「そのブツは？」ラリーが訊いた。

たんだ。おまえだってテレビやなにかで見ただろ。おれはすっかり有名人だぜ。三人の持ち物はそっくりいただいて、あのネックレス以外は全部処分しちまった。なんでネックレスだけ残してあるかっていうと、あの女の親戚以上に金をはずんでくれるやつはいねえからさ。まあ身代金みてえなもんだ。寒くなったら、泊まる場所を見つけなくちゃいけねえから金が要るだろ〟といったのさ」コリンズはそこで肩をすくめた。自分でもどう考えたものか判断がつかないらしい。

ラリーはそのカメオの形を教えてくれといった。被害者から盗まれた遺品の多くは新聞紙上で言及されているが、まだメディアに明かしてない情報がコリンズの口から出てくるのを、ラリーは待っているのだ。

「ほかには？」コリンズがラリーの質問に答えたあと、ミュリエルはコリンズに訊いた。

「そうだな、ええと」

「その男のフルネームも知らないのか？」ラリーが訊いた。

「わからない。だれかがロニーだかなんだかって呼んでたような気もするが」

「そいつが話してたのは、例の三人殺しの事件だと思うか？」

コリンズはラリーとミュリエルを交互に見くらべた。ようやく素直になったらしい。

「かもしれない。いまはあいつが犯人じゃないことを願ってるが、人間酔っぱらっちまったら、なにしゃべるかわかったもんじゃない。とにかく、あいつが自慢げに話してたことだけはたしかだよ」

率直に話していて、じつにいい証言内容だ、とミュリエルは思った。スクイレルが犯人じゃなかったとしても、コリンズのためにかけあってもいい気がする。

ラリーはさらにいくつか質問をしたが、それに対する答えは得られず、二人はコリンズを監房へ戻した。ラリーとミュリエルは、刑務所という名の広大な砦《とりで》から通りに出たとき、ようやくコリンズの話を再開した。

「よさそう？」ミュリエルはラリーに訊いた。

「おそらくね。粉飾してるとしたら、もっとうまく話してるはずだ」

ミュリエルも同意した。

「コリンズが事件に関わってる可能性は？」

「コリンズがもし共犯で、スクイレルがあいつの名前をばらせば、コリンズ自身も捕まっちまう。あいつだってそれくらいわかるさ。だから、その可能性はない」

その点もミュリエルは同じ考えだった。新聞に載っていたカメオについてコリンズはどれくらい知っていたのか、ミュリエルはラリーに訊いた。

「あのカメオがロケットだったことは、マスコミには一切明かしてない」ラリーは答えた。

「なかに入ってる写真は、ルイサの二人の娘の洗礼写真だ。たまげたね。コリンズのいうとおり、あのカメオは家族にとって大事なものだ。なんでもイタリア製の先祖伝来の家宝らしい。母親がその母親から受け継ぎ、さらにその母親から受け継いだとかって話だ。スクイレルって野郎がなにか知ってるのはまちがいない」

「ハロルドに電話する？」

「その前にまず、この手でスクイレルを絞りあげたいな」ラリーは、刑事課長がスクイレル探しをほかの刑事にやらせるのではないかと怖れているのだ。警察官は、まるでマグラスホールに照明付きのスコアボードでもあるかのように、逮捕の得点を競っている。ラリーもみんなと同じように、でかい得点がほしいのだ。

「だったらあたし、モルトには黙っておくわね」ミュリエルはいった。

染み入るような寒さのなかに立ちながら、いつものように二人は暗黙のうちに身を寄せあった。息が白い筋となって消えていき、空気は清々しく張りつめた秋の匂いを含んでいる。刑務所の片側に沿って、夜の面会者たちの列ができていた。並んでいるのはおもに若い女たちで、子どもを一人二人連れているのがほとんどだ。子どもたちの何人かは泣いている。

ラリーは薄闇のなかでミュリエルをじっと見つめ、こう訊いた。

「ソーダポップでもどうだい？」

「それ、ちょっと危険な匂いがするわね」ミュリエルは片方の目を細めて答えた。

「危険な匂いは好きだろ」

たしかにそうだった。ミュリエルはいつも危険な匂いに惹かれる。そしてラリーにはその匂いがあった。けれどもミュリエルは、大人になることに決めたのだ。

「あたしの担当している事件の被告が、明日証言台にあがるの。だから反対尋問の準備をしなくちゃ」ミュリエルは少しだけ残念がっている気持ちを伝えるため、唇を結んで小さく笑みを浮かべ、それから通りの向かいにある検事局のほうに身体を向けた。

「ミュリエル――」背中にラリーの声が飛んできた。振り返ると、ラリーは長いジャケットのポケットに両手を突っこんで、なにかいいたげに裾をバタバタ振っている。その口もとが動いたが、なにをいっていいか途方に暮れている様子だった。二人はそのまま夜のなかでたがいに向きあったまま立ちつくし、結局、このかすかに哀調を帯びたラリーの呼び声が、この夜二人が交わした最後の言葉となった。

8

一九九一年十月八日
スクイレル

「スクイレル？」カーニー・レナハンはいった。「おれたちが追ってるのは決まってああいうウスノロばかりだな」

「どんなやつだい？」ラリーは訊いた。「ヤク中か？」

レナハンの相棒、クリスティン・ワズニッキーが代わりに答えた。

「出来損ないのろくでなし」本名はロミオ・ギャンドルフよとクリスティンはいい、ラリーはそれを書き留めた。午前八時を少しまわったところで、三人は六区署の刑事室にいた。当直の刑事課長による新たな勤務シフトの発表がいま終わったばかりで、二人の警官がパトロールに出かける準備をしていた。クリスティンはすこぶるつきの美人だが、顎ががっしりしていて、痩せて乾いた感じの肌が、革砥《かわと》を連想させる。おそらくレズにちがいないが、どっちだろうとかまわなかった。ラリーが十五年以上前にこの六区署で警官をはじめたとき、クリスティンの父親、スタン・ワズニッキーも警官だった。スタンはカーニーとも組んでパトロールしていたことがある。長く生きれば生きるほど、人生は大きな周期の繰り返しにすぎないことに気づくものだと、ラリーは思った。

「やつはコソ泥だよ」カーニーがいった。「それに故買屋だ。盗むか売るか、どうせなら両方やれってわけさ。少なくとも月に一度はおれたちに連行されてる。昨日もエド・ノリスが手錠をかけて捕まえた」

「容疑は？」

「S・O・Sさ」いつものやつ《Same Old Shit》、だ。「レディ・キャロルってのが六十一番通りでカツラの店をやってるだろ。もっとも〝自称〟レディ・キャロルだがな。で、このレディ・キャロル、ちょいと酔っぱらっちまって、裏口の鍵をかけ忘れたんだ。そこでこの裏口からの侵入を十八番とするスクイレルってウスノロは、閉店時間までキャビネットのなかに隠れてたのさ。昨日の午前中で在庫の半分が消えていた。いまじゃ六十一番通りのほとんどのお得意さんが、新しいモップを頭につけてるそうだ。そこでエドはスクイレルを夜ここへ連行したが、やつは頑として認めなかった。だが犯人はやつさ。まちがいない。絶対にあいつが売りさばいたんだ」

カーニーはもう定年を迎えるはずで、つまりは六十歳ということだ。髪全体に白いものが混じり、青白い照明の下の顔さえも白っぽい。ラリーはこういう警官が好きだった。いいことも悪いこともすべて見、すべて行なったうえで、それでも良質な部分をちゃんと残している。一九七五年にラリーがこの仕事に就いたとき、カーニーは警察がエアコン装備のパトカーを導入したことについてまだ文句をいっていた。エアコンを入れるなんてこっちからトラブルを招くようなものだ、そもそもパトカーから降りたくない気持ちを助長させるじゃないか。

「エドに捕まったとき、スクイレルはなにか持ってなかったか？」ラリーは訊いた。

カーニーはクリスティンを一瞥《いちべつ》した。クリスティンは肩をすくめてこう答えた。

「彼、手に入れた品物はすぐ売りさばくから」

ラリーはエドの報告書を見たいといった。スクイレルはガスとなにか関係あるのかと訊くと、カーニーは深みのある声で笑った。

「あの二人はマングースとコブラさ。スクイレルがレジに欲情してることにガスは気づいたんだ。おおかたスクイレルは、スカートの下に手を突っこむみたいに、レジに手を突っこもうとしたことがあるんだろう。スクイレルがコーヒーを飲もうとしてカウンターに坐ったのを見ただけで、ガスはやつを店から追っ払ってたからな」〈パラダイス〉では、勘定を払えばだれでも平等だ。ギャングのボスが、政治家や二十ドルでやらせてくれる淫売の隣に坐ったりする。地元の若者たちが店のなかで騒いだり、ホームレスが店の前に住み着いたり、スクイレルみたいな間抜けな泥棒が来たりといったトラブルが舞いこんできたときには、たとえボックス席のひとつに警官がいても、ガスは自分で対処するほうを選んだ。「ガスが肉切り包丁を握り締めてスクイレルに向かっていくのを一度見たことがある」カーニーはいった。「ラブレターを交換しあってる仲じゃないことはたしかだ」

それを聞いて、ラリーは身体に衝撃が走るのを感じた。やつが犯人だ。スクイレルにまちがいない。

「ドラッグはどうだ？」ラリーは訊いた。「やつはやるのか？」

クリスティンが答えてくれた。

「彼、ドラッグはやらないわ。でも普通にハイにはなるわね。長いあいだペンキの匂いを嗅いでたことがあって——」トルエンのことだ。「それが彼の問題の原因かも。少しオツムが弱いの。スクイレルはその日暮らしをしてるだけよ。夜になると、酒代の分だけ盗みを働きたがるの。酔っぱらって自分がどれだけ変人か忘れられるようにね。ブッダに相談しなくても、彼という人間は理解できるわ」

「いつも持ち歩いてるのか？」ラリーが訊いたのは銃のことだ。

「持ってるようには見えないわね。実際には、弱っちい子犬みたいなものよ」クリスティンはいった。「口ではいろいろいっても、本気で争いごとをはじめそうな感じじゃないの。スクイレルがガスを殺《や》った犯人だと？」

「そう考えはじめてるところだ」

「あんなやつに、まさかそんな大それたことができるとはね」クリスティンは自分の耳を疑うかのように、顎のがっしりした細い顔を横に振った。それは警官人生における悲しい教訓のひとつだ。つまり、人は予想以上にいい人間であるより、予想以上に悪い人間である可能性のほうがはるかに高い。

カーニーとクリスティンはパトロールに出かけた。ラリーは受付で記録管理係に、犯罪記録を出してくれるよう頼んだ。三十分後、ダウンタウンからロミーの犯罪歴がファックスで届いたが、記録管理係は、エドの昨夜の報告書はまだファイルのなかにあるにちがいないといった。探してもらっているあいだ、ラリーはハロルド・グリアに電話をした。

ハロルドは会議中で、それはむしろ好都合だった。そこでハロルドの右腕のアパリシオと話をしたが、アパリシオは調子がよすぎて、そうたくさんは質問できない。それに、ぜひ電話したい相手がもう一人いる。

「逮捕状がほしいの？」ミュリエルはそういった。彼女は自分のオフィスで陪審団の応対をしているところだった。

「いや、まだだ。ただし、すぐ連絡が取れるようにしといてくれ」

「いつものようにね」

いつものように？　いったいどういう意味だ？　先日の夜の、刑務所の外での別れが脳裏によぎった。法廷用にめかしこみ、足りない身長を補う赤いハイヒールをはいていたミュリエエル。あのときふと、世界がただの虚《うつ》ろな空間に感じられた。そのなかでは、自分と彼女をつなぐ感情の糸だけがなにより確かなものだった。あの瞬間こみあげてきたのは欲望だけではなく、切ないほどの思慕の念だった。ラリーはその衝撃の強さに打ちのめされて、彼女の名前を口にしたまま言葉を失ってしまったのだ。

「いつものように」ラリーはつぶやくように答えて、受話器をフックに戻した。

さらに一時間後、ラリーは通信指令係にカーニーとクリスティンを呼び戻すよう頼んだ。二人は署からほんの数ブロックほどのところにいたので、署の裏手の駐車場で待ちあわせた。ちょうど正午を過ぎたところで、駐車場はショッピングセンターなみの混雑ぶりだ。

「どうしたの？」運転席の窓越しにクリスティンが訊いてきた。「例の報告書、まだ見つからない？」

「そうなんだ」

「ちょっと前にエドに電話しといたけど」

「ありがとう。だがいまは、スクイレルの検挙を手伝ってもらえないかと思ってね。やつはどこに行けば見つかる？」

「たいてい街をふらついてる」カーニーが答えた。「まだ空港に行くほど寒くないからな。やつがケチな仕事《ヤマ》を踏んだときは、デュヘイニー通りにあるピザパーラーに行けばまちがいなく見つかるだろう」

「やつはそこでなにをしてるんだ？」

「食事さ。スリルでハイになってるからなのか、ただ腹が減ってるだけなのかはわからないが」

「たぶんお腹が減ってるだけよ」クリスティンがいった。「乗って。一緒にドライブしましょう」

だがスクイレルは今日、ピザを食べに来なかった。二時間後ラリーたちは、コリンズがスクイレルと出会った酒場に行った。〈ランプライト〉という名の店だが、名前があること自体不思議な感じがするほど薄汚い荒屋《あばらや》である。開店中も窓に螺旋《らせん》状の鉄条網が張りめぐらされた店に入るとなれば、自分から承知でトラブルに飛びこむようなものだ。ドアの近くには小さなカウンターがあり、売り物の酒類が頑丈な金網で守られていて、奥に薄暗いバールームが見える。ラリーはこういう光景を何百回も見たことがあった。ビールのネオンサインも含めて、ちゃんと点灯しているのは数個の電球だけ。しかもそれらの照明が照らし出すのは、不潔で古びていて、まともに機能しないものばかり。内装の板壁も歳月に洗われて擦り切れた布のようにざらつきはじめているし、男性用トイレの便器は染《し》みがこびりつき、便座が真ん中で割れているうえに、タンクはひび割れて絶えず水が洩れている。店の入り口からでさえ、店全体に腐臭とガス洩れ臭が漂っているのがわかるほどだ。奥には一日じゅう客がいる。立って歩きまわりながら、だれ一人信じないようなホラ話をしている若者のグループだ。ときおり隅っこで小さな集団を作っては、ヤクを売り買いしている。こういう若者たちの動きがあるからこそ、コリンズはこの店にやってきたにちがいない。

店の入り口に近い歩道も、似たようなものだった。客かヤクにありつこうとしているみすぼらしい淫売たち。そこへ障害手当小切手で淫売を買いに来る男たちや、みずからも薬物常習癖を持った売人たち。それに、紙袋を抱えたホームレス集団。ラリーたち三人が近づいていくと、たちまち蜘蛛《くも》の子を散らすようにみんな姿を消した。カーニーとクリスティンは店の入り口に立ち、ラリーは裏路地のほうへまわった。スクイレルが裏口から逃走を図ったときのためだ。

一分後、カーニーのホイッスルが聞こえた。

「スタークゼク刑事、ロミー・ギャンドルフを紹介しよう」

カーニーが引っぱってきたのは、痩せて骨張った異様な顔つきの小柄な男で、その目は火星のように赤くぎらついていた。栗鼠《スクイレル》という異名がついた理由は、大陪審の場で説明するまでもないだろう。ラリーはスクイレルことロミー・ギャンドルフを、パトカーに押しつけてボディチェックした。ロミーは、おれがなにしたってんだよ、と声を潤ませて何度か訴えた。

「この野郎、カメオをどこへやった？」ラリーは問いつめた。

予想どおりロミーは、なんのことかわからねえと答えた。

「こいつ」ラリーはもう一度罵《ののし》った。ロミー・ギャンドルフは何ヵ月もカメオを持っているようなやつではない。すぐに売っぱらうのだ。ラリーはカメオの特徴を説明したが、そんなもの見たことねえという答えしか返ってこない。

ラリーの脳裏に、コリンズに関するアーノの警告が甦ってきた。刑務所のタレコミ情報がガセネタだったのは今回がはじめてではない。ラリーはスクイレルを放してやるつもりだったが、カーニーはいきなりロミーのまばらな髪の毛をつかんで、パトカーの後部座席に押しこんだ。ロミーは、ゆうべ痛めた腕がまだ痛えんだよと呻《うめ》いた。頭より高い位置にある壁の鉄輪に、夜中近くまで手錠でつながれていたのだという。

六区署に戻ると、カーニーはロミーに長椅子を指さして――ロミーは指示される前に長椅子に向かっていた――それからラリーの二の腕を取った。カーニーが廊下をきょろきょろ見渡している様子から、ラリーはなにか問題があることを察知した。

「昨夜の報告書だがな、あれは見つからないぞ」

「理由は？」

「所持品保管課に行っても、あのカメオがないからだ」

ラリーは一声呻いただけだった。この手の腐った話にいちいち驚くほど若くはない。

「カーニー、あんたが持ってないのはわかってるが、この間抜けはおれに、ゆうべ警察に捕まったときにあのカメオを持ってましたと白状することになってるんだ。わかってるはずだろ。おれはハロルドになんていえばいいんだ？」

「気持ちはわかる」カーニーはいった。「だからおれもできることをやってるんだ。一日じゅうエドを探してたんだぞ。やつは非番で、恋人《おんな》によると、いまこっちに向かってるそうだ」

そのとき、通信係が二人に声をかけてきた。ラリーに電話だという。とっさにミュリエルかと思ったが、ハロルド・グリアだった。ラリーは陽気な声を装った。

「この事件、解決しそうですよ、刑事課長」ラリーは詳細の一部をハロルドに伝えた。

「いまだれと一緒だ？」

ハロルドが訊いているのは特別捜査班のどの刑事と一緒かということだが、ラリーは呑みこみが悪いふりをして、カーニーとクリスティンの名前を挙げた。

「また一匹狼《ローンレンジャー》ごっこか」ハロルドは独り言のようにつぶやいたあと、すぐに殺人課の刑事を一人やるといった。

ラリーが受話器を降ろすと、大柄な黒人が待っていた。洒落た短い革ジャケットとニットシャツを着ているが、シャツの下から太鼓腹がはみ出ている。その顔に貼りついているにやにや笑いは、まるでなにか売りたいものでも持っているかのようだ。そして実際、持っていた。この男がエド・ノリスだった。

「こいつが必要だそうだな」エドはそういうと、ジャケットのポケットから剝《む》き出《だ》しのカメオを取り出した。大事な証拠品を、証拠品袋にしまおうともしていない。

　ラリーが警察で長いことやってこれたのは、他人の干渉はしないといい続けてきたからだ。たしか教皇も、みずからを聖人候補に推薦する書類に関わらないはずだ。だが仕事には打ちこんできた。それが彼の誇りの最大の源といえるだろう。毎日欠かさず、仕事をするために署に出勤する。うたた寝をしに来るわけでも、ヤク中から金を巻きあげるためでも、署内に隠れて、身体的不都合による長期休暇を取る計画を練るためでもない。ひたすら仕事に打ちこんできたのだ。知りあいの善良な警官たちと同じように。ラリーはエドの手から、荒々しくカメオをつかみ取った。ロケットのなかにはちゃんと洗礼の写真があった。二人の赤ん坊とも過酷な産道の旅を終えたばかりで、まだ皺だらけだ。

「まったく呆れたディック・トレイシーだよ」ラリーは吐き捨てるようにいった。「あんたが捕まえた男は、三人殺しの被害者の一人が持ってた物として一週間もテレビで流されてたこのカメオを、ポケットのなかに持ってたんだ。しかもあんたが捕まえた男は、たまたまその三人殺しのもう一人の被害者と険悪な仲だった。それなのに、いったいなにを考えてる？　この証拠品を売っていくら稼げるっていうんだ？　あんたの自宅にこれ以外に証拠品がないことを願うよ」

「まあ落ち着けって。あいつはあの三人殺しの犯人なんかじゃない。この界隈を縄張りにしてるただのいかれたコソ泥だ。カツラの件で白状しようとしないから、おれがちょっと教訓を教えてやってるだけさ。それのどこが悪い？」

「どこが悪いだと？　おれがいま持ってるのはれっきとした重要証拠だぞ。被疑者の逮捕手続きはどうした？　証拠品記録は？　あんたがこれをあいつから取りあげたってことを、やつの弁護人にどうやって証明するんだ？」

「そうおれを責めないでくれ。それにここのみんなは、証言の仕方を知ってる」

ラリーが背を向けて立ち去ろうとすると、エドの声が背中に飛んできた。

「いいか、もしやつがあの殺人事件の犯人だとしたら――」エドはいった。「おれの手柄でもあるんだからな」

答える気もしなかった。ああいう男とは、話しても埒《らち》があかない。

9

二〇〇一年五月二十二日
刑務所内

ラドヤードにある重警備刑務所の外で、ジリアンは最後の煙草を吸った。刑務所には背を向けたまま、小さな木造家屋が建ち並ぶ中西部の端正な通りをながめる。家々の芝生は青々と色をなし、中央分離帯のメープルの木も新緑に彩られていた。アーサーはまだ高級車のなかにいて、自動車電話で法律事務所と話をしている。「追いはぎ貴族と戦う追いはぎ貴族さ」ここに来る車のなかで、アーサーは自分の仕事をそう表現した。けれども彼は、きちんと当事者意識を持った弁護士の例に洩れず、依頼人たちをなだめ、秩序ある訴訟という熾烈《しれつ》な論議の応酬のなかで戦略を練りながら、仕事に打ちこんでいるようだ。

アーサーは気をつかって、例の肉食性の若い女弁護士をＩＢＭビルに置いてきてくれた。手招きするように緑の葉を垂らしたトウモロコシの広大な畑を横目に、ハイウェイを高速で飛ばしながら、ジリアンはアーサーと楽しくおしゃべりした。アーサーは、いまから面会に行く服役囚アーノ・エアダイについて、わかったことを話してくれた。それから二人は、アーサーが今朝気持ちよく再会したジリアンの家主、ダフィー・マルドワーのことも話題にし、数年前アーサーがジリアン判事の法廷で検事補だったころの法廷での闘いについて、思い出話に耽った。

じつをいえば、ダフィーは根っからの弁護士というわけではなく、ロースクールに通ったのも司祭としての職務の一環だっただけであり、あるとき司祭の仕事をなげうって結婚したのをきっかけに——その愛は長続きしなかったが——州の公選弁護人となったのだ。けれどもダフィーの本当の才能は、本来の職業にあった。ジリアンがそのことを痛感したのは一九九三年で、有名な十二段階プログラムのひとつに入ったときのことだ。近い将来判決を受ける身として断酒を命じられたのだが、ジリアンは偽善的な言葉、お定まりの文句、悩みを抱えた迷える魂たちのいまだ迷いっぱなしの姿にうんざりだった。それに我慢できなくて、とうとうダフィーに電話をかけた。ダフィーはジリアンの名前が最初に新聞記事に載ったとき、力になろうと申し出てくれていたのだ。ジリアンにとって、ダフィーは唯一の聴罪司祭だった。ダフィーがいなければ、永久に社会の底辺から這い出せなかっただろう。

アーサーの電話がそろそろ終わりそうなので、駐車場の砂利《じゃり》に煙草を落としてにじり消し、車のスモークガラスに映る自分の姿をチェックする。デビッド・ダートの黒のパンツスーツ。カーディガンスタイルのジャケット、真珠のネックレス、金のボタンイヤリング。できるだけ刑務所内で注意を引かないよう、控えめな印象を狙ったつもりだ。けれどもアーサーには、その狙いが伝わらないらしい。電話を終えながら、フロントガラス越しにジリアンに見入っている。

「すてきだね、あいかわらず」アーサーは車から降りながら、そういった。口調に、先日彼のオフィスで会ったときと同じ熱っぽさがこもっている。飽くなき性欲の匂いをまとった男たちは多く、アーサーにも同じ匂いが感じられた。けれどもたいていの男には慣れっこになっている。仕事に行くときには、プラスチック製の結婚指輪をはめるようにさえなった。どうやら男たちのあいだでのセールスウーマンの評判は、看護婦や、閉店間際のバーにぐずぐず居残っている若い女たちと同じらしい。実際、カウンターで女漁《おんなあさ》りをしている男たちもいるようだ。前のジリアンを知っているそぶりを見せる男もときたまいるし、そのなかにはなにを考えているのか、ジリアンのことを尻軽女か欲求不満女と決めこんでいる男もわずかながらいる。そんな男たちにはみな肘鉄砲を食らわせた。どのみちセックスは気軽にやれるほうではない。カトリック系の学校生活が長すぎたからかもしれない。魅力的であること、そしてそれが与えてくれる力は好きだ。けれども肉体的な愛の技巧には、愛そのものと同じく、満たされたことがない。

アーサーのやさしい言葉に礼をいうと、ジリアンは肚《はら》を決めて振り返り、刑務所にまっすぐ向きあった。こんなときは昔から、ぎらぎら光る滑《なめ》らかで隙間のないボールベアリングのイメージを思い浮かべてきた。ラドヤードの正面ゲートの前に立ったとき、ジリアンの頭をよぎったのもまさにそのイメージだった。

看守所のなかに入ると、アーサーが説明を引き受けてくれた。まずはジリアンを待っているアーノ・エアダイをジリアンが一人で訪ね、続いてアーサーに会ってもらうよう交渉する、そういう計画だ。いったいどんな話が待っているのか見当もつかないけれど、アーサーが見せてくれた警察の報告書やほかの書類によると、アーノの経歴はいやになるくらい自分の経歴によく似ていた。アーノは警察学校卒業後、トランスナショナル航空に入社、努力して幹部社員にまでなった。ところがその後、説明のつかない一瞬の出来事ですべてを失ってしまう。一九九七年二月、警察官の溜まり場として有名な酒場〈アイク〉でのことだ。アーノはそこでファロウ・コールという男とばったり出会った。のちのアーノの供述によれば、彼は一度コールをトランスナショナルの航空券詐欺で調査したらしい。三十代の黒人と記載されているコールは、〈アイク〉に入ってきてこれ見よがしに銃を取り出し、おれが無一文になったのはあんたのせいだとアーノに叫びはじめた。居合わせた警官数名がコールに銃を向けると、コールはリボルバーを握り締めながら両手を上にあげたが、実際握っていたのは引き金ではなく銃身だった。短い交渉ののち、コールはようやくアーノに銃を手渡し、外に出てアーノと話をすることに同意した。それから五分も経たないうちに、コールが店内に飛びこんできて倒れた。だれに聞いても、一メートル半ほど後ろにいたアーノがコールの背中に一発撃ちこんだ、という説明だった。

撃ったのは正当防衛だとアーノは眉唾《まゆつば》ものの主張をしたが、当然ながらほとんど支持を得られず、弾道分析結果がそれに追い打ちをかけて、結局アーノは殺人未遂容疑で告発された。回復したコールは、クスリをやっていて神経が高ぶっていたことを弁護士を通じて認め、アーノ側弁護士によるアーノへの情状酌量の申し立てにも異を唱えなかった。しかしアーノには、数十年前にも義母を銃で撃ち殺した事件があったため、検事局は二度もチャンスをやるつもりはないと突っぱねた。アーノは銃による加重暴行傷害を認め、十年の実刑を宣告された。しかし、ふつうなら五年程度で仮釈放となるところが、あいにくアーノは肺癌を患い、しかもそれが四期まで進行していた。刑務所長はアーサーに、アーノが余命いくばくもないことを説明した。にもかかわらず受刑囚審査委員会は、ほかの服役囚たちと同列に考え、アーノの減刑や一時帰休の嘆願を受けつけなかった。アーノはこの刑務所のなかで死に向かっているのだ。考えただけでもぞっとすると、ベンチでアーサーの隣に坐りながら、ジリアンは思った。

「まだ意識は鮮明なの？」ジリアンはアーサーに訊いた。

「医療スタッフによればね」そのとき、ジリアンの名前が呼ばれた。「会ってみればわかると思うよ」

「そうね」ジリアンは立ちあがった。見たかぎりでは、アーノ・エアダイがロミー・ギャンドルフの最後の望みであり、アーサーは真実の瞬間が近づくにつれて傍目《はため》にも神経質になっている。立ちあがって幸運を祈るよというと、湿った手を差し出してきた。ジリアンは握手を交わし、女性看守と一緒にその場をあとにした。背後で監房ブロックへのメインゲートが閉ざされたとき、ジリアンは心臓をわしづかみされたような感じだった。思わず声も洩らしたにちがいない。女性看守が振り返って、「だいじょうぶ?」と訊いてきた。

「ええ、なんとか」そう答えたものの、顔が引きつるのがわかった。

同行の看守は、いま向かっている医療棟に配置されている女性であり、ルーシーと名乗った。体格はがっしりしていておしゃべり好き、髪はストレートに伸ばしている。刑務所という陰鬱な環境さえ彼女の陽気な性格に翳《かげ》を落とすことはないらしく、アーノ・エアダイのことや最近の建築工事、天気、いろんな話題に関して飽かずに続くおしゃべりは、ジリアンにとってはありがたい気晴らしになった。

医療棟に到着すると、そこは独立した二階建ての構造物であり、暗い廊下によってメインの監房ブロックにつながっていることがわかった。ジリアンはルーシーのあとについてその廊下を進み、ふたたび二重になった鉄格子扉の前に立った。横の小さなコントロールルームに看守がひとり坐っていて、防弾ガラス越しに人の出入りを監視している。ルーシーがジリアンの首にぶらさがっている面会許可証をひょいと掲げて見せると、ブザーが鳴った。

刑務所病院のなかには、奇妙な自由があった。凶悪犯罪者は鎖でベッドに縛られることもあるが、それは彼らが問題を引き起こす場合だけで、刑務所内の運動場にいるのと同じように、殺人犯さえもが自由に歩きまわっている。ルーシーに案内された病棟には、武器を持たない看守二人が隅っこで折りたたみ椅子に坐っていた。ときおり足を伸ばすためにぶらついているが、それ以外にはなんの目的もないらしい。ルーシーは病棟のなかほどまで進むと、一枚のカーテンを引いた。そのベッドに、アーノ・エアダイの姿があった。

アーノは肺の一部を切除するという二度めの手術を終えて、療養しているところだった。色褪せた病院のガウン姿で、病院用ベッドの上半身部分を起こし、左腕に点滴の針を刺したまま本を読んでいた。痩せこけて肌が青白く、長い鼻の先端が矢のように尖っている。明るい色の目をふとあげてジリアンをしばらく見つめていたが、やがて激しく咳《せ》きこんだ。ようやく落ち着いたあと、アーノは手を差し出した。

「さあ、二人でゆっくり話をしてちょうだい」ルーシーはそういったが、そばを離れるわけではなかった。プラスチック製のバケットチェアをジリアンのために持ってくると、自分は病棟の反対側に行き、反対方向をながめるふりをした。

「きみの親父さんとは知りあいだった」アーノは開口一番にいった。言葉にかすかな外国語訛りがある。英語が第二外国語となっている国で成人したかのようだ。「警察学校で一緒だったんだ。私の指導教官でね。〝街頭戦術〟を教えてくれた。もちろん腕もよかった。みんないってたもんさ、親父さんにかなうやつなどいやしない、とな」アーノはそこで笑った。

口の片側に舌圧子《ぜつあつし》が入っていて、ときおりそれを嚙んでいる。父の評判はあちこちで聞かされてきたものの、ときどき母に殴打されていた家庭での父の姿とはかけ離れたものばかりだ。父が殴り返すことをどれほど必死に願ったことか。百九十センチの背丈があったのだから、母など一撃で打ちのめすことができたはずだ。ところが父もみんなと同じように、母メイを心から怖れていた。そのせいでジリアンは、父が嫌いだった。

「私はきみの法廷に出たことがあるが、覚えてないだろう。それとも、私を見て思い出したかな?」アーノは訊いてきた。自分がなにがしかの印象を残したと思うことが彼にとっては重要らしい。けれどもジリアンは、調子をあわせてやる必要を感じなかった。

「いいえ、悪いけど」

「私はきみを覚えてる。あのころよりずっときれいだ。気を悪くしたかな? もう酒を飲んでるようには見えないが」

「ええ、飲んでないわ」

「べつに他意があって訊いたわけじゃないんだ」アーノはいった。「私も前は飲み過ぎるほうだった。ただきみとはちがって、また飲みはじめるだろう。ここの受刑者たちが造る酒を知ってるか? 両手に自分の命をすくい取って、そいつをちびちび飲んでるような味がする代物《しろもの》だ。それでも私は、機会があれば飲んでいる」アーノは少しだけ首を横に振り、開いたまま両手で持っていた本に目を落とした。第二次世界大戦の歴史物だ。その本は面白いの、とジリアンは訊いた。

「まあな。暇つぶしにはなる。きみは刑務所にいたとき、たくさん本を読んだか？」

「何冊か。いくらでも読めると思ったけど、それほどでもなかったわ。ときどき、服役中になにしてたんだろうと思い出してみるけど、ほとんどが空白なの。きっと、ぼんやり宙をながめて過ごした時間が多かったからじゃないかしら」

　ある種の連想——自分を判事とみなすこと、真っ当な一市民とみなすこと——とはきっぱり決別しなければならなかった。法律は多くの意味でジリアンの人生そのものだったけれど、もはや消え失せたも同然だった。いまにして思えば、刑務所に入って一年かそこらは、頭のなかは映像の映らないテレビのようなものだった。電源は入っているものの、信号を一切受信しない。ごくたまに夜更けに一人、声をあげて泣いた。たいていは夢から覚めて飛び起きたときだ。そして、自分がいつものように自宅のベッドに寝て、翌日の裁判を待っているのではなく、一人の重罪犯としてこの場所——刑務所にいる、ただのジャンキーなのだと思い知らされるその瞬間を、ひたすら耐え忍んだ。それは、まるで地球の中心へと落ちていく水路に投げこまれてどんどん沈んでゆくかのような、重苦しい気分だった。出所したいま、そんな気分とは永遠におさらばできたらいいのにと思うけれど、いまも一瞬まざまざと甦《よみがえ》ってきたため、ジリアンは姿勢を正してそれを抑えこんだ。

「それで、私の話を聞きたいんだな？」アーノが訊いてきた。

ジリアンはアーサーのことを説明した。そして、自分が来ることがアーノにとって大事だと思ったからこうして来たけれど、アーノの話を聞くのにふさわしいのは被告側弁護士のほうだ、と伝えた。

「それであの弁護士が来ているわけか」アーノはいった。「てっきりきみにアドバイスするために来たんだとばかり思ってたが。まあ、彼に話したところで都合のいいようにねじ曲げられるのがオチだ。弁護士なんてそんなもんだろう？　連中は新聞に名前が載るためならなんだってやる」

「彼があなたのことを思って行動してるわけじゃないことはたしかね。でもそれはあなただってわかってるはずでしょ。もし心配なら――」

「私はなにも心配などしてない」アーノはいった。「彼はなにをするつもりなんだ？　私に死刑をプレゼントしてくれるのか？」アーノはベッドカバーに覆われた自分の足もとに目をやった。まるで自分の死すべき運命がそこに見えるかのようだ。たまに訪れる虚《うつ》ろな瞬間に、その運命を思い知るのだろう。「やつがここにいることがいつも気になってしかたなかった――ロミー・ギャンドルフのことさ。私たちが死刑囚《イエローマン》の姿を見かけることはないが、ロミーがすぐ近くにいるのはわかる。そのことが、私の良心に重くのしかかってたんだ。それでも、おれは出所できるんだ、そのチャンスをフイにする必要がどこにある、と思ってた。だがこれで立場は逆になるだろう。ロミーが務めてきた刑期は、いままであいつが警察に捕まらなかった罪の償いだと思えばいい」アーノは舌を使って舌圧子を口の反対側へ移動させ、その考えに一人ほくそ笑んだ。この独白に困惑したジリアンは、質問しようと考えて、思い直した。

「私たちはあのころ、そういうふうに見てただろ?」アーノはいった。「どうせ連中は、叩けば埃《ほこり》の出る身体なんだと」

ジリアンには、自分がそこまで冷酷だったとは思えなかった。被告の多くが無実だとは思わないけれど、刑務所に放りこむ場合は、余罪があるにちがいない人間だけをきちんと線引きしてきた。けれども、アーノといい争う気はない。アーノがぶしつけに振る舞っているのは明らかだが、その怒りにはなにか肚《はら》の据わったようなところが感じられる。ただそれが、アーノの心の深奥にあって制御されているものなのか、それとも逆に彼を制御しているのか、判断がつかなかった。

「ひとつ認めると」アーノは続けた。「じつはきみの顔が見られるとは思ってなかった。ほかのだれかが——この件をきちんと正すよう努力してくれるだれかが、やる気になってくれるかどうかだけわかればよかったんだ。私は昔から自分一人がバカを見るのがいやでね。きみが来てくれて本当にありがたいと思ってる」

ジリアンは、どうせもう失うものなんかないわ、今日一日という時間以外に、と答えた。

「いいや、あるさ」とアーノはいった。「新聞はあの事件でなにがまちがってたのか調べはじめたら、また一から蒸し返すだろう。きみに関してもな。想像はつくはずだ」

　そんなふうに考えたことは一度もなかった。それはひとえに、アーノがどんな証言をするのかまるで見当がつかなかったからだ。にもかかわらずこの警告の言葉を聞いたとたん、ジリアンは身体の中心が冷たく引き締まるのを感じた。人目を忍んでひっそり生きることだけが、いまの拠《よ》り所《どころ》だったのだ。けれどもその不安は、たちまち和らいだ。たとえ自分がふたたび大衆の関心事となろうと、今度は耐えられる。トライシティズに戻ってきたのも、もう一度すべてを冷静な目で見ないことには、自分に起こった出来事に対して折りあいをつけることができないとわかっていたからだ。それに、まだこの街をあとにする準備もできていない。ただ、いつかは出ていくことになるだろう。もともとこの街を離れることは、計画の一部なのだから。

　アーノは謝るでもなく、ジリアンをじっと見つめていた。

「その弁護士に話をしたほうがいいと思うか？」

「彼はいい人よ。よけいな先入観を持たずに聞いてくれると思うわ」

　アーノは弁護士の名前を訊いてきた。知りあいかもしれないと思ったのだろうが、検事局のレイヴン検事補という名前には聞き覚えがあったものの、実際の接触はなかったようだ。

「もしロミーの死刑判決を覆《くつがえ》すような情報を持っているのなら、アーサーの耳に入れてあげて」

「もちろん、情報なら持ってるとも」アーノは声をあげて笑った。「やつはやってない」

「ロミーが？」

「ああ、やつは無実だ」アーノはきっぱりといい、ジリアンをじっと見すえた。「信じてないな？」

　これがアーノの質問のなかでもっとも重要な問いかけであることはわかっていたものの、ジリアンはほとんど間髪を入れずに答えた。

「ええ」刑務所暮らしをしていたとき、少なくとも半数の女性服役囚が無実を訴えていた。そして時間が経つにつれ、ごく数人に関してはその訴えを信じるようになった。正義はときに十把《じっぱ》一絡《ひとから》げで行なわれ、この手の州立刑務所に放りこまれる収監者は実数を上まわることがある。けれどもジリアンは、何年も前にロミー・ギャンドルフが自分の法廷に出廷していた当時、細心の注意を払っていた。あのころはまだヘロインも気晴らし程度だったし、死刑判決の重大性もわかっているつもりだった。だからたとえアーノの前であっても、自分やほかのみんなが――検事局のモルトやミュリエル、ラリー・スタークゼク刑事、内心はギャンドルフの有罪を確信していた被告側弁護人エド・マーコウスキーが――まったく判断を誤っていたなどという考えは、とうてい受け入れられるものではない。

「だろうな」歳月の刻みこまれた眼窩《がんか》に嵌《はま》った明るい色の目が、もう一度ジリアンをまじまじと見つめた。「私もだ」アーノはそこでまた発作的に咳きこんだ。アーノの上体が咳のたびに跳ねあがるさまを見守りながら、ジリアンは、いったいどういう意味なのか訊こうと待っていた。けれどもアーノは咳がおさまると、深呼吸を二度ほどして、有無をいわせぬ口調でジリアンにいった。「わかった。その弁護士に会うと伝えてきてくれ。ただし、じきに検査でここを連れ出されてしまうから、その弁護士を連れてくるのは一時間ほど経ってからにしてくれ」アーノはそういうと、ふたたび読書に戻った。話は終わったのだ。ジリアンがさよならといったときも、アーノは二度とジリアンのほうを見ようとしなかった。

10

一九九一年十月八日
自白

テレビのなかだと、殺人犯たちはたいてい、殺人を渇望してやまない邪悪な天才だ。ラリー自身も警官になってからのキャリアのなかで、妻や同僚を亡き者にしようと巧妙な計画をたくらんだ弁護士や会社重役に遭遇したことがある。しかしギャングを除けば、捕まえたほとんどの男は、二つのグループに大別された。ひとつは、六歳にしてすでに猫を拷問にかけていたような根っからのワルども。それよりもっと多いのが、長期間虐待され続けてきたため他人に対してもそうするようになった出来損ないどもだ。後者は、自分がみんなから不当な仕打ちを受けるいわれなどないことを一度は証明したいがために、引き金を引いてしまう。それがスクイレルこと、ロミー・ギャンドルフだった。

六区署内の小さなロッカールームは、尋問にも使われる。ラリーとロミーは、正方形のスチール製テーブルの両側に二つの椅子を置き、まるでロミーがディナー客であるかのように、向かいあって坐った。ラリーは立会人もなしにロミーの尋問を行なうほど無分別ではなかったが、あいにく強盗事件が発生して、クリスティンもカーニーも出動してしまった。まずは一人でこの男の作り話や嘘を暴き、有力な手がかりが得られはじめたころに立会人を呼べばいい、ラリーはそう考えた。

「そいつを見たことがあるか？」ラリーは訊いた。二人のあいだの灰色のテーブルには、カメオがあった。レースの襟をまとった女の横顔が、茶色の層をバックに精密に浮き彫りされている。美しい逸品だが、ロミーさえ、直接触るようなバカなまねはしなかった。答えようにも、喉のどこかに声が引っかかっているらしい。

「さあ、はっきり覚えてません」ロミーはようやくいった。「いい品物だ。見たことがありゃあ、きっと思い出したでしょう」

「おれを舐《な》めてるのか？」

「舐めてなんかいません。警察を舐めようなんて思いませんよ」

「いいや、おまえはおれを舐めてる。そいつはな、おまえからこれを押収した警官からついさっきもらったものだ。その警官を嘘つき呼ばわりする気か？」

「おれは嘘つきだなんていってません。いってるのはあんただ」

「じゃあ訊くが、その警官は嘘つきなのか？」

「おれにはわかりません」ロミーは、この部屋を味気ないと思ったどこかの若者がテーブルに彫りこんだギャングの落書きの線を、茶色い親指でなぞった。「悪党じゃねえですか、嘘つきは」ロミーはいった。「悪党には嘘をつくやつがいますから。ちがいますか？」

「ここは哲学の教室か？　うっかりドアの看板を見逃したよ。もう一度訊くぞ。こいつはおまえのか？」

「めっそうもねえ。おれには分不相応な持ち物だ」

ラリーはにやりとした。ここまで単純な男だと、かえって好感が湧いてくるというものだ。

「おまえに分不相応な持ち物なのはわかってる。だがおまえは持っていた。そうだな？」

激しい動揺の色が、ロミーの目に閃光《せんこう》のように走った。どうやら送電線のすぐ近くで生まれ育ったらしい。

「そんなことより――」ロミーはいった。「ちょいと行かせてくんねえかな」

「行くって？」

「その、トイレにさ」ロミーはなにか気の利いたことでもいったかのように、にやりと笑った。口の左側のほうは歯が何本か抜けている。ロミーが貧乏揺すりをしていることにも、ラリーは気づいた。

「そうだな。一分だけここに坐っておれにつきあってくれ。そのカメオのことでもう少し聞かせてほしいんだ」

「警察がおれから盗んだんですよ」

「いいや、そうじゃない。おれは警官だ。ほら、おまえに返してやる。どうだ？　さあ」

ロミーはあいかわらず手を伸ばしたい誘惑に抗《あらが》っていた。

「そもそもそいつをどこで手に入れたんだ？」

「ええと」ロミーはそういったきり、長いこと口をさすっていた。

「なにかいったほうがいいぞ。そいつのおかげでおまえはいま厄介なことになりかけてるんだからな。盗品だよ。前にそれでしくじったことがあるんだろ？　ＰＳＰで？」盗品所持罪だ。「しかもおれは、そいつを盗んだのがおまえだと思ってる」

「そんな」

「ルイサ・レマルディという女を知ってるな？」

「だれです？」ロミーは身を乗り出して見せたが、あまり出来のいい芝居ではなかった。ルイサの名前を聞いて、ロミーの目がコーヒー豆のように強《こわ》ばったからだ。

「協力してくれ、ロミー。そのカメオはルイサのものだ。おまえがルイサを知らないなら、このカメオはどこから出てきたんだ？」

ロミーは細い顔の表情をあれこれ動かしながら、自分に降りかかった問題を思案した。

「別の女からもらったんでさあ」ようやくロミーは答えた。

「ほんとか？」

「ええ、持っててくれといわれてね。貸しがあったもんで」

「なんだ、その貸しってのは？」

「おれがその女にしてやった、ちょっとしたことです。はっきり思い出せねえような些細《ささい》なことでさあ」

「その女の名前は？」

「やっぱりね、訊いてくると思った。その女の名前、なんだったかな」ロミーはいった。

「そうか、なるほど。その女の名はなん——ナンて名前なわけだ」ラリーはにやりとしたが、嫌味をいってもはじまらない。冗談の通じる相手じゃなさそうだ。「こういうのはどうだ、ロミー？　おれが電話するから、二人でマグラスホールまで車で行こう。おまえは嘘発見器にかかって、尋問官に女のことを全部話す。パスすると思うか？　おれは思わない。だがやってみようじゃないか。な？」

「嘘発見器のこたあサッパリわからねえ」ロミーはそういうと、楽しんでいるように見せかけようとして、ニタニタ笑いを浮かべた。「なあ、ちょいとトイレに行かせてくれよ。このまま待ってるんなら、出すもん出してきてえんだ」

「あのカメオがどうやって盗まれたか知ってるんだろ、ロミー？」

「頼むよ。行かせてくれ。ズボンに垂れちまいそうなんだ」

ラリーはロミーの手首をつかんで、その目をまっすぐ見すえた。

「ズボンにクソを垂れてみろ、そいつを食わせてやるからな」ロミーがその言葉の意味を呑みこむまで、ラリーはたっぷり一秒待った。「さあ、答えるんだ。ガス・レオニディスに会ったことはあるか？　グッド・ガスだ。知りあいだったか？」

ロミーの潤んだ目が、ふたたびそわそわと動いた。

「そんな名前の男は覚えがねえ。レオなんだって？」

ラリーはポール・ジャドソンの名前にも触れた。ロミーはジャドソンのことも知らないと否定した。

「おれが聞いたところじゃ、もしおれがおまえのズボンを脱がしたら、おまえのケツにはガスのブーツが残したへこみがあるはずだ。ガスはおまえのケツを何度も蹴り飛ばしたはずだからな」

これにはロミーも吹き出さずにいられなかった。

「あっはっは、そいつはいいや。ケツにへこみか」しかしロミーはすぐに真顔に戻り、また弱々しい声で訴えはじめた。「おれよう、もう一度笑ったら、この床でクソをひっちまいそうだ」

「グッド・ガスがだれだか思い出したか？」

「ああ、わかったよ。思い出した」

「このカメオはな、ガスのレストランにいた女から盗まれたものだ」

ロミーはたっぷりすぎるほど時間を取ってから、こういった。

「どう答えればいいんだよ。ガスのとこで盗んだ、そう答えりゃいいのか？」

ラリーはまたロミーの手首を、今度は強く捻《ひね》った。

「いっただろう、おれを舐めるなと」ロミーは顔をそむけ、激しく足をじたばたさせた。

「そのカメオをどこで手に入れた？」

「女からだよ」

ラリーはベルトから手錠をはずすと、つかんでいるロミーの手首に片輪をかけた。

「おいおい、やめてくれよパクるのは。ムショのやつら、ろくでもねえ連中ばかりなんだ。ほんとだって。おれが中性子《ニュートロン》なもんだから、やつら好き放題いびるんだ」ロミーがいっているのはこうだ。自分は中《ニュートラル》立である、どのギャングともつながりがない分、だれからも虐《いじ》められてしまうのだ。「なあ頼むよ。せめてその前にトイレぐらい行かせてくれ、いいだろ？」

だがラリーは手錠の反対の輪を、ロミーの後ろにあるロッカーのボルト穴にかけた。

「ちょっと便所に行ってくる」

ラリーはたっぷり時間をかけて、約二十分後に戻ってきた。ロミーは身をよじり、椅子に坐ったまま身体を前後に揺すっている。

「だれのカメオだ？」

「あんたのいってる人のだ」

「死んだ女の宝石をどうやって手に入れたんだ？」

「行かせてくれ。頼むから行かせてくれよ。あんまりじゃねえか」

「ガスを殺したな、ロミー」

ロミーは声を潤ませて呻《うめ》きはじめた。パトカーのなかで泣き出しそうなふりをしたときと同じだ。

「わかったよ。おれはガスを殺した。だから行かせてくれったら。こんだけ頼んでるじゃねえかよお」

「ほかには？」

「ええっ？」

「ほかにだれを殺した？」

「おれはだれも殺してねえっていってるだろ」

ラリーはロミーを一人にして、さらに一時間放っておいた。戻ってきたとき、室内は強烈な悪臭に包まれていた。

「なんてこった、こりゃたまらん」ラリーはそういって窓を全開にした。天気はここ数日で急変し、冬の到来が直接肌で感じられるほど寒くなった。空気は乾いて冷たく、気温も七度くらいしかないだろう。ラリーが部屋を出ていくとすぐ、ロミーはまた泣きはじめた。

ラリーはゴミ袋と新聞を持って戻った。ロミーにズボンを脱がせ、それをゴミ袋のなかに投げこませる。ロミーは下着をつけていなかった。

「おれには弁護士がつかねえのか？」

「弁護士だろうとなんだろうと、お望みの人をつけてやるさ。だがなんのために弁護士が必要なんだ？　弁護士をつけるってのがどういう意味かわかってるのか？」

「わかってるさ。おれの目の前にいるやつを訴えてくれるんだよ。おれにズボンをはいたままクソを垂れさせたんだからな。あんまりだ。そんなのが法律でまかり通るわけがねえ」

「なんて言いぐさだ。変態野郎が自分から勝手にクソ塗《まみ》れになっておきながら、警察を悪者呼ばわりできると思ってるのか？　つくづくおめでたいやつだな」

「ちきしょう、そうじゃねえだろうが」ロミーはさらに激しく泣いた。

靴の片方に少し便がついていたので、ラリーはその靴もゴミ袋のなかに放りこめといった。ロミーはすすり泣きながら、いわれたとおりにした。

「冷てえなあ、あんたは。あんたみたいに血も涙もねえおまわりははじめてだ。靴はどこで手に入れりゃいいんだよ？　これ一足しか持ってねえってのに」

ラリーは、なに、どうせまだしばらくはここを出られやしないんだと答えた。そしてロミーの椅子に新聞をかけ、腰から下は裸のままのロミーに、また坐れと命じた。ロミーはぶつぶついいながら従ったが、頭のなかが大混乱しているせいか、ろくに言葉が耳に入らないようだった。ラリーは平手で机をバンと叩き、ロミーを黙らせた。

「さあて、ガスの身になにが起こったんだ？　グッド・ガスだよ。やつはどうなった？」

「知らねえ」ロミーは子どものように机に顔を伏せている。

「知らないだと？　グッド・ガスは死んだのさ」

「ああ、そういえば」ロミーはいった。「聞いたような気がする」

「さぞ胸が傷んだことだろう。おまえはさんざん殴られたクチだからな」

血のめぐりの悪いロミーにも、話の方向は見えたようだ。手で洟《はな》を拭いている。

「知らねえよ、みんなに殴られてるから。おまわりにもだ」

「おれはおまえを殴ってないぞ、ロミー。いまのところはな」

「なんでこんなひでえことするんだ？　ズボンのなかにクソさせて、赤ん坊のようにクソの上に坐らせてよ。おまけに今度はおれを裸にしやがって」

「よく聞け、ロミー。おまえは死んだ女の宝石を持ってた。おまえのニキビ面を見るたびにおまえを殴った男と一緒に殺された女だ。それがただの奇妙な偶然の一致だというのか？　本気でそういってるのか？」

「そんなことより、寒いよここは。おれは下が丸裸なんだ。見てくれ、あちこち鳥肌が立ってる」

ラリーはもう一度机を平手でバンと叩いた。

「おまえが二人とも殺したんだろうが！　おまえはガスを銃で撃ち殺した。ガスを撃ち殺してからルイサを撃ち、ポール・ジャドソンを撃ち殺した。そして前から狙ってたレジの金を奪った。それが真相だろう。そのあとおまえは、哀れな死体を引きずって冷凍庫のなかに入れ、ルイサ・レマルディのケツの穴にイチモツをぶちこんだ。それが真相だよ」

ロミーは首を横に振った。

「おまえの指紋が出たんだよ、現場に。知ってたか？　レジにペタペタくっついてたんだ」

ロミーは身じろぎひとつしなかった。ラリーは話を変えるときだと思った。

あるいはレジに近づいたことがなかったら、もしロミーが店のなかに入ったことがなかったら、ラリーの嘘に気づいたことだろう。しかし、ロミーがその嘘につけこむ可能性はなかった。

「あの店に行ったことがねえとはいってねえ。行ったことはあるんだ。証言してくれる連中も大勢いるよ。ガスとふざけるのが好きなだけさ」

「ガスとふざける？　そいつはガスを殺すという意味か？」

「ちがうって。あの店に行って、こんちは、とかなんとか挨拶するだけさ。それがなんで殺すって意味になるんだ」

「そうやって否定し続けるがいいさ。こっちには時間がたっぷりあるんだ。おまえが嘘をついてくれるほうが、かえってこっちも都合がいいや」

ラリーはパネルヒーターのスイッチを切って、部屋をあとにした。四十分後、ウィルマ・エーモスを連れて部屋に戻った。ウィルマはようやく到着してくれた特別捜査班の刑事で、ラリーの相棒だ。ロミーはロッカーのそばでうずくまっていた。手錠をはずそうと試みていたか、あるいはうずくまって寒さに耐えていたかのどちらかだろう。ロミーはいきなり甲高い声で訴えた。

「こっちはズボンをはいてねえのに、なんで女を連れてくるんだよ」

ラリーはウィルマを紹介した。ウィルマはがっしりした身体をぴんと伸ばし、品定めするような目をロミーに向けた。ロミーはできるだけ身体をそらし、自由なほうの手で前を隠した。

「エーモス刑事のいる前で訊きたくてな。食べ物はほしいか？　冷たい飲み物は？」

あんたは卑劣なおまわりだ、絶対そうだよ、ロミーはラリーにそういった。

「そんなことないよな」ラリーはウィルマにいった。そして二人で事前に、ウィルマが部屋の外に出て、立ったままメモを取ることで合意してあったとロミーに話した。

「ズボンをくれよ。おれはズボンがほしいんだ。このままじゃ凍《こご》え死んじまう」

「ズボンなら自分のがあるじゃないか。そいつをはけばいい。いつでも好きなときに返してやる」

ロミーはまた泣きはじめた。今度は大泣きだ。とうとう根負けしたのだ。

「ちくしょう、おれがなにをしたってんだ。なんであんたにこんな目に遭わされなきゃなんねえんだ」

「おまえが人を三人も殺したからさ。おまえはガスとルイサとポールを銃で撃った。三人から金品を奪った。おまけにルイサのケツの穴をファックしたんだ」

「さっきからその話ばっかじゃねえか」

「それが真実だからだ」

「本気でいってんのか？」

ラリーはうなずいた。

「このおれがそんな、人を三人も殺すなんて大それたことをしたんなら、なんでおれはなにひとつ覚えてねえんだよ」

「だからおれが思い出すのを手伝ってやってるんじゃないか。よく考えてみろ、ロミー」

犯人は決まってなにも思い出せないという。まるで酔っぱらって帰宅した亭主のようだ。ラリー自身も妻に口癖のように、覚えてないといった。実際、思い出したくないときは思い出せないのだ。だが犯人たちと話していると、遅かれ早かれ記憶は甦ってくる。なにか重大なもの、警察自身まだつかんでいなかった事実が、かならず出てくるものなのだ。

「いつのことです、その事件が起こったのは」ロミーは力ない声で訊いてきた。

「七月四日の週末だ」

「七月四日」ロミーは繰り返した。「七月四日には、おれはまだ戻ってねえと思うが」

「戻ってないとはどういう意味だ？　船で航海でもしてたか？」

ロミーはまた手の甲で洟を拭いた。ラリーはもう一度ロミーの手首をつかんだ。

「ロミー、おれを見ろ。おれを見るんだ」ラリーの殺気立った物言いに気圧《けお》されたのか、ロミーは潤んだ茶色の目をあげた。ラリーは興奮を覚えていた。抑えることができなかった。もうこっちのものだ。この男は完全におれのものだ。「おまえはこの三人を殺した。おまえがやったのはわかってるんだ。なにかいえよ。おれがまちがってたら遠慮なくいってみろ。おれはおまえがやったといってるんだ。おまえが三人を殺して、ルイサの死体とお楽しみだったとな」

「おれは女の人に、そんなことしたこたあねえ」

「だったらだれがやったんだ？　だれか一緒にいたのか？」

「まさか」ロミーはそういうと、とたんに冷静さが戻ってきたらしかった。「くそ、なんにも思い出せねえ。おれと一緒にだれかいたかどうかなんて、なんでおれが知ってるんだ？　おれにいえるのはこれだけさ。おれが女の人にそんなことするはずがねえ、たとえその女をどれほど憎んでいてもだ」

ラリーは耳を掻《か》いた。呑気《のんき》な雰囲気を装うときのしぐさだ。だがその耳に飛びこんできたのは、確かに新しい情報だった。

「おまえはルイサを憎んでたのか？」

「その、憎むってんじゃねえ。だいいち〝だれも憎んではいけない〟だろ。イエスはそういったじゃねえか」

「なるほど」ラリーはさっきと同じように耳を弾《はじ》いた。「それじゃ、ルイサに対してどういう反感を抱いてたんだ？」

　ロミーは両手を不器用に動かした。

「あいつはいかにも牝犬って感じの女だった。だってよ、約束しときながら守ったためしがねえんだ。わかるだろ」

「もちろんだとも」ラリーは答えた。「それでひとつ訊き忘れたんだが、彼女と知りあったきっかけは？」

　はじめてロミーは、記憶をしっかりと呼び戻したようだった。

「空港さ。思わず話しかけたくなるようなかわい子ちゃんだったんだ」

　空港か、ラリーは思った。まったく、このおれもとんだ名刑事ってわけだ。だれかにレンガで二度ほど頭を殴ってもらうべきだったかもしれない。ロミーは空港でルイサと知りあったのだ。ようやくなにもかもが符合しはじめた。

「おまえと彼女は、つきあったことがあるのか？」

「いいや」ロミーははにかむように笑った。恥ずかしさからと、そういわれてまんざらでもなかったからだ。「そういうことはいっぺんもなかった。あんまり女をデートに誘うほうじゃねえのよ」

「だったら、なんでいかにも牝犬って感じだなんていうんだ？　彼女にからかわれたのか？　なにかひどいことでもされたのか？」

「なあ、あんたヘンなこと考えてねえか」

「おれか？　おれはまともさ。変なのはどっちだ、ロミー。おまえは最初、この三人をだれ一人知らないといった。だがじつは知っていた。おまえはガスを知ってたし、ルイサも知っていた」

「ちがう。おれはそんなことといってねえ。おれがいってるのは、おれはだれも殺したりしてねえってことだ」

「だれも知らないといいながら知ってたじゃないか。信じられるか」

ひとつの嘘は全体の嘘、それが法律の論理だ。ラリーが不意に動くのをやめたことから、ロミーはそれを理解した。

「いいか、ロミー。正直にいうが、おれはおまえの力になろうとしてるんだ。おまえにとってどんなふうに見えたのか理解したいんだ。要するにこうなんだろ、おまえがガスの店の前を通りかかると、おまえを騙《だま》してた女が窓越しに見えた。おまえは店のなかに入った。おまえは女に対して少し腹が立っていた。ところがガスがおまえを追い出しにかかった。それが思わぬ方向に暴走しちまったのさ。おれにはわかる。おまえはまるで人殺しに見えないからな。人殺しなんかじゃないんだろ？」

結局はそれが、容疑者を落とすためのやり方なのだ。わかるよと理解を示してやることであり、ほかにどうすりゃよかったんだと訊かれたときに、黙ってうなずいてやることなのだ。

「人殺しなんて、考えたこともなかった」ロミーはようやく答えはじめた。

「だろうな。それが、なんでこんなことになったんだ？」

ロミーは返事をしなかった。

「おまえ、どんなクスリをやってる？　ＰＣＰか？　ＰＣＰをやってるのか？」

「あんまりそういうのはやらねえんだ。ときどきペンキの臭いを嗅ぐくれえだよ。この前はじめてマンテコに行ったとき、向こうの医者からいわれたんだ。きみの身体にペンキはよくない、きみには余分な脳細胞がたいしてないんだからなって」

「しかし、ときどきはＰＣＰをやってたんだろ？」

ロミーはそうだと答えた。

「七月四日にもやってたかもしれないと思うか？　ふつうはあんまり覚えてないもんだよな。それにＰＣＰをやると怒りっぽくなるんだ。ＰＣＰのせいで、大勢の善良な黒人が悪事を働いてしまう」

「ああ」ロミーはいった。ラリーのその言葉が気に入ったようだ。

「ロミー、聞かせてくれないか、おまえの話を」

ロミーは一瞬、まっすぐラリーを見すえた。

「ここにはもう女の人を連れてこねえでくれ」

「わかったとも」ラリーは答えた。

「その忌々《いまいま》しい窓も閉めてくれるか？」

「その前に、もう少し話をしよう」

それから十五分後、ラリーは窓を閉めた。そのころにはウィルマが軍用毛布を持ってきてくれてあった。ロミーは毛布にくるまれてうずくまり、部屋の隅に坐ったウィルマにメモを取られながら、基本的な大筋を認めた。〈パラダイス〉の前を通りかかったとき、ルイサの姿を見た、当時振り返って一番よく覚えているのは、ＰＣＰをやっていたことだ、と。

「いいぞ。それでおまえは午前一時に店のなかに入っていった。それからなにが起こった？」ラリーは訊いた。

「それが、なんにも覚えてねえんだ。すっかりラリっちまってたから」

「しっかりしろ、ロミー。なにがあったんだ？」

「グッド・ガスのやつが、いつもみてえに、失《う》せろといった」

「それで店を出たのか？」

「おれが三人を撃ち殺したんなら、店を出たわけねえだろ」

「銃はどこで手に入れた」

ロミーは心底困り果てた様子で、首を振った。

「銃を持ったことなんか一度もねえ。昔っから思ってるんだ、だれかを撃つより前に自分を撃っちまうんじゃねえかって」

おそらくそのとおりにちがいない。

「しかし、その夜は銃を持ってたんだろ？」

ロミーは灰色のエナメル塗装が施された机の脚にじっと目を落とした。

「ガスが銃を持ってたみてえだ」

ラリーはウィルマと視線を見あわせた。そのことに触れた人間ははじめてだ。だが辻褄《つじつま》はあう。ガスの店の界隈では、警察にトラブルを解決してもらうまで手をこまねいている人間はいない。

「そうさ」ロミーはいった。「ガスがピストルを持ってたんだ。あいつはそれを一度突きつけておれを追い出した。冬だったし、冷たい雪が降ってて、おれは慄《ふる》えたまま突っ立ってたのに、やつはとっとと失せろというんだ」

「てことは、おまえはその銃がどこにあるか知ってたんだな？」

「レジの下。煙草やハーシーチョコバーがあるガラスケースの上だ」

「おまえはそこから銃を取ったんだな？」

ロミーは周囲を見渡した。

「この部屋のヒーターを入れてくれねえか？」

ラリーはパネルヒーターのかたわらに立って、質問を繰り返した。

「そこから銃を取ったんだな？」

ロミーはこくりとうなずいた。ラリーはパネルヒーターのバルブを開けて、ロミーをそばに来させた。よくある特別捜査班の不手際だ。だれも家族に、ガスが銃を持っていたかどうか質問してないのだ。ほかの刑事がとっくに訊いているだろうという思いこみからである。

ラリーはウィルマにロミーを任せて、ガスの息子ジョンに電話をかけに行った。ジョンはやや慎重な口ぶりで、父親がレジカウンターにリボルバーを隠し持っていたことを教えてくれた。ジョン自身は見たわけではないものの、母親のアテナが父親にそうしたほうがいいと強く迫っていたのを覚えていたのだ。ジョンはそのままラリーを電話口で待たせて、数分後、父親のファイルのなかから領収書を探し出してくれた。それによると、四年前にガスが購入したのは、三八口径スミス＆ウェッソン・チーフス・スペシャル、装弾数五発のリボルバーだった。現場で発見された弾の条痕から弾道分析班が割り出した凶器と一致する。鑑識技師たちが懸命の捜索をしたにもかかわらず、薬莢は発見されてない。リボルバーなら、薬莢はたしかにシリンダー内に残る。

犯人はいつだって知っているのだ。明々白々であるにもかかわらず、だれの目にも留まらなかったことを。ラリーはハロルドに電話しろとウィルマに伝え、それから自分でミュリエルに電話した。

11

二〇〇一年五月二十二日
やさしい人

ジリアン・サリバンと数時間二人きりになると考えただけで、アーサーは午前四時まで眠れなかったし、今朝ジリアンと一緒に車に乗っているあいだも、どうしようもなく言葉に詰まったり、やたら口数が多くなったりを交互に繰り返すありさまだった。看守所の奥には二重になった鉄格子扉のあいだに金網入りの監視窓があったが、その窓を通してジリアンの姿が見えたとき、アーサーの胸は騒いだ。もっともそれは、彼女に対する密《ひそ》かな憧れのあらわれではない。はたして自分の依頼人にどんな結果が待ちうけているのか、それを思うあまり緊張が高まったのだ。ジリアンがブザーの音とともに鉄格子扉を通り抜けてくる前から、アーサーは内側の扉の前でうろうろしていた。

「あなたと話をするそうよ」

「やった！」アーサーはすぐさまブリーフケースのほうに駆け戻り、自分がいま加筆訂正している、別件の棄却申し立ての下書きを片づけはじめた。ジリアンのほうに戻ると、自分の熱心さにジリアンが微笑んでいるのがわかった。

「まだよ、アーサー。あと一時間くらいかかるわ」ジリアンはアーノが検査に行かなければならないことを説明してくれた。

アーサーはじっとしていられなくて、手続きをするため受付デスクのほうに行った。面会の予約で刑務所長室に電話したとき、ジリアンが重罪の前科を持っているせいですんなり許可が出ないのではないかと思っていた。重罪の前科持ちは、かならずしも面会者として温く迎えられるとはかぎらないからだ。だが実際には、すべての質問はアーサー自身に集中した。アーノがアーサーの名前を知らなかったからである。アーノがジリアンを呼んだことについては刑務所当局に曖昧《あいまい》にしてあったため――当局はアーノの財産に関係することだと勝手に思ったらしい――結局アーサーが同伴を許可されたのも、ジリアンの弁護士だと思われたからであり、それについてアーサーは否定しなかった。そんな経緯があったせいか、受付デスクの看守は、アーノと面会するにはジリアンも一緒でなければならないと告げた。アーサーがそのことをジリアンに説明すると、彼女は顔をしかめた。もう監房棟に入らなくていいと思っていたらしい。

「ひとまずお昼をおごらせてくれないか」アーサーはいった。どのみち空腹だったのだ。ジリアンはさほどうれしそうな顔もせずに同意し、看守所を出るとすぐに煙草を一本つけた。

「アーノはきみになにか話したかい」アーサーは訊いた。

「あなたの依頼人は無実だといってたわ」

「無実？」その場で足が止まった。アーサーは口がぽかんと開いているのに気づいた。「詳しい説明は？」

ジリアンは首を振って、風のなかに煙草の煙を吐き出した。

「ただ、あなたの依頼人はもう充分刑を務めたから、刑務所を出ることになると信じてるわ。きっと、あの三人を殺した真犯人を教えてくれるんじゃないかしら。それがだれなのか、どうやってそのことを知ったのか、あたしには教えてくれなかったけど」

「その話、信じるかい？」

「彼にも同じことを訊かれて、いいえと答えたわ。べつに彼の印象が悪かったからじゃないの。彼は頭がいい人よ。それは確か。あなたが自分で判断してちょうだい。あたしの意見はもともとの思いこみが強いと思うから」

アーサーはいつもの熱心さでさらにいくつか質問をした。ジリアンが返答に困っているのがはっきりわかったあともまだ質問し、ようやく黙りこむと、車に向かって歩き出した。無実。アーノからどんな話を聞くことを期待していたのか、自分でもよくわからない。ジリアンに宛てたアーノの手紙を十数回読んだ結果、アーサーが抱いた一番の推測はこうだった。〈パラダイス〉にほど近いデュサーブル空港で働いていたアーノは、犯行を目撃していたか、現場に居あわせただれかから話を聞いたかして、新たな情報を得たのではないか。それでもアーサーは、ロミーが無実である可能性に関してパメラから希望を抱かされそうになるたび、耳を傾けるのを拒んできた。無実。飛び跳ねる心を落ち着かせるため、周囲の景色に集中する。ここはラドヤード、社会のなかでの振る舞い方がわからなかった連中——人殺しや嘘つきや無法者の吹き溜まりだ。期待感とはうらはらに醒めた理性が、結局はアーノの語る真相についてジリアンと同じ結論に達するのが関の山だろう、と告げている。

レストランを探してはみたものの、小さな町ではあまり選択の余地がないことがわかった。刑務所を訪れる面会者たちは極端に貧しく、ドライブインでの軽食をのぞけば、外食するより弁当を持ちこむほうが圧倒的に多い傾向にあるからだ。二人が落ち着いたレストランは薄暗くてとても広く、木目模様の入ったリノリウム製のテーブルがある家族向けの店だった。見た感じからして、以前はボウリング場だったらしい。

ジリアンはサラダを、アーサーはスペシャル料理のミートローフを注文した。

「たぶんあまり期待できないよ」ウェイトレスがさがったあと、アーサーはいった。「こういう店だろ？　きっと調理済みで火の通り過ぎたやつがくるんだ。砲弾を食べてるみたいに味気ないだろうな」

目の前にその昼食が置かれたとき、アーサーはいつものようにナイフを取って、皿の上のすべての具を分けはじめた。豆類をポテトと引き離し、ナイフの刃を使って茶色のグレービーソースがミートローフのまわりを均一に取り囲むように整える。ジリアンはサラダが来ると、二本めの煙草をにじり消しながら、あからさまに興味の目でアーサーを観察していた。

「習慣の力ってやつさ」アーサーは説明した。

「みたいね。そのミートローフ、味はどう？　怖れてたとおり？」

「もっとひどい」アーサーは少し嚙んで、そういった。

「教えてくれる？　なぜそれを頼んだか」

「父さんがいつもぼくら子どもたちに、スペシャル料理を注文させたんだ。それが一番いいと信じてたのさ。しかもぼくらがほかのものを頼んだりすると怒り狂うんだよ。この前母さんのことを話しただろ？　父さんのこういうスペシャル料理へのこだわりやなにかのせいで、母さんは出ていったにちがいないんだ」アーサーは、まるで牛の食い戻しのようになったミートローフの塊を、ごくりと呑みこんだ。「母さんの気持ちがわかるってもんさ」

ジリアンの顔に満面の笑みが浮かんだ。アーサーはジリアンを楽しませるつもりで話をしたのだが、じつは相性のあわない夫婦の子どもとして長年抱えてきた問題に触れたことに気づいた。つまり、両親のそれぞれの考え方に共感しているのだ。母が家族を棄てたことに対する父の悔しさに共感する一方で、自分の不安を押しつける人間に束縛されることに対する母の屈辱感も理解できるのである。そうはいっても、母がアーサーに対して寛容さを見せたことは滅多になかった。息子は父親にあまりに似すぎている、型にはまってばかりで、情けないくらい面白味がない、そう思っていたのだ。母は普通の人間ではないのだと自分にいい聞かせることによって、アーサーは、たいてい無言のまま下される母の判断をなんとか無視することができた。だが四十代に近づいたいま、母の生き方のほうが一段と印象的に思えてならない。母は伝統的な制約をすべて打ち破り、望みどおりの人生を追求してきた人だ。自分はいったい、どんな人生を望んでいるのだろう？　その謎は、ときとしてアーサーを呑みこんでしまうほど巨大なものに思われた。

「でもあなたは、お父さんのことがとても好きだったみたいだけど——〈デューク〉で会ったとき」ジリアンは最後の言葉を注意深くつけ加えた。気をつかっているのがよくわかる。

「好きだって？　ぼくの人生では、父さんはまるで重力みたいなものさ。父さんがいなければ世界は崩壊してたよ」最近、父のことをよく話題にするようになったとわれながら思う。自話をすることで父を生かし続け、その姿を身近に感じることができそうな気がするのだ。自分がなにをやっているのか、それがどれほど虚《むな》しいことかわかっているつもりである。けれども自分を抑えることができなかった。おかげではじめてジリアンと出会ったときも、それで失敗してしまった。けれどもいまジリアンは、明らかにそのときの償いとして、合成皮革のボックス席に坐り、爪にマニキュアを塗った二本の指に煙草を挟んで、きちんと耳を傾ける態勢になっている。

ハーベイ・レイヴンは、親戚が経営している屑鉄《くずてつ》工場で中古自動車部品回収の仕事をして、生涯を過ごした。どういうわけか、恐怖と不安に駆られていたハーベイにはこう信じることが必要だった。ほんのいくつかの条件がちがってさえいれば、自分の人生は、うまくいかないまでも穏やかなものだったにちがいない。たとえば、大学を卒業してさえいれば、金さえあれば、屑鉄工場の従業員ではなくオーナーであれば。こうだったら、ああだったらよかったのに——それが父の人生のスローガンだった。しかし、だれが父を責められるだろう？　勤め先の法律事務所で教養も金もある裕福な人々と一緒に仕事をしながらずっと、アーサーは思っていた。彼らには自分のような人間がとうてい理解できないだろう。喉から手が出るほど金がほしいとか、できるものなら金で安心を買いたいという切実さが、彼らには想像もつかないはずだ。世間のなすがままということがどんな気分か、彼らには見当もつかないにちがいない。アーサーは、自分がロースクールを卒業したときや、その七年後検事局を去って、十万ドルという破格の年俸で法律事務所に迎えられたことを知らせたときの父の得意げな顔を思い出すたび、いまだに満足感を覚えるのだった。

「普通の人生における勇気って、あまり評価されないだろ？」アーサーはジリアンにいった。「つまり、ごく平凡としか思われてない人々の勇気ってことさ。でもぼくは大人になっていくにつれて、父さんを英雄として見るようになったんだ。あれほど不安に駆られてる人間がほかの人の面倒をみたり、心配したりしていられること自体、ひとつの奇跡だったんだよ」この段階ですでにアーサーは喉の奥が締めつけられ、涙腺が膨らんできたが、例によって、愛する父の思い出話を途中でやめることはできなかった。

「それに父さんは、死ぬときも勇敢だった。肝臓癌でね。すっかり蝕《むしば》まれてた。医者に行ったら、残酷な診断を聞かされたんだ――余命半年、しかも残されたほとんどの期間は激しい痛みをともなう、とね。ところが父さんは、哲学者のように穏やかだったんだ、最後まで。ぼくは父さんの病院用のガウンをつかんで、こういいたい気分だった。どうしてだよ、父さんは生涯すべてを怖れ、心配する必要のないものまで心配してきた。頭がおかしくなるくらいそうやって気をつけてきたのに、なんでこんなことに？　けど父さんは、穏やかに死を受け入れつつあった。おかげでぼくらは、結果的にすばらしい時間を過ごせたんだ。本当だよ。父さんの身体の調子がいいときは、二人で笑ったものさ。終わってみれば結局、すばらしい人生をともに過ごしたことがわかったんだ。父さんはぼくを愛してくれたし、ぼくも父さんを愛していた。ほかの人だったらたぶん一緒にいてくれなかったようなときにも、父さんはかならずそばにいてくれた。ぼくのほうは、父さんが望んでたことをやり遂げた。姉さんの面倒を見ることも父さんにはちゃんと伝えた。おたがいにただ感謝の念しかなかったよ」

　そのころにはアーサーは、こみあげるものとの闘いに負けていた。ジリアンに見せないよう顔をそむけたが、涙は勝手に溢《あふ》れてくる。ズボンの尻ポケットからハンカチを取り出し、目もとを押さえた。落ち着いたところでふと見ると、ジリアンが身体を強《こわ》ばらせているのがわかった。男の涙に背筋が寒くなったのだろう。

「ごめん、つい見苦しいところを見せちゃって。父さんが死んでから泣いてばかりだ。テレビを見ても泣くし、ニュースを見ても泣いてしまう。なんでこうなのか、理屈を理解しようとしてるんだけどね。ぼくらは人を心から愛さずにいられなくて、その人がいなくなってしまうと、人生は耐えがたいものにしかならない。そこになにか理屈があるんだろうか？」

「いいえ」ジリアンは小さなかすれ声で答えた。顔は赤らみ、首筋のかすかなそばかすが浮き立って、はっきりしたマスカラのラインと淡い赤のシャドウに彩られた目は閉じている。

「ないわ」ジリアンはそういって、ひと呼吸おいた。「あなたといると、なんだかいろんなことを考えさせられちゃう」

「いい意味で？」

「いえないわ」

「じゃあ悪い意味なんだ」アーサーは事実を甘んじて受け入れた。

「いいえ、そうじゃないの。あなたのことじゃなくて、あたしのこと――」ジリアンは自分の長い手を見おろして、なにかと必死に闘っていた。顔から首筋までまだ赤味が残っている。「あなたがいま話してくれた家族への感謝の気持ち、敬愛の念――あたしにはそれがなかったの。ただの一度も」ジリアンは無理やりといった感じで作り笑いを浮かべたが、アーサーのほうを見る勇気は湧いてこなかったらしい。じきに、もう出ましょうといった。

刑務所まで戻る車のなかで、アーサーは押し黙っていた。一緒に数時間過ごすうち、ジリアン・サリバンの複雑な問題について感じるようになっていたのだ。もちろん、みずからの人生を棒に振ったのだから問題があって当然だろう。けれどもジリアンの態度は、服役後のいまも冷静そのもので威厳があるだけに、その人となりに予測のつかない要素があるのが意外だった。しかもその受け答えには、温かさと冷淡さが混在している。女性を喜ばせようとするのがすっかり習い性となっているアーサーには、自分が柱のまわりを右往左往するテザーボールになったような気分だった。とはいえ、全体に見てジリアンは、期待をはるかにうわまわる好意を寄せてくれつつあるらしい。そのことで舞いあがりそうな自分を戒めながらも、アーサーの胸は密かに高鳴っていた。

ふたたび刑務所に到着すると、ジリアンはまだ落ち着かない様子だった。やはり、また刑務所のなかに入らなければならないことが彼女を悩ませているのだ。シートに坐ったまま身を乗り出して刑務所の広大な敷地を見やり、首を振っている。アーサーは二度もいやな思いをさせてすまないと謝った。

「あなたのせいじゃないわ、アーサー。ここに来てなにをするのか、自分でちゃんとわかってたんだから。ただ、面と向かうとやっぱりつらいの。どうしても記憶が甦ってきて」

「最低最悪のどん底って感じだったかい？」

ジリアンはすでにハンドバッグのなかをがさごそやって最後の煙草を探し出していたが、

考え直したようだった。

「人が刑務所について持ってる平均的なイメージがあるでしょ？　みんなが持ってるイメージよ。なかにはとりわけつらいだろうと、だれもが想像するものもあるわ」

「たとえば、セックスとか？」

「そうよ、セックス。それが平均的な問題。セックスなしで生活することの不安。忍び寄る同性愛の不安。あたしがなかにいたときのレズビアン行為は、ほとんどが職員のあいだで行なわれてたけどね。ほんとよ。

　でもセックスは、遮断《しゃだん》されたもののひとつにすぎないわ。そしてその遮断こそが、罰の一番の姿なの。人々から、習慣から、食べ物から、自分の慣れ親しんだ生活からの遮断。それこそがまさに刑務所というものの果たす役割なのよ。皮肉なものよね。さんざん罵られ、さんざんいたぶられ、牡牛なみの体格を持つレズ女に愛撫されるんじゃないかというありがちな恐怖が過ぎ去ったあとに、本当の罰がやってくるんだから。まるで手足を切断されたような感じ。そして人は望むことをやめるの。やめてしまうの。あたしはそうしたわ。願望が退屈に取ってかわって、刑務所のなかは退屈で死にそうになるくらい。そんなことはない、自分はなんにでも興味を持てる、自分は頭がいいんだ、そう思おうとするでしょ。でもだれもが虚しく時間《とき》を刻んでるだけだから、大切に思えるものがなんにもないの。刑を宣告されたのは、こうしていたずらに過ぎていく時間《とき》の重さを感じるためだったのかと思い知るし、実際そう感じるようになるわ。あたしもときどき、手首から腕時計の鳴る音が聞こえてきたときがあったから。一秒一秒が、こぼれるように失われていく音が」

刑務所を見すえているジリアンの空虚な表情を見つめながら、アーサーはいつしかまた不本意にも泣いていた。今度は無言のまま、両頬を涙が伝い落ちている。手で顎を拭《ぬぐ》ってからまたごめんといったが、いまではジリアンは、アーサーの動揺する姿に慣れっこになったようだ。

「泣きはじめると止まらなくて」

「気にすることないわ。とてもやさしいのね、あなたって」ジリアンはそういう言葉が自分の口をついて出たことに衝撃を受けたらしく、アーサーのほうにまっすぐ向き直ると、もう一度繰り返した。「ほんとにやさしい人なのね」それから火のついてない煙草に目を落とし、車を降りた。

12

一九九一年十月九日
公表

私はロミオ・ギャンドルフです。年は二十七。読み書きは英語です。私はこの供述書を、自由な状況のもと、みずから進んで書いています。この供述をする見返りとしてだれかが私になにかを約束したという事実はありません。私がこの供述書を読みあげるのをビデオに撮られることも理解しています。

一九九一年七月四日の夜十二時を過ぎたとき、私はレストラン〈パラダイス〉に立ち寄りました。オーナーのガスは店じまいをしようとしてました。ガスと私は知りあってから長いです。私はガスの店のキャッシュレジスターから一度金を盗もうとしたことがありました。そのときガスは通りまで追いかけてきて私を捕まえ、ひどく殴りました。それ以後、ガスは私を見かけるたび、店に近づくんじゃないと私にいいます。ジョークでいってるようなときもありますが、本気のときもありました。一度私が店内に入っていったとき、ガスはキャッシュレジスターの下からピストルを取り出して、出ていけと迫ったほどです。

一九九一年七月四日、私はたまたま知りあいの女性を窓越しに見かけ、店のなかに入りました。女性の名はルイサ・レマルディで、空港に足を運んだときにはこんにちはと声をかける間柄だったのです。

七月四日に店に入っていくと、おまえはなにか盗みを働くつもりで店内をうろうろして、閉店までどこかに隠れてるつもりなんだろう、とガスがいいました。PCPをやってた私は、そんなことをいうガスに腹が立ちました。おたがい罵りあいになって、やがてガスはあのリボルバーを取るためにレジのほうに向かいましたが、先に着いたのは私でした。ガスがあいかわらず怒鳴り続けながら電話で警察を呼ぼうとしたので、私はガスを撃ちました。頭のなかではなにも考えてませんでした。

ルイサは、あんた、いかれてるわよと甲高い声でわめいていて、黙ろうとしませんでした。静かにしろというために近づいていくと、向こうから銃に飛びついてきたので、結局ルイサも撃ちました。レストランには白人の男がもう一人いて、テーブルの下に隠れていたところを、私が見つけました。私は男に銃を突きつけて、ガスとルイサの死体を地下の冷凍庫まで運び降ろせと命令しました。男がそれをやり終えると、ためらわずに男を撃ちました。そして三人の死体から盗めるものを盗み、店をあとにしました。銃は捨てました。どこに捨てたかはよく覚えていません。

私はかなりの量のPCPをやってたので、このときのことをはっきりとは覚えてません。いま思い出せるのはこれだけです。自分のしたことを大変申し訳ないと思っています。

ミュリエルは取調室でロミーの向かいに坐っていた。近くでは証拠担当の鑑識技師が三脚に設置したビデオカメラの焦点をあわせているところで、小さな投光器がロミーに強烈な光を投げかけている。ロミーは受刑者用のオレンジ色のジャンプスーツ姿だ。眩《まぶ》しさに目を瞬《しばた》かせ、途中何度かつっかえては、ミュリエルに単語の発音を訊きながら、供述書を読み進めていく。一回めは半分ほどまで読んだところで、巻き戻してもう一度やり直しになった。紙を持つロミーの両手は慄《ふる》えっぱなしだったが、それをのぞけば、ロミーにはなんの問題もないように見えた。

「あなたの供述はそれで全部ね、ミスター・ギャンドルフ」

「ええ、そうです」

「その供述は、あなたが自分の言葉で書いたもの？」

「そこにいる刑事さんが手伝ってくれましたけど」

「でもこの供述は、一九九一年七月四日に起こった事件に関してあなたが覚えているとおりの内容ね？」

「ええ、そうです」

「この供述の内容は、あなたが事件について刑事さんに話したのと同じ？」

「ええ、刑事さんと二人で少し話しあったあと、こうなりました」

「だれかがあなたにこの供述をさせるために、あなたを殴ったり暴力で脅したりした？」

「いいえ、そんな覚えはありません」

「だれかに殴られた記憶はない？」

「だれにも殴られませんでした」

「食事や水はどうだった？」

「いまはもらってます。いままでは食べる気がしませんでした」

「扱われ方について、ほかになにか不平不満は？」

「その、ズボンのなかで大便をしてしまいました。恥ずかしかったです。大便塗《まみ》れのまま椅子に坐ってて、まるでガキのころに戻ったような気分でした」ロミーはそこで、ぼさぼさの髪を一度だけ振った。「その話はもうやめましょう」そしてこうつけ加えた。「それから、凍え死にしそうな思いをさせられました」

ミュリエルはラリーに視線を投げた。

「あんまり臭かったもんで、窓を開けなくちゃならなかったんだ」

たしかにミュリエルが到着したときも、臭いが残っていた。ラリーは「犯人の臭いがプンプンするなあ」とジョークを飛ばした。ミュリエルは、父が口癖のようにいっていた言葉で答えた。父は家族でひとつしかなかったバスルームに入るたび、「だれかがここで死んだような臭いがする」といったのだ。後ほどミュリエルはラリーに、ロミーのズボンを証拠品として保管しておくよう念を押した。罪悪感を証明するのに使えるかもしれないからだ。

ミュリエルはロミーに、なにかつけ加えたいことはないかと訊いた。

「それでもおれは、自分がそんなことしたなんて信じられねえ。蠅一匹殺すような人間じゃねえんだ。こんなひでえこと、おれには考えられねえよ」ロミーはいうなり、両手で頭を抱えこんだ。

「ここで録画を停止します。時間は十月九日午前零時三十二分」ミュリエルがうなずくと、技師は小型投光器の照明を消した。

ロミーを午前六時まで奥の拘置室に拘置しておくため、当直の警官がやってきた。午前六時には刑務所へ移送することになる。後ろ手に手錠をかけられたロミーは、まだ眩しさが目に残っているせいもあってか、呆然としていた。

「じゃあな、ロミー」ラリーが声をかけた。

ロミーはちらっと振り返ってうなずいた。

「彼になにをしたの？」ロミーの姿が見えなくなったとき、ミュリエルは訊いた。

「なんにも。自分の仕事をやったまでさ」

「よくやったわね」

ラリーは子どものように得意げな笑みを浮かべた。

刑事課長のハロルド・グリアは、収録の途中から取調室の外に来ていた。午前一時だというのに、きれいにひげを剃り、糊のきいたシャツには皺ひとつない。ハロルドはタルマッジの知りあいで、ミュリエルもほんの一週間前、〈希望の都市晩餐会〉でハロルドの隣に坐った。そのときのハロルドは、向上心を持たなければと常に意識している黒人という印象だった。決してガードを解かないタイプで、とりわけ周囲に白人がいるときはそうだ。それが長いあいだに習い性となって、もはやその自覚さえない。腰に両手をあててラリーに話をしている刑事課長は、自分の部下のことを手放しで喜んでいる様子ではなかった。ハロルドはまず最初に、容疑者ロミー・ギャンドルフを見つけた経緯についてラリーに尋ねた。

「情報があったんですよ。刑務所のヤク中から、ギャンドルフがカメオを持ってるのを見たと」

「で、おまえがロミーを捕まえたとき、やつはカメオを持ってたのか?」

「もちろん」ラリーは何度かうなずいた。「それに関してはカーニーとクリスティンが確認したことを、書面にしておきます」

「変態セックスのことは? 認めようとしないのか?」

「まだですね」

「それで、どういう説になるんだ?」ハロルドはラリーとミュリエルに訊いた。

「おれの考えでは——」ラリーが切り出した。「やつはルイサにぞっこんで、銃をつきつけて暴行に及び、死んだあとにもう一度暴行したんです。しかし、そっちは法廷に持ち出さないほうがいいんじゃないでしょうか。あとで見落としてることが出てくると厄介なことになりますから」

ハロルドがミュリエルのほうに向き直ったとき、ミュリエルはさりげなくラリーの顔をつぶさないよう気を配りながら、ラリーがまちがっている理由を述べた。やはり暴行は起訴しなければならない。

「起訴しなければ、証拠も提出できないわ」ミュリエルはいった。「それに死刑に値する犯罪の場合、陪審員にそういう話をきちんと聞かせてやりたいでしょう。たしかに暴行に関しては証拠が手薄かもしれないけど、あたしの推測では有罪判決は充分可能よ。彼女にああいうことをしたのは、どこの馬の骨ともつかないブギーマンじゃない。ロミーが犯人か、あるいは共犯者よ。どっちにしたって、事件の張本人であることに変わりはないわ」

ハロルドはミュリエルを凝視しながら、話に耳を傾けていた。明らかに感服した様子だ。今朝ベッドから転がるように起きたとき、ミュリエルは自分についてはっきりとわからないことが無限にあった。このまま独身でいたいのか結婚したいのか、好きな色はなにか、共和党に投票することに耐えられるか、同性との経験がないのはまちがいではなかったか。けれども事件のファイルを手にするとき、その判断は太陽のように非の打ち所がない。数々の問題はその光を存分に浴びる花の蕾《つぼみ》のようなもので、頭の温室のなかで自然に解決へと花開いていく。警察関係者や検察官仲間のあいだでは、ミュリエルの伝説はすでに確立しつつあり、まさに飛ぶ鳥を落とす勢いと人々は噂した。

「共犯者はいるのか？」ハロルドが訊いてきた。

「本人はいないといってます」ラリーが答えた。「おれたちが死刑の可能性を話してるとわかったら、やつも真相をしゃべるでしょう。別名で前科を持ってるとなれば、死刑の日はそう遠くないですね」

ハロルドは熟慮のすえ、ようやくラリーに手を差し出した。そしてラリーと握手しながら、ミュリエルとも握手した。

「じつによくやってくれた」ハロルドはいった。外には報道陣が待ちかまえている。ハロルドはラリーとミュリエルに、カメラの前で短い会見をするあいだ一緒に並んで立ってくれと頼んだ。六区署の古いレンガ造りのロビーに三人が出ていったとたん、いっせいにフラッシュが焚《た》かれた。ロビーまでが報道陣が入ることを許されている範囲なのだ。こんな真夜中でも、各署にテレビ局のカメラクルーがいて、新聞記者も二人いる。殺到するメディアの前で、ハロルドは逮捕を発表、ロミー・ギャンドルフの名前と年齢、犯罪歴を伝えた。メディアはすでにルイサのカメオについて知っていたし、警察側にもたいして秘密はなかった。ハロルドは、ロミーが昨夜ポケットのなかにカメオを持っていたと断定、それをもって会見終了とした。カメラは今日一日のニュース番組用に充分なフィルムを確保したことだろう。

　ハロルドはラリーたちと別れるとき、ミュリエルを指さしてこういった。

「タルマッジによろしくな」深い意味はないものの、ラリーが微妙に反応するのがわかった。ミュリエルはラリーと並んで駐車場を歩いていった。ラリーがまたなにかバカげたことをいい出しそうなそのとき、天使のようにぽっちゃりした〈トリビューン〉の記者、ステュー・デュビンスキーが駆け寄ってきた。ステューはラリーについての特別記事を書きたがった――〝大胆不敵な刑事、またお手柄〟。ラリーは断わったが、めずらしく記者に対して丁寧だった。裁判所の番記者であるステューがミュリエルにとって大事な記者であることを、どうやら知っているらしい。

　ステュー・デュビンスキーが諦めて立ち去ると、ミュリエルとラリーは、自分たちの車のあいだに立った。駐車場は、ナイトゲームの野球場かと思うほど明るい。もっとも、警察署の裏で強盗事件が発生したところで、そんな記事を読みたがる人間などいないだろう。

「そっちの陪審団は正しい判断を下したかい」ラリーが訊いてきた。

「今日の午後戻ってきたわ。有罪よ、すべての訴因について」

ラリーは笑顔で喜んでくれた。明らかに疲れた様子で、疲労のせいか老けて見える。風が吹いた拍子に、薄くなりかけた髪がふわっと立った。いかにも北欧系らしく、ブロンドのスカンジナビア人並みに日射しに弱いため、肌はすでに赤味がかってかさかさだ。ミュリエルはいまだにラリーのことを自分の若さの象徴として見ていたので、時間《とき》がラリーを苛《さいな》みはじめていることが、うまく理解できなかった。

二人が出会ったとき、ミュリエルはラリーの不法行為講座の勉強を手伝ってやることになっていたのだが、それがいつしかベッドをともにする仲になっていた。一度めは、ミュリエルの夫が心臓発作で死ぬ二年前に心臓疾患で入院していたときだ。もちろん愚かだったけれど、それは若さゆえの愚かさだった――大人としての責任と法律という味気ない世界に埋もれていくうちに窮屈になって、少し羽目をはずしてみたかっただけなのだ。しかし、関係はその後も続いた。ふとした気まぐれのように断続的に、ラリーが再婚したあとも、ロッドが死んだあとも。もう終わりにしようと二人でよくいったものだが、そんなときにかぎって裁判所で姿を見かけたりして、ずるずると元の木阿弥《もくあみ》になった。そんなふうに求めあう関係が続いたものの、それを突き動かす感情や衝動は、内心だれを求めているのかわからない時期に特有のものだった。いまミュリエルにとって、ようやくそういう時期は過ぎ去りつつある。そして奇妙なことにミュリエルは、自分たち二人を哀れに思った。

「腹が減って死にそうだ」ラリーがいった。「なにか食べたくないか?」

またラリーの誘いを断わるのは気が引けた。このあいだの夜の刑務所の前のときでも、ラリーはまるでナイフで刺されたように呆然としていたからだ。そのとき、妙案が浮かんだ。

「〈パラダイス〉はどう?」

「いいねえ」ラリーはガスの息子ジョンに、電話ではあまり詳しい話はできないから時間を見つけて連絡する、と約束してあったのだ。ジョンならひと晩じゅう〈パラダイス〉にいるはずだ。

二人が店に到着したとき、ジョンの姿はどこにも見えなかった。けれどもそれは厨房にいたからで、ウェイトレスが注文票をぶらさげたり料理人たちが料理を出したりするステンレススチールの細い開口部から、ジョンは二人の姿に気づき、フライ返しを持って出てきた。腰には大きなエプロンをお腹に二周させて巻いている。そのサイズからして、明らかに死んだガスのものだろう。

「あのニュースはほんとなんですか?」ジョンはレジの隣にあるラジオを指さした。二人がそうだと答えると、ジョンはスツールのひとつに腰かけた。そして板壁に残った黒っぽい染みを一瞬凝視すると、不意に顔を両手に埋め、泣き崩れた。涙に濡れた顔で、ジョンは憑《つ》かれたように二人に感謝しはじめた。

「あたしたちは仕事をやっただけよ」ミュリエルはジョンの肩を叩きながら繰り返したが、思わずもらい泣きしそうになった。身体の隅々まで一気に充実感が満ちていくようだった。正しいこととたしかにつながっている感覚だ。

「お二人にはわからないでしょうけど――」ジョンはいった。「犯人がいまも平然と街を歩いてると思うと、つらくてたまらなかった。なにかしなくちゃとずっと思ってました。なにもしなかったら親父がかわいそうだと」

　七月から何度もジョンと話をしているうちに、ガスは生きていたときよりも死んでからのほうがずっとジョンにとって愛すべき存在となっていることが、だんだんとはっきりしてきた。ミュリエルは前にもそういう変化を見たことがあるが、その変化を完全に理解したとはいえない。ジョンは必要に迫られてレストランを継ぎ、ガスの立場を数ヵ月経験したことで、父親の人生での苦労はもちろん、父親の物の見方を息子なりに大きく評価するようになったにちがいなかった。ただミュリエルは、ジョンから何度か電話をもらった際に、父親を殺した犯人について彼が話すときの残忍な表現を聞いて、驚かされることが多かった。ジョンがそこまで犯人を憎むのは、自分が父親の死を歓迎したという恥ずべき一瞬を思い起こしてしまうからではないのか、そう思うこともあった。状況はどうあれ、父親を殺された痛みとショックは——そして父と子の関係を修復する機会を奪われたという事実は——レオニディス父子のあいだに前からあった葛藤とだぶってきて、ジョンにも区別がつかなくなっているらしい。

ジョンが卑屈なほど感謝の言葉を並べ続けるので、ラリーはジョンの首を軽く叩き、ほんとはタダ飯をご馳走してもらいに来たんだといって、ようやく黙らせた。ジョンはその言葉を待っていたかのように、すぐさま厨房に駆け戻った。

ラリーとミュリエルはテーブル席のほうに移った。タブーの荒野を探検する一種の野外活動グループといっていい二人は、ルイサ・レマルディが殺されたボックス席のそばで自然と足が止まった。また目と目で合図を交わし、両側に同時に坐る。ミュリエルは噴き出さないようにするため、しばらくうつむいていなければならなかった。裁判があるときには煙草を吸うので、ハンドバッグにひと箱持っている。ミュリエルは煙草に火をつけた。ラリーはそれを取ってひとくち吸うと、ミュリエルの口に戻した。

「気づいてくれたと思うが、おれはタルマッジのことに触れなかっただろ」

「いまのいままでね」

ラリーは顎を引いて、いかにも好奇心旺盛といった顔つきをした。

「結婚するつもりなのか」

午前二時だし、ラリーは立場はどうあれ、ありのままの真実を知る権利がある。ミュリエルは男たちとつきあうようになって十九年、服を試着するようにつぎつぎと男たちを試してきて、そのあいだじゅう、いつか鏡を見て自分にぴったりだと思える日が来ることを願ってきた。けれどももううんざりだ。いまは人生の別の面、たとえば子ども、安定、立派なだれかにとって自分は大切な存在なのだという充足感、そういったものがほしい。その点、タルマッジはわくわくさせてくれる。自分もその一部になりたいと思わせるような生活を送っている。彼には、行動を起こし続け、結果を出す必要があることも理解できる。人間的に面白いし、金持ちで、外見も申し分ない。それに彼は世間では名士だ——しかもかなりの。

テーブルの向かいをじっと見つめる。自分がラリーをどれほど好きかわかって、あらためて衝撃を受けた。そこには欲望の疼《うず》きだけでなく、同情や絆があった。知識もそうだ。なにより二人は、さながら工場で同じ配線を施されたかのように、同じ直観的洞察力を共有している。けれどもこれからはこの瞬間を、決断の瞬間《とき》として思い出すことになるだろう。

「たぶんそうなると思うわ」

ボックス席の黒ずんだ背もたれに寄りかかったラリーの上半身が、ぴんと伸びた。どうするつもりかと訊いてきたのは自分なのに、びっくりした顔をしている。

「そうか、なるほど」ようやくラリーはいった。「女を手に入れるのは決まって金持ち男ってわけだ」

「金が男の魅力だと思うの？」

「金があればなんでも手に入るじゃないか。豊かな暮らし、名声、権力。タルマッジならきみのためにできることもずいぶんあるだろうな」

この会話は最初からまちがった方向に向かっている。ミュリエルは返事をせずに顔をそらした。

「ちがうなんていうなよ」

「ちがうわ」ミュリエルは即座に答えた。

ラリーの大きな顔が歪んだ。必死で自分を抑えている表情だ。努力も虚しくなにかいいかけたところへ、ジョンがステーキと卵の載った皿を持ってやってきた。ジョンは、もらってもかまいませんかと訊いてから、テーブルの上にあったミュリエルの煙草の箱を取り、二人が食べているあいだ煙草を吸った。落ち着かないそぶりでイヤリングを引っぱったり爪を嚙んだりしながら、立て続けに質問をせずにはいられないらしく、犯人がとうとう捕まったという考えにもまだしっくりきていない様子だ。とりわけジョンが引っかかっているのは、犯人が下水道から這い出してきた悪鬼などではなく、店でしょっちゅう見かけていた人間であるという点らしい。

「気になってしかたないのは、親父があの男を面白がってたことです。たしかにあの男は悩みの種でした。けど親父にとっちゃ、あいつを追い出すことが一種の楽しみだったんです。たしか記憶では、親父があの男を追い出したとき、肉切り包丁とサンドイッチを持ってたことが一度ありました。親父はあの男にハンバーガーをくれてやっては、また来たら今度は殺すぞといってたんです。追いかけっこですよ、二人にとっては。あの男――ロミーでしたっけ？　やつは窓越しに親父がいるのを確かめて、ぶらりと店に入ってきては、親父が奥から出てくると慌てて逃げまわる。そんなことが週に一度はあったんです」

ジョンがその話をまだ続けるので、ミュリエルとラリーは、この手の悲惨な出来事が思いも寄らない偶然から起こることを、噛んで含めるように説明しはじめた。

「こんなふうに考えたところで気休めにもならないだろうが――」ラリーはいった。「きみの親父さんは、おそらくあの男が好きだったんだ。もしロミーがPCPを一度に大量に服用してなかったら、好きな女がここに坐ってるのを見かけなかったら、いつもの追いかけっこのダンスステップで終わってただろう。だがそうはならなかったんだ、あの夜は。あの夜ロミーは、自分が生涯持てそうもないものが無性にほしかった。そして運悪く爆発した。この店の地下で運悪くガスの本管が爆発するのと同じだよ。バカげてるが、それが真実なんだ、ジョン。これが人生ってものなのさ。いつもうまくいくとはかぎらないんだ」ラリーが最後の部分を口にしたとき、その目が自分のほうをちらっと盗み見たことに、ミュリエルは気づいた。

＊

二人が〈パラダイス〉を出たのは朝の四時近かった。ラリーはショックのあまり、身体の周囲から力が抜けていき、そこからすでに、猫背の鬼や見たこともない夢の場面が自分に襲いかかってきている感じがした。通りの向こうでは、大きなハイウェイが唸《うな》りをあげている。急ぎの用が、午前四時に車を走らせているのだ。街を手っ取り早く通過したがっているトラック運転手、海外市場に目を光らせている先物取引業者、真夜中にだれかのベッドを抜け出し、朝が来る前に自宅に帰ろうとする人々。そういう特別な必要性を持った世界が、高架道を猛スピードで走り去ってゆく。

店のなかでは、ラリーは自分の気持ちを静めるため、一生懸命ジョンを慰めようとした。だが効果はなかった。ジョンは自分の父親が立ち向かってきたあくどい連中、たとえば厨房のリネン類を法外な値段で売りつけに来た押し売り、金を脅し取ろうとしたギャングたちについて、延々と話し続けた。こうしていまミュリエルと一緒に立っているあいだも、ラリーは心臓が破裂してしまったような気分だった。

「ミュリエル」刑務所の前で呼びかけたときのように悲しみに沈んだ声で、ラリーは切り出した。「話があるんだ」

「なんの？」

「タルマッジのこととか——」ラリーはもどかしげに片手を宙に振り出した。「いろんなことで」

「タルマッジのことは、話したくない」

「いいや、聞いてくれ」

ラリーはめまいを感じるほど疲れていたし、腹の具合も少し悪かった。それになにより、自分にうんざりしていた。なぜ死者を生き返らせようとする医者のようにこの事件にエネルギーを注ぎ、とうとうそれをやり遂げたのか、ここ数日のあいだにその理由がわかってきた。すべてミュリエルのためだったのだ。しかしそこまではわかっていても、すべてを見通していたわけではなかった。ただミュリエルとつきあい続けて、気のきいた言葉をやりとりすればそれで満足なのではない。あるいはベッドで彼女と一発やればそれでいいのでもない。その青臭い感傷的な頭のなかでは、少し前まで西部劇が演じられていたのだ。ラリーが輪縄で悪者を捕まえ、それを機にミュリエルはふとわれに返り、ラリーこそ最高の人間だと気づく。そしてミュリエルはタルマッジを捨て、世間的な栄光と決別する。それが自分の本当の気持ちだとはっきり気づいたときには、すでに手遅れというわけだ。すっかり打ちのめされた気分だった。たいした刑事だよ、おまえは。

「聞いてほしいんだ」ラリーは繰り返した。

二人の車は駐車場にあった。ガスとルイサとジャドソンの死体が凍っているあいだ、ガスのキャデラックとルイサとジャドソンの車が七月の日射しに丸一日灼《や》かれていた場所のそばだ。ミュリエルのホンダ・シビックのほうが近くにあったので、二人は並んでシートに坐った。ミュリエルは整理好きなほうではない。後部のフロアはまるでゴミ捨て場だ。食べ物の包み紙、なにかのパッケージのビニール、検事局からの郵便物などがあちこちに散らかっている。

「若いころは、周りからいつも大人になれといわれるだろ？」ラリーはいった。「そういわれると、なんだか大人になるのがいいことのようにさえ思えてくる。だがすぐに疑問が湧いてくるんだ。大人になるってなんだよ？　おれはなにをすればいいんだ？　周りは真面目にやれというが、肝心の自分がいったいなにを望んでるのかわからないときてる」

話しながらラリーの視線は、目の前の化粧仕上げをしてないレンガ壁に注がれていた。何年も前にそこにペンキで描かれたソフトドリンクの広告が、照明の下でいまだにぼんやりと見える。手にグラスを持った愛想のいい若い女の図柄だ。

「いつも不思議だったんだ。どうやったらおれにそれがわかるんだろう、とね。つまり、なかにはきみみたいに自分の望むものがいつだってわかってて、おれと出会ってからもずっとそれを追い求めてる人間もいるわけだ。きみの場合それは、自分の名声を高めることだろ？だがおれはちがう。失ってしまうまで、じつはそれが自分の望んでたものなんだと気づきもしない。ナンシーが〝子どもたちはあたしが引き取るとしたら？〟といったときもそうだった。つまりなんというか、そこでやっと現実的になるんだ」

息子たちの姿が瞼《まぶた》に浮かんできて、ラリーは感情の波に呑みこまれそうな自分を感じていた。ラリーが壁材を切りタイルを貼って家のリフォームをしているあいだ、子犬のようにあとをついてくる息子たち。息子たちは父親と一緒にいるのが好きだった。ダレルは埃だらけの床の上を引きずるようにしてのこぎりを持っていたし、マイケルは両手で金槌《かなづち》を持って二×四材《ツーバイフォー》に釘を打ったが、いつも曲がってしまった。おかげでラリーは二人から少しも目が離せなかった。それでもあとになって夜中に、雷に打たれた樹のように恐怖に引き裂かれて目覚め、じつは自分の注意がまだ不充分で、息子のどちらかが大怪我をする可能性があったことを思い知るのだ。

ラリーは鼻筋をつまみ、取り乱したりしないように痛みでごまかした。最近警察でよく見かけるある種のタイプの人間には、大きな疑念を抱いている。それは、街に出て仕事をするときは感情を押し殺し、それ以外のときにはすぐに感情をあらわにする男たちだ。なかには女もいるが、親戚のプエルトリコ人が農場を買っただけでバケツ何杯分もの涙を流すくせに、何時間か前には、轢《ひ》き逃《に》げ事故で死んだ七歳の子どもの死体を見ても首を振ることさえしない。ラリーが自分に戒めたのは、そういう感情のすべてをある程度コントロールすることだった。ジョンに説明したときのように、つらいものさ、これが人生なんだ、といえることなのだ。

「それがおれなのさ。失ってしまうまで、それがなにかわからないほどマヌケな男。そういう人間もいるんだよ」ラリーはいった。「おれ一人だけじゃなくてね」

ミュリエルの表情は、きつくカールのかかった短い髪の下の、瞳に映りこんだ明かりとシルエットになった横顔以外、暗くてよく見えなかった。運転席側のドアに寄りかかり、首をまっすぐに保っているあたり、明らかに警戒している。

「その話の行く先は？」どこまでもミュリエルであることをやめられないらしい。ほかのみんながまだスタート地点にいるときも、ミュリエルはカーブの終わりあたりにいなければ気がすまないのだ。ラリーの知るかぎりでは、ミュリエルはごく普通の白人家庭の出身だ。だが母親の胎内にいたときから、すでに計算ができたにちがいない。目的地までの一番の近道をいつも知っている牛のように、最善の利益に向かうルートをかならず浮かびあがらせる独自の位置測定システムを持っている。やさしくしてくれることも多いが、そんなときでさえ、自分にふさわしいことかどうかを瞬時に計算しているようで、どうしても少し距離を感じてしまう。

ラリーは答えようとしてふと目を落とし、爪のあいだに土が入っているのに気づいてはっとした。昨日はザ・ポイントでいま改修している小さな家に行き、まだ秋の移植時期のうちに常緑樹を植えてきたのだ。子どものころから母親に手を清潔にするよう口うるさくいわれてきたし、いまのいままで爪が汚れていることに気づかなかったこと自体、驚きだった。仮眠も取らずに二十四時間近くロミーのことに集中していたあらわれといっていい。

「自分自身につくづくうんざりしたといったらどうする？」ラリーはミュリエルにいった。

「いまの暮らしよりもいい暮らしを求めることにうんざりしてるんだ。実際、いろんなことがわかりはじめてるといったらどうする？」ラリーはミュリエルに爪を見せた。「おれ、ガーデニングをしてるんだ」

「ガーデニング？」

「好きなんだ、植物を育てるのが。きみはどう思う？」

「ラリー」

「おれは自分の人生でなにが必要かわかった気がする。おれたちの関係だが——いままで二人ともこのことについてあんまり素直とはいえなかった。いろいろあるとは思うが——」

「たしかにいろいろあるわね」ミュリエルはラリーの腕に手を伸ばした。「あのね、ラリー」今度は彼女のほうが答えに窮する番だった。ミュリエルは、明かりのほうに身体をずらして目を閉じた。緊張で瞼が震えている。「あたしたち、もうこれ以上やっていけないと思うの。あたしには無理。もうそんな気持ちじゃないわ」

ラリーはまたしても激しい衝撃を受けた。その痛烈さは店内にいたとき以上かもしれない。息が肺のなかで灼ける気がした。ちきしょう、おれはなんてバカなんだ。ほかの男と結婚すると、たったいま口にした女にいい寄るなんて。

「さぞ惨めな気分だろうな——」ラリーはいった。「ここで泣いたりしたら」

ミュリエルは身を乗り出して、ラリーの首筋に手を触れた。

「よしてよ、ラリー。いままでずっと本気じゃなかったんだから。そうでしょ」

「だからいってるのさ。本気でつきあうべきだった」

「とても楽しかったわ。いろんな意味で。でもしょせんはただの火遊びなの。あたしたちもそのつもりだったでしょ。こそこそ待ちあわせて、やりまくってた。あれがまともな生活だなんて、とてもじゃないけどいえない。でも、だからこそあたしは好きだった。とてもよかったわ」ミュリエルは声をあげて笑った。薄暗い車のなかで伸び伸びと、本心からの思い出し笑いだ。ミュリエルは片手をラリーの肩にまわし、ラリーの顔を引き寄せた。「楽しんだでしょ、あたしたち」ミュリエルは思い出させるように、反対の手をラリーの太腿に置いた。払いのけても、ミュリエルはその手を戻した。そんなことを二人で笑いながら繰り返し、身体の触れあう瞬間と、それが与える安心感を楽しんだ。ラリーが最後にミュリエルの手をつかむと、ミュリエルはラリーの肩にかけたほうの手をはずし、ラリーのズボンのジッパーを降ろそうとしたので、ラリーはミュリエルを突き放した。

「おれはそのローラーコースターに、最後にもう一回乗ろうとは思ってない」

「あたしは思ってるわ」ミュリエルはいつもの大胆不敵な声でいい、ラリーの股間に手を戻した。とてもそんな気分になどなれないとラリーは思ったが、それはまちがいだった。ミュリエルはラリーの股間に顔を埋めた。ラリーは一瞬恍惚《こうこつ》として、すぐにミュリエルを引き離した。

「おい、ここは駐車場だぜ」

するとミュリエルはイグニションにキーを差し、駐車場を出て角を曲がった。そのあいだも空いているほうの手でラリーの硬くなったイチモツを握り締め、ときおりしごいた。裏路地に入って車を駐めると、ミュリエルはふたたびラリーの股間に顔を埋めた。目の前の裏路地を見つめながら、ラリーは思った。こういう行為にはお誂《あつら》え向きの界隈だ。建物の裏手、電話線の下で、周囲には散らかったゴミ、回収用の錆《さ》びついた大型ゴミ容器があり、安っぽい商売女たちから手っ取り早く快楽を購《あがな》えるところ。ミュリエルは時間をかけてじっくりしゃぶっている。亀頭を鼻先で撫で、竿の下に舌を這わせ、唇で先端を舐《な》め、それぞれの動きが引き起こすラリーの反応を注意深く見つめてちゃんと理解したうえで、何度も繰り返す。それもミュリエルなのだ。大胆そのもの。イチモツを見つめながら、その気になった女の力を発揮して楽しんでいる。ラリーは頭のなかで叫び続けていた。くそ、なんでこうなるんだ。おれはもうだめだ。放出するときは、永遠に悲鳴を轟《とどろ》かせるような気分だった。

13

二〇〇一年五月二十二日
普通の人

「どうやらあなたはあたしから離れられないみたいね」最初にジリアンを監房棟に案内してくれた看守、ルーシーはいった。重い扉を看守所のなかへ半分ほど開き、がっしりした身体で押さえながら、ジリアンを旧知の友人のように手招きし、アーサーにもうなずいている。

「てっきりもうアーノとは話し終わったと思ったけど」ルーシーのあとについて、ジリアンたちは石とレンガでできた薄暗い廊下に入っていった。

ジリアンの同席を看守部長から要求されたことをアーサーが説明すると、ルーシーは笑った。

「いるのよ、そういう人が。ここは規則だらけだってのに、もっと規則を作らなきゃ気がすまないんだから」それはたしかにジリアンも経験したことだ。刑務所の看守たちは、厳格さにかけては抜群の才能を持っている場合が多い。しかも彼らのなかには、人が檻《おり》に入っているのを見るのがたまらなく好きというれっきとしたサディストが、必然的に数人は混じっている。けれどもジリアンはオールダーソンの刑務所で、ルーシーのような看守も多く見かけた。自分たちが探せる仕事のなかでこれが一番よかったから、あるいは、自分たちを見下す権利のない人間を相手にするのが気楽だから、という理由でやっている気のいい人々だ。

　医療棟にたどり着くと、ルーシーはジリアンに、アーサーをアーノと引きあわせたらすぐに外まで送ってあげるわね、どのみち看守部長にはわかりゃしないから、といってくれた。正直、アーノの話の中身には興味があったけれど、証人たちを品定めし、記憶にあるほかの証拠と彼らの証言を照合する日々はとうに終わったのだ。ジリアンにとって一番無難なのは、このまま引き返すことだった。

　アーサーは目前に控えた状況にふたたび興奮している様子で、ろくにさよならもいわずに、ルーシーと一緒に医療棟の入り口に消えていった。数分後、ルーシーだけが戻ってきて、廊下と鉄格子扉が繰り返す帰り道を表まで送ってくれた。

　中央棟を抜けるとき、ステンレススチール製のカートを押していた模範囚がふと、通りがかりのジリアンを振り返った。ジリアンは視線を感じたが、単に見つめられているだけだろうと思った。ところが、その模範囚から名前を呼ばれた。

「あんた、サリバン判事か？」

　隣にいたルーシーが一瞬警戒したが、ジリアンは答えた。

「以前はね」

「この男はジョーンズ」ルーシーがいった。「だいじょうぶよ、普段《ふだん》はね」ルーシーの軽口にジョーンズは微笑んだが、その視線はジリアンに注がれたままだった。

「あんたに六十年を食らったんだ。加重暴行でな」その言葉を聞いて、ジリアンは思った。

ここにはまだ自分が刑を宣告した服役囚が大勢いるのだ。なのに自分のことにばかり気を取られ、こういう男たちのなかにいることの危険性をすっかり忘れていた。もっとも、いまはまったく危険を感じていない。ジョーンズは背が高くて顎ひげを生やしているが、問題を起こしそうな年齢は過ぎつつある。

「だれかを撃ったの?」

「仲間の黒人さ。おれたちは酒屋で強盗を働いてたんだ。店員が銃を取ろうとして、おれがかわりに相棒を撃った。すげえだろ? なのにおれはそのことで起訴された。そのことと武装強盗の罪でだ。武装強盗でお務めするのはわかるが、撃ってもかまやしねえやつを撃って、なんで懲役を食らわなくちゃならねえんだ?」

「あなたがほんとはその店員を撃つつもりだったからよ」ジリアンはいった。

「いいや、ちがう。おれはただびっくりしただけだ」

「人を殺してたかもしれないのよ」

「ああ、けど実際には殺しちゃいねえ。そこがおれにはわからねえのさ」

そんなことはない。ジョーンズにはわかっている。ただその話がしたかっただけなのだ。人生の多くが一瞬の出来事で決まってしまったことを思い知るあまり、いまだに眠れない夜があるのだ。

「もう昔の話でしょ」ルーシーがジョーンズにいった。

「ああ。おれもお務めしてるうちに昔話になっちまうんだろうな」そういいながら、ジョーンズは笑っていた。

「相棒はどうしたの？」ジリアンが訊いた。

「元気でやってる。ただ、やつの腹はあれから調子よくねえらしい。あんたはあいつに三十年しかやらなかっただろう。やつは二〇〇三年に出るそうだ」

「彼は銃を持ってなかったからよ」

逆にやりこめられて、ジョーンズはカートのほうへすごすごと戻っていった。諦《あきら》めがついたようだが、一日二日もすればまた性懲りもなく、こんなのはまちがってると思いはじめるにちがいない。

ルーシーは看守所までずっとジョーンズのことをしゃべりっぱなしで、彼の家族との確執についていろいろと教えてくれた。ルーシーにとって秘密とは、世界人口の四分の一にしか話さなければいいらしい。けれども憎めない存在だ。預けるように命じられたバッグをロッカーから引っぱり出すときに手伝ってくれたし、人のいい招待主のように看守所の反対側にある正面ゲートまで送ってくれ、受付デスクに坐っていた別の看守部長に手振りで合図して、ブザーの音とともにジリアンを外へ出してくれた。

ずっしりと重い鉄格子扉を引き開け、刑務所の暗がりから、外の晩春の鮮やかな日射しをながめる。野外運動の時間で、まだ刑務所入り口にたたずんでいるジリアンにさえ、服役囚たちが賑やかに歓声をあげたりおしゃべりしたりしているのが聞こえてきた。オールダーソンでは、刑務所に鉄道線路が隣接していた。通過するのはほとんどが光沢のある石炭の荷を積んだ約百両編成の貨物列車だが、たまにワシントンDC－シカゴ間のアムトラックも通過し、その近さは乗客全員の顔がはっきりわかるほどだった。ジリアンは目をそらすことができなかった。というより、耐えがたいほどの嫉妬を覚えながら、旅行者たちを食い入るようにながめた。彼らは行きたいところへ自由に移動できる。そういう人たちのことを、いつしか心のなかで〝普通の人〟と呼ぶようになっていた。

ルーシーのほうを振り返って、ジリアンはいった。

「忘れてた。退出届に時間を書いてこなかったわ」

「いいわよ、こっちでやっておくから」ルーシーがいった。

「自分で書きたいの」嘘だった。もう一度刑務所のなかに入り、手振りで合図して、もう一度鉄格子扉を開けさせたかっただけなのだ。記入を済ませてもう一度背後で鍵がかけられたとき、そのメカニズムが自分の心にしっくりと接続されたような感じがした。いままでは自分も〝普通の人〟なのだ。

駐車場までのなかほどに立っている樹の下のベンチに坐って休みながら、ジリアンは人の出入りを見つめた。みな自分と同じ、普通の人だ。バッグから読みかけの本を取り出す。ツキディデスの歴史本。古典に目がないダフィーが無理やり貸してくれたものだが、自分でも意外なことに、遠い過去の教訓や忘れられていた人間の愚かさをいま一度知ることのできる歴史に、大きな救いを見出していた。この安らぎの由来は、自分もまたいつか忘れ去られる存在なのだとわかったことだ。自分の罪は時間《とき》の大きな潮に洗われ、その潮のなかで、同時代を歩いた人類のうちのほんの一人か二人――科学者や芸術家――をのぞいて、あとはみな自分と同じようにただの砂粒と化してゆく。そして今日ジリアンは、その砂粒が集まるところへ自由に漂いはじめた。もう終わったのだ、とジリアンは自分を慰めた。気に病むことはない、もう終わったのだ。

アーサーが戻ってきたのは、それから一時間半以上も経ってからだった。冷たい飲み物でも飲みに何ブロックか歩いてこようかと考えはじめた矢先に、アーサーの姿が看守所からあらわれた。

「遅くなってごめん。出てくる前にロミーに会いたかったんだ」

ジリアンは気にしないでといった。予想していたよりずっといい一日だった。

「アーノとはどうだった？」

「よかったよ、これ以上ないってくらい」けれども、アーサーの様子はどこかおかしかった。妙にうわの空なのだ。まるで風に運ばれてくる匂いを嗅ぎ分けようとする獣みたいに、宙を見つめている。それきり黙りこんでしまったので、アーノの話をどう思ったのか、ジリアンのほうから促した。

「もちろん百パーセント信じたさ。だからロミーに会いに行かなくちゃと思ったんだ。自分の口から伝えたくてね。刑務所長とはやりあわなくちゃならなかったが、結局数分だけってことでロミーを連れてきてくれた」アーサーはそこで出し抜けに微笑んだ。「基本的にロミーは、なんでぼくが驚いてるか理解できなかった。ごく当然という顔で、〝だからおれは無関係だといっただろ〟といってたよ。ここを出られそうなんで興奮してたけど、無実だってことに関しては、彼にとっちゃニュースでもなんでもなかったんだ。これを聞いたらパメラは、手が着けられないくらいはしゃぎまくるだろうな。ロミーは無実だ」アーサーはそういって、樹の根元の周囲に敷かれた砂利を見つめた。それからもう一度いった。「ロミーは、無実なんだ」

「訊いてもいい？　アーノはロミーのアリバイを証明したの？　それとも、真犯人を知ってるといったの？」

「知ってるほうさ」アーサーはいった。「彼だった。犯人はアーノだったんだ。ひどい話だが、それですべてが符合する。細部までなにもかもね。だいいち真実としか考えられないよ。だって、死んでいく人間がわざわざ嘘をつく必要があるかい？　あの三人を殺したのはアーノだ。彼がやったんだ」自分の口から出た言葉の重さに耐えかねたのか、アーサーはジリアンの隣に腰を降ろした。

ジリアンはただ待っていた。もっと詳しく知りたいのかどうか、自分でもわからなかった。自分を過去から切り離したい、判断力を麻痺させたいとどれほど願っても、その話はにわかには信じがたいものだった。ロミー・ギャンドルフと同じ刑務所で死にかけている服役囚が、あの犯行は自分がやったのだとみずから打ち明けるなんて、偶然にしてはあまりにできすぎている。

アーサーの奇妙な態度から判断して、もしかしてこの人は言葉とはうらはらに、内心は自分と同じ疑念を抱いているのでは、と最初は思った。けれどもいまでは、この反応は疑念の裏返しのように思えてきた。何年か前、検事局で最初の上司だったレイモンド・ホーガンが――いまではアーサーのシニアパートナーだが――選挙前のまだ個人で開業していたときに机の引き出しに紙切れ一枚を入れておいた話を、聞かせてくれたことがある。それは達筆で書かれた、被告側弁護士の祈りだった。いわく、〝無実の依頼人を私に与えないでください〟。

アーノから確信を得たことで、アーサーは自分の弁護士歴の一番高い断崖の上にいきなり立つことになったのだ。ロミー・ギャンドルフの人生、彼の無実の人生は、アーサーの手のなかにある。正義、いや、それどころか法の原理全体が——生活のなかのいくつかの要素を人間の力の範囲内でできるだけ公正にしようとする、それが法の原理だ——アーサーにかかっているのだ。アーサーはその中心となる関数だった。彼の働きぶり、才覚、市民社会のもっとも重要な闘いに勝利を収める能力、それによってすべてが決まってしまう。アーサーのコーヒー色の瞳に泳いでいる当惑した表情は、そのことに対する大いなる不安にほかならなかった。

第2部　手続き

14

二〇〇一年六月十二日
首席検事補

キンドル郡の首席検事補であるミュリエル・ウィンは、机に向かって書類の整理をしていた。この仕事を通して、若いころには考えられなかった几帳面《きちようめん》さが自分にあることに気づいた。ベッドルームのクローゼットと買い物リストはいまだに混沌に支配されているが、仕事場は常に最高の状態で、長さが二メートル四十近くある机の上は、軍の基地ほどの正確さで整然と片づいていた。訴追関係の書類、局内メモ、郵便物の三つに分けられた書類の山がそれぞれきれいに積みあげられ、等間隔に置かれている。来年の郡検事選挙に備えた戦いがじきに本格的にはじまるが、それに関係する文書はその三つとは別に分けられていて、一日の終わりに回収し、家に持ち帰ってゆっくりと検討するのだ。

鐘の音がして、コンピューター画面にポップアップメッセージがあらわれた。〝午後十二時二分――ラリー・スタークゼク警部補が来ました〟。ミュリエルはオフィスの外にある広々したオープンスペースで、ラリーを出迎えた。そこでは六人の助手たちが机のあいだを飛びまわっていて、訪問者たちは古いマホガニーの手すりの向こう側で待つことになる。この助手たちを共有しているのが、向かいのオフィスにいる郡検事だ。郡検事はここ十年ミュリエルのボスであるネッド・ホールジーで、彼は選挙民が来年その意志を示してくれさえすれば、その椅子をミュリエルに明け渡すつもりでいる。

ラリーは法廷用に、ネクタイとリネンのスポーツジャケットという格好だった。どちらもわりとスタイリッシュなものだ。ラリーは昔から服が好きだったが、似合うものはもうない。太ってぶよぶよしているし、頭に残った絹のように白い髪は慎重に梳《と》かしてまとめてある。けれども、内面の自信から来る押し出しの強さはいまだ健在だ。ラリーが自分を見て満面に笑みを浮かべたとき、ミュリエルは愉快になった。人生がこれほどまでに奇妙な形で進み、自分の思いどおりにやってなお生き残っていられることが、妙におかしくてくすぐったかったのだ。

「ラリー」

「よお、ミュリエル」

お昼を食べに行きましょうよ、とミュリエルは誘った。

「連邦ビルに行く途中でなにか食べて、このバカげた審理について話をしてもいいと思って」

息子たちの話し言葉に影響を受けたラリーの返事に笑《え》みを洩らして、ミュリエルは子どもたちの様子を訊いた。

「いいね《クール》え」

「あいつらほんとにおれの子か？　どう見てもサタンの落とし子だぜ」ラリーは財布に息子二人の写真を入れてある。マイケルは二十歳で、ミシガン大学の一年生だ。下の息子ダレルは父親や兄に似て高校のヒーローだが、フットボールではなくサッカーをやっている。奨学生として一部リーグ入りが確実視されてるんだ、とラリーはいった。「もっともその前に、おれがあいつをブチ殺すかもしれないけどな。態度の悪い野郎なんだ。そんなおれとダレルを見て、まだ健在の両親は、まるで懐かしい家族映画を見てるようだなんていいやがる。一分ごとに笑えるんだとさ」

ミュリエルもラリーをオフィスのなかに入れて、タルマッジの最初の孫であるテオの写真を見せた。三歳なのに、タルマッジに似て大柄で肩幅が広い。とてもかわいらしく、ミュリエルにとってこれほど愛くるしい存在はいままでになかった。

「きみとタルマッジの子どもはいないんだろ？」ラリーが訊いてきた。一番答えたくない質問だったが、ラリーは単に記憶を確かめているだけで、他意がないのはわかっている。

「できなかったわ」ミュリエルはそう答えて、ラリーをドアのほうへうながした。

降りていくエレベーターのなかで、ラリーは、今日の審理について説明してくれといった。

「アーサーがアーノ・エアダイという男の証言録取を申し立てたの。アーノのことは知ってるでしょ」

「ああ」

「しかもその証言録取を判事の前でさせたがってるの。判事が証言の信用性を認定できるように。手続きが長引くとアーノはこの世にいなくなるからよ。癌で死にかけてるの」

「死にかけてるって？　かわいそうに、アーノにとっちゃここ何年か、散々なことばかりだ。あの話、知ってるかい？」

暴力犯罪部のチーフとして、四年前にアーノが起こした銃撃事件についてはおさらいしてある。アーノは警察学校出身で、トランスナショナル警備の幹部であり、警官御用達のバーの常連でもある堅実な一市民だった。メル・トゥーリーはアーノの弁護を担当し、執行猶予と保護観察を必死に求め、被害者の弁護士であるジャクソン・エアーズにも異議なしといわせたほどだった。けれどもミュリエルは、アーノが郊外に住んでいるからといって刑を見逃すことなどできなかった。この町では週に二十人の黒人男たちを、人を撃った罪で収監している。アーノにも刑務所に入ってもらわなければならなかった。

「ところで、元検察官のアーサーはどうしてる？」ラリーは訊いた。

「あいかわらずムキになって仕事してるわ、必死で溺《おぼ》れないようにしてるみたいに。元気よ」

「おれはアーサーのところに事件を持ちこむのが好きだった。あいつは競走馬タイプというより、農耕馬タイプなんだ。最後までとことんやってくれる」

「いまの彼がまさにそれよ。かなり気合が入ってるわね。控訴裁からこの件を任命されたときはずいぶん渋い顔をしてたけど、その後新しい糸口をつぎつぎと見つけてるの。今週は、アーノが決定的な証人だといってるわ」

「決定的ねえ」とラリー。「で、だれにとって決定的なんだ？」

「そこよ」ミュリエルは微笑んだ。「あたしになにか説明することがあるんじゃない？　申し立てによるとアーノは、あなたが隠した無罪証明の証拠に対してあなたの注意を引こうとしたそうよ」

「おれは隠すなんてことのできない性分でね」ラリーはそういって、どうせただのホラ話だろうとすぐさま一蹴した。「たしかにアーノは刑務所から何通か手紙をくれた。警官の半数にも同じことをした。刑務所に入ったとたん、あちこちに助けを求めはじめたのさ。おれはどうすりゃよかったんだ？　同情のメッセージカードでも送ればよかったか？　あいつはムショでたちの悪い連中とつるんで妙なことを思いついただけさ。そうだろ？」

「おおかたそうにちがいないわね。一週間前、話をしたいと申し込んだら断わられたの。ラドヤードの職員たちも、なにをたくらんでるのかさっぱりわからないといってるわ」

裁判所の何軒か隣にある〈バオ・ディン〉の前で、ミュリエルは立ちどまった。

「あいかわらず中華は好き？」

「もちろん。あんまり辛いやつはだめだが」

古い佇《たたず》まいのその店は、入り口に竹のすだれがかかっていて、テーブルはフォーマイカ製、ラードで揚げたピーナツや発酵した異国の香辛料の匂いが漂っている。ミュリエルは昔からここの厨房で肉として通っているものには疑念を持っていて、いつも野菜料理しか食べないことにしていた。影響力のある常連客として、ミュリエルはオーナー兼経営者であるロイド・ウーから温かい歓迎を受け、ウーにラリーを紹介した。

申し立ての内容からして、ミュリエルはラリーに審理への同席を頼むしかなかった。二人はここ十年近く、十分以上一緒にいたことがない。たまにラリーが事件のことで検事局に来たとき、ミュリエルのところに立ち寄る程度だ。そんなときはしばらくたがいの反応を探ったあと、子どもたちの話、警察や検事局の話をし、二人でおおいに笑った。ラリーが帰ったあとはたいてい、二人でふざけあったことを後悔した。ラリーのせいではない。年配の域に達したラリーは、十七年前にロースクールで出会った若いころのラリーほど扱いにくくなくなっている。けれどもラリーはすでに、ミュリエルが人目を気にして遠ざけた過去、いまよりも意地悪で気まぐれで不機嫌だった、若い自堕落なミュリエルの付属物にすぎないのだ。けれども、今日はどうしてもラリーが必要だった。刑事たちは決して事件の証拠を忘れない。検事局内で上訴全体のチェックを担当しているキャロル・キーニーは、ロミーが死刑にじわじわと近づいていくここ数年この件を扱ってきたが、彼女に訊いても、ファイルのなかにはアーノ・エアダイに関する記述が一切ないという。けれどもラリーはすぐに、アーノからコリンズ、コリンズからロミーへとつながった情報の流れを教えてくれた。もともと情報の出所がアーノであることを、ミュリエルは知らされていなかったのだ。目を閉じて、数字がひらめくのを待つ。なにも思い浮かばない。ミュリエルはテーブルに身を乗り出した。

「古いよしみで聞かせてちょうだい、ラリー。女の勘てやつだけど、あたしたち、心配したほうがいいところはない？　向こうの狙いはただの妄想なんでしょ？」

「アーノの情報か？」

「なにを引っくり返そうとしてる情報なのかしら」

「おいおい、そこらの生娘《きむすめ》じゃあるまいし」ラリーはそういって、滅多《めった》に近づかないところまで近づいてきた。真実には街の真実と法廷の真実の二種類があり、ラリーのように腕のいい警官は、無分別な行動をとらなくても、一方の真実を他方の真実に従わせる方法を心得ている。ミュリエルはラリーの下卑《げび》た言葉を聞き流した。「無罪を証明するような証拠を、おれが隠したと思ってるのか？」

「アーサーはいわないし、こっちも探り当ててないの。その申し立てが出されたときにキャロルを使いにやったら、キャロルがなぜか判事を苛立たせて、結局判事はその申し立てを受け入れたのよ」

ラリーは呻《うめ》いた。

「これがどういう流れになっていくかわかるでしょ。ハーロウ判事は、とりわけ死刑の絡んだ事件になると、任命された弁護士にはできるだけチャンスを与えてやりたいと思うタイプよ。それにたぶん彼はアーサーを気に入ってるわ。アーサーの所属法律事務所が連邦事件をたくさん引き受けてるから」

「やれやれ。連邦裁判所はこれだからな。まるで昔の秘密結社だ。たがいにひそひそ声でしゃべってニヤニヤしてる。貧しい農民の気も知らないで」

ミュリエルはまた笑った。ラリーがこんなに面白くて的を射たことをいう男であることを忘れていた。ミュリエルは次期郡検事と目《もく》される首席検事補として、最近めっきり出番が少なくなった州法廷でも丁重に扱われていた。上位裁判所の判事たちは選挙で選ばれることになっていて、遅かれ早かれそのほとんどがミュリエルと同じように候補となる。ところが連邦裁判所は世界がまるで異なり、その判事たちは任期永年で任命されるのだ。ミュリエルは検察官としてほんの数回しか連邦裁判所に行ったことがなく、連邦裁判所制度についてはほぼラリーと同じ印象を持っていた。

「ハーロウはアーサーに悔いが残らないようにさせてるだけだと思うわ。心配ないわよ」

ラリーは安心したようにうなずいた。ロースクール時代、ミュリエルの法的能力にはじめて信頼を置いてくれた学生がラリーだった。ラリーにとって、ミュリエルの法律に関する言葉は賛美歌に等しい。

「てことは、おれはアーノと一緒にクサい飯を食らわないってことか？」ラリーは訊いた。

「なんだ、せっかくこの仕事から抜けられると思ったのに」

「あなたはこの仕事を絶対辞めないわ」

「バカいわないでくれ。もう辞表を出すことにしたんだ。十一月には五十五になって、二〇〇二年の一月一日には警察ともおさらばだ。人はこれからもたがいに殺しあうだろうし、それに関して必要なことはもう知り尽くした。しかも来年は新しい刑事課長が指名される。もしそれがおれだとしたら愚行としか思えないが、ほかの人間だとしたらもっとバカげてる。潮時ってやつさ。それにおれは、家をリフォームして転売する商売をしてるだろ？　いまじゃ六人の部下を使う身なんだ。五十四という年齢は、かけ持ちで仕事するにはきつすぎる」

「六人の部下？」

「ああ、去年は八軒の家を転売した」

「じゃあお金持ちね」

「きみとタルマッジほどじゃないが、そこそこ儲かってる。おれの親兄弟が思ってた以上にいい暮らしぶりさ。それに株もやってる。純資産はかなりの額になるが、どれもみな借金して手に入れたものだ。それでも――」ラリーはいい終えるかわりにニヤリとした。自分が口にした言葉に自分自身驚いているかのようだ。それからミュリエルに、そっちの生活はどうだいと訊いてきた。

「順調よ」ミュリエルは答えて、それ以上は触れなかった。実際には夜明けとともにしつこい不安に悩まされ、女ならではの生活を送っている。不安というのは、すべてに目を配るだけの時間がないことであり、ほかの多くの不安とちがって、事実にしっかり根ざしたものだ。どれを取ってもきちんと完璧にこなしているという実感がない。仕事にも、結婚生活にも、自分の継母ぶりにさえも。けれども自分は多くのものを持っている。すばらしい仕事、金、そしてあの天使のような孫。ミュリエルはそれらに気持ちを集中させ、落胆を遠ざけた。

「結婚生活はどうだい？」ラリーが訊いてきた。

ミュリエルは大声で笑った。

「大人は結婚生活について訊いたりしないものよ」

「いいじゃないか」

「だったら、そっちの結婚生活はどう？　家から一歩も出ない？　ナンシーとは平和協定を結んだ？」

「わかってるくせに。きみがおれを選ぼうとしないから、結局はほかのだれだろうと、間に合わせでしかないのさ」あまり洒落たセリフではないけれど、ラリーの顔には笑みがあった。「かといって、うまくいってないわけじゃない。ナンシーはいい女房だ。申し分ないほどね。しかもおれの息子たちを養子に引き取ってくれた。そんな女になにがいえる？　文句なんかいえるわけがない。人生は完璧とはかぎらないのさ。そうだろ？」

「みたいね」

「いいことを教えてやろう。このごろ祖父母のことを考えるようになってきたんだ。お袋側の祖父母だ。じいさんが十六のとき、じいさんの両親は車大工の見習いだった——当時は将来性のある仕事だったのさ——そして妻をもらう準備をした。じいさんはその二年後、はじめてばあさんの姿を見た。結婚する三日前だ。それから六十五年たっても、二人はあいかわらずなかよく連れ添ってた。嫌味や減らず口を交わしたこともない。信じられないだろ？」

安っぽい小さなアルミ製ティーポットのつまみをいじりながら、ラリーは話した。ミュリエルは耳を傾けながら、自分でも意外なほど気持ちがくつろいでいるのがわかった。人生には切っても切れない絆がある。だれかと寝るのもそのひとつ。少なくともミュリエルにとってはそうだ。おそらくほとんどの人にとってもそうにちがいない。ミュリエルはこれから死ぬまでずっと、ラリーとの思い出を携えていくだろう。

「よし、今度はそっちの番だ」ラリーはいった。「いやにならないか？　タルマッジをときどきテレビで見てると、率直にいっておれは嫌気が差すんだ、ああいう猿芝居には」

「タルマッジとの結婚生活は、ユーモアセンスと黒いドレス以外、たいして要求されることがないの」ミュリエルはそういって自分を笑ったが、内心密《ひそ》かに動揺した。タルマッジと結婚してからずっと、自分は他人《ひと》とちがってちっぽけなことにのめりこんだりしないだろう、そう思いながら過ごしてきた。普通、中流、平均的。そういった言葉を思い浮かべるだけで、いまだに膝が萎《な》えてくる気がする。「タルマッジはタルマッジよ。太陽神と一緒に二輪戦車に乗って走ってるようなもの。彼の輝きをいつも感じるの」

夫タルマッジはミレニアム・アメリカを代表する人生を送っていて、飛行機で週に三、四回はどこかへ飛んでいく。世界じゅうにクライアントがいて、なかには国の政府もいくつかある。タルマッジにとって家とは、輝かしい社会的人格から、驚くほど暗い自我へと安心して引っこめる場所にすぎなかった。ウィスキーをすすりながら夜遅くまで起きていて、くよくよ考え、アドレナリン過多で痛みを感じなかった戦場での傷を、一人癒《いや》している。彼自身、成功の大きさにめまいを覚えることが多いのだが、暗い気分のときには、世界が好意を寄せてくれているのは自分を貶《おとし》めるため、自分が本当はその好意を受けるに値しないことを証明するためだ、と信じているらしい。ミュリエルに求められているのは、そんな彼を慰める役目だった。

「彼からは尊敬されてるわ」ミュリエルはいった。「それがあたしにとっては大事なことなの。おたがいの話に耳を傾けるし、いろいろとアドバイスもする。ほんとに長い時間おしゃべりしてるわ。けっこういいもんよ」

「まさに巨人同士の組み合わせだな」ラリーがいった。「スーパー弁護士と郡検事か」

　ミュリエルには、一人の野心家の女である自分が一人の野心家の男と結婚したとたん世間からそれほどまでに受け入れられたことに、いまだに苛立ちを覚えていた。もっともそれは、タルマッジと結婚したときにほぼ予想していたことだが。

「ラリー、あたしはまだ郡検事に選ばれてないのよ」

「選ばれないはずがないさ。だいいち対抗馬に立とうって人間がいるかい？　司法にいるだれもが、きみの後塵《こうじん》を拝してるんだ。しかもきみには女としての魅力があるし、タルマッジの友人たちが小切手帳を開いて待ってるのはいうまでもない。新聞だって書いてるぜ。きみは引退する前に上院議員になるだろう、とな」

　上院議員。市長。たしかにどちらも新聞で読んだことがある。けれども、そのような頂点に到達するには偶然にも等しい幸運が必要だ。それがわかっているだけに、その手の推測は単なる野次馬の下馬評としか見なしていなかった。

「あたしが望んでるのはこの仕事なの。郡検事選挙に出るのはたまたま状況がそろってるから。ネッドは肩を叩かれてるわけだし、タルマッジは機内公衆電話《エアフォン》から選挙運動を繰り広げてくれるからよ。それでも、まだ選挙に出ることについてはけっこう悩んでるの」

「嘘つけ。郡検事になることが前々からの夢だったくせに」

「それが、わからなくなっちゃった」ミュリエルはいい淀み、この話の流れが自分をどこへ誘《いざな》おうとしているのか見きわめようとしたけれど、結局諦めた。ラリーと一緒にいるといつもこうだ。「一年前にはまだ希望を抱いてたのよ、きっと出馬について考え直さなくちゃならなくなるだろうって。でも、受け入れざるをえなかった。もう妊娠の可能性はないんだ、とね。じつをいうと、あたしにはそれが一番優先順位の高いことだったの。だから受胎に関する知識はうんざりするほどあるわ――」ミュリエルはそこで言葉を呑んだ。自分を哀れに思ったことなど、人生で一度もない。けれども何年にもわたって検査や投薬、洗浄を受け、時計の針を見つめ、日にちを数え、体温を測り、期待に期待を重ねてきたことを振り返ると、それだけで心が打ちひしがれるような気分になった。若かったころは、世間の認める実力者になりたいという欲望が自分をどこへ導くのかなど、考えもしなかった。だが自分の生きてきた軌跡を永遠に残すことになる出産への思いは、自分を繰り返したい、子どもを育て、養い、教育し、愛したいという強烈な情熱へと、ごく自然につながっていった。自分が人生で経験した欲求、すなわち性的衝動の波も飢えも、野心さえも、結婚したあとの出産への欲求が引き起こす力にはとうてい及ばなかった。いまはまるで自分の心が、回転する大きな車輪によって前に駆り立てられ、いつしかその車輪に押しつぶされてしまったかのようだ。そして喪に服すかのように、その虚無感とともに生きている。この虚無は最期の日まで背負い続けることだろう。

ラリーはその青い瞳をぴくりとも動かさず、心配そうに耳を傾けていた。が、やがてこういった。

「ともかく、おれはきみに投票するよ、ミュリエル。きみに郡検事になってもらいたいんだ。きみが望むものを手に入れるのは、おれにとって大事なことだからな」その言葉には慰めの意味が感じられた。ラリーがあいかわらず友人でいてくれたのは、うれしい発見だった。

　店を出るときにどちらが払うかで揉めたが、結局ラリーのほうが、おれだってきみに負けないくらい金持ちなんだぜといって譲らなかった。それから二人は昼食の人混みのなかを、連邦裁判所の古い建物まで歩いていった。連邦地方裁判所の首席判事ケントトン・ハーロウは、証言録取の件を部下の治安判事に押しつけたりせず、自分で担当することを決めた。どのみち手続き自体が異例だったのだ。死刑訴訟によくある上訴とその抗弁が果てしなく繰り返されるのをなんとか短縮しようとする、最近の議会の努力の副産物である。控訴裁判所は証人の証言を直接聞くことなどないものの、一定期間に提出された証拠を評価して開示し、その案件を進めるべきかどうかみずから判断する権利を持っていたが、その機能はもともと地方裁判所法廷判事の専売特許だったのだ。ミュリエルが話を聞いた人間のなかには、今回のような手続きを経験したものはだれ一人いなかった。

　首席判事ケントトン・ハーロウが任されているのは、いわゆる〝儀式法廷〟だった。判事席の後ろを占める茶色い大理石の量からして、広大な部屋は礼拝堂と見まがうほどだ。けれどもミュリエルの注意は、すぐにほかのものに引かれていった。緋色のクッションが置かれたウォールナット材の座席の最前列に集まって坐っている、数名の新聞記者たち。その周囲には法廷の常連ばかりか、テレビリポーターも何人かいる。チャンネル5のスタンリー・ローゼンバーグ、ジル・ジョーンズほか数名――それに二人のスケッチ画家。この手のギャラリーが集まっている理由として考えられるのはただひとつ、ビッグニュースがあるという情報をアーサーが洩らしたのだ。

ミュリエルは気配を察して、ラリーの腕をつかんだ。そしてラリーに事の重大さを理解させるため、彼がベトナムで使っていた言葉を囁《ささや》いた。

「来るわよ、敵の砲火が」

15

二〇〇一年六月十二日
アーノの証言

「名前をどうぞ。記録のため、ラストネームは綴《つづ》りを答えてください」

「アーノ・エアダイ」アーノは名乗って、アルファベットを復唱した。

証言台より高い位置にある判事席から、ハーロウ判事が確認のため、アーノの姓を繰り返した。「エア、ダイ？」いかにもハーロウらしい、とアーサーは思った。正しい発音で名前を呼ぶことで、証人に敬意を払っているのだ。もちろん、アーノが生涯に五人の人間を撃ち、そのうち四人を殺害した人物らしいことは承知のうえである。

ケントン・ハーロウ判事をあらわすのにもっともよく使われるのが、「リンカーン的」という言葉だ。痩せ型で、身長約百九十センチ。細い顎ひげに、くっきりした目鼻立ち。率直な物言いで、憲法の理念を熱心に訴える。しかしながら、リンカーンへのたとえはひとりでに湧いてきたものではない。リンカーンは、大人になってからのハーロウの模範だった。その証拠に、ハーロウの判事室にはリンカーンにまつわるものがいろいろと飾られている。カール・サンドバーグによる伝記の初版本から、さまざまな年齢の〝正直者エイブ〟の胸像、顔形、ブロンズ像までなんでもありだ。弁護士にして教師、しかも名高い憲法学者で、おまけにカーター政権では公民権部を統括する司法次官補も務めたハーロウは、リンカーンに倣《なら》ったという信条、すなわち、人道主義の華《はな》というべき法への忠誠をまっとうした。

アーサーはアーノの予審尋問を進めた。アーノは刑務所で三週間前に会ったときよりさらに痩せていて、肺もだめになりかけていた。事務官たちが車輪付きの酸素ボンベを運びこんで証言台の下に置いてあり、ボンベから延びた透明チューブの先端がアーノの鼻孔におさまっている。そんな状態であるにもかかわらず、アーノは上機嫌だった。スーツを着る必要はないといったのに、どうしても着るんだといってきかなかった。

「判事、申し上げますが――」検察側の席でミュリエル・ウィンが立ちあがり、手続きにまた異議を唱えた。ミュリエルとはロミー・ギャンドルフの件で十回以上電話でやりとりしたが、直接顔をあわせるのは何年ぶりだろう。好感の持てる年齢の重ね具合だ。ほっそりとした女性は決まってそう見える。しっかり留めた黒い髪には白髪もちらほらあるが、化粧は前より入念になった。年齢のせいというより、著名人として写真に撮られることが多いからだろう。

ミュリエルは検事局にいたころの同僚であり、アーサーは大半の元同僚たちに対するのと同じように、彼女にも敬意を抱いていた。だが検察官がほとんどの弁護士に対して持っているイメージは、「弁護する吸血鬼に魂を吸い取られて死を待つばかりのご立派な紳士」であり、残念ながら今日が終わればミュリエルも、アーサーのことをそういう目で見るようになるだろう。それでもロミーへの義務感を思うと、ほかの選択肢は考えられなかった。これからなにが起こるのかをあらかじめミュリエルに伝えたりすれば、おそらく彼女はアーノの主張を調べるために審理の延期を要求、そのあいだにアーノが容態を悪化させて証言できなくなったり、刑務所のだれかに証言の撤回を強要されたりすることを望んだにちがいない。

その小柄な身体から醸し出されるかのような活発さで、ミュリエルはハーロウ判事に、ロミー・ギャンドルフは死刑を避けられる可能性をみすみす棒に振ったと訴えた。

「ではミズ・ウィン、きみは――」ハーロウ判事は訊いた。「かりに警察がギャンドルフの無実を確証させる事実を知ることになったとしても、憲法上――つまり私たちの憲法、合衆国憲法上ということだが――」州法などジャングルの掟と大差ないということを、ハーロウは茶目っ気たっぷりにほのめかした。「私に考え直す時間はないと思うのかね?」

「それが法律だと思います」とミュリエルは答えた。

「ではきみのいうとおりだとすれば、ミスター・エアダイの証言を聞いたとしても、きみが負ける可能性はほとんどないということだな」法廷で常に一番頭の切れる法律家、ハーロウ判事はそういうと、やさしく微笑んだ。そしてミュリエルに着席するようにいい、アーサーにつぎの質問へ移るよう指示した。

アーサーはアーノに現在の住まいを訊いた。

「ラドヤード州立刑務所の医療棟に収容されています」アーノは答えた。

「そこに収容されている理由は？」

「四期の肺扁平上皮癌だからです」アーノはハーロウ判事に顔を向けた。「余命三ヵ月といわれました」

「それは気の毒に」ハーロウ判事はメモから滅多に顔をあげないのが癖になっていて、この気づかいの言葉を述べる瞬間も例外ではなかった。アーサーはハーロウ判事の前でいくつか大きな公判を闘ったことがあり、判事はアーサーの気取らない手法と実直さをいつも評価してくれた。アーサーとしても、ロースクールでハーロウの判例集を研究したことがあり、彼を尊敬していた。が、ハーロウ判事はすばらしい人物であると同時に、手に余る人でもあった。ときに気むずかしく、怒りを爆発させることさえあるのだ。世界恐慌時代に育った古いタイプのリベラル派で、彼の民主的共同体主義《コミュナリズム》を理解できない人間を、恩知らずや貪欲《どんよく》な子どもとみなした。きわめて保守的な控訴裁判所と何年にもわたって闘い続け、彼らの度重なる下級審判決の破棄を快く思わず、折に触れて彼らを出し抜こうとしてきた。そんなハーロウの不屈の闘いぶりがロミーには有利に働くと、アーサーは判断したのである。ハーロウ判事は、死刑が絡む訴訟で際限なく出される人身保護申請を打ち切る権利を、ハーロウのようなレベルの判事にではなく控訴裁判所に与えるとした新たな法律の制定に対して、憤りを隠さなかった。おかげでアーサーがハーロウ判事に、アーノ証言の信憑性を評価してもらえないかと提案すると、ハーロウはすぐさま飛びついた。控訴裁判所は伝統的に、ハーロウ判事の裁定を無視できない。つまり事実上、その訴訟を進めるかどうかを決定する大きな力が、ハーロウ判事の手に戻ることになるのだ。

「犯罪で有罪になったことは？」アーサーはアーノに訊いた。

「あります。四年前、一度調査したことのある男とバーで口論になり、最後には男の背中を銃で撃ちました。男のほうが先に銃を持って私に襲いかかってきたんですが、撃つべきではなかったと後悔しています。男は運よく回復しましたが、私は加重暴行の罪で有罪を認め、十年の刑を受けました」アーノは軸についた黒い莢《さや》を思わせるマイクを、唇のすぐ前にまで引き寄せてある。声はハスキーで、息を切らしがちなためときどき中断を必要とした。しかし、見た目にはまったく穏やかだ。ゆっくりと丁寧に話してくれるので、わずかにドラキュラを彷彿《ほうふつ》とさせる訛《なま》りのあるガラガラ声は、彼が好むキワニーのタフガイ風のしゃべり方より少し聞き取りやすい。

アーサーはアーノの経歴について、ハンガリーで生まれたことからトランスナショナル警備での仕事に就くまでを、アーノに質問した。ハーロウ判事は細かくメモを取っている。肝心の山場に入る前に、段取りに手抜かりがないことを確認するため、アーサーは弁護側のテーブルに坐っているパメラに目を向けた。パメラは期待感に顔を輝かせながら、小さく首を横に振った。奇妙なことに、アーサーはパメラにかすかな哀れみを覚えた。彼女は弁護士となった最初の年に、身の丈にあわない大金星を享受しようとしている。これを経験してしまったら、ほかの弁護士が満足するレベルでは決して満足できなくなるかもしれない。もっともそれは、アーサーにとってもいえることだった。つぎの質問が自分の人生を一変させるかもしれないという予感に内心喜びを覚えている自分を意識しながら、アーサーはいよいよその質問を繰り出した。

「一九九一年七月四日に話を移しましょう。ミスター・エアダイ、その日の早朝なにをしたか、私たちに話してくれませんか？」

鼻に入った管の位置を直してから、アーノは答えた。

「私はルイサ・レマルディ、オーガスタス・レオニディス、ポール・ジャドソンを殺害しました」

法廷全体にどよめきが湧き起こるのを予想していたが、実際には長い沈黙があっただけだった。判事席にはコンピューターのモニターが設置してあり、法廷速記者の書き起こした文字が表示されるようになっている。ハーロウ判事は顔をあげ、モニターに躍り出る文字を見つめていた。それからペンを置き、思案顔で顎を撫でた。鳥の巣を思わせる伸び放題の白髪眉の下から、その目がじっとアーサーを見すえている。ハーロウ判事の顔からはそれ以上のことは読み取れなかったが、その力のこもった表情にはアーサーへの感心ぶりがうかがえた。ハーロウ判事にとっては、死刑執行直前にこの種の証拠を提出することこそ、法専門職の象徴的な役割にほかならないのだ。

「ほかの質問をしてもいいぞ」判事がアーサーにいった。

考えられるのはひとつだけだ。

「その殺害に関して、ロミー・ギャンドルフはなにか役割を果たしましたか？」

「いいえ」アーノは淡々とした口調で答えた。

「彼は現場にいましたか？」

「いいえ」

「彼はその殺害を計画したり手伝ったりしましたか？」

「いいえ」

「その殺害のあと、彼は犯罪を隠すためになんらかの形であなたを手伝いましたか？」

「いいえ」

アーサーはそこでいったん中断し、余韻の効果を狙った。法廷の後ろのほうでようやく動きがあった。二人の記者が、携帯電話を使える廊下へ飛び出したのだ。ミュリエルの反応を確かめることも考えたが、他人《ひと》の失敗をあざ笑っていると思われるのはいやなので、見ないことにした。

「ミスター・エアダイ」アーサーはふたたび尋問を開始した。「一九九一年七月四日になにが起こったのか、あなた自身の言葉で説明してくれませんか。なにが原因でそういう事態になったのか、そしてレストラン〈パラダイス〉でなにが起こったのか。時間がかかってもかまいません。覚えているとおりに判事に話してください」

　身体が弱ってきたらしく、アーノは片手を手すりに置いて、ハーロウ判事のほうへ少しだけ顔を向けた。いまの季節には厚手すぎるグレーのスーツが、見るからにぶかぶかだ。

「女が一人いました」アーノは話しはじめた。「空港で働いてた女です。ルイサ・レマルディ。航空券の発券係だった。死者を悪くいうわけじゃないが、彼女は少しふしだらな女でした。それで私も、つい彼女と関係してしまったんです。ただの遊びでしたが、私はいつのまにかのめりこんでしまった。そういう関係になってすぐ、彼女がほかの男と浮気をしている気配が見えはじめてきました。正直、それが私を、善悪の見境のつかない人間にしてしまったのです」アーノはネクタイの結び目をつまんで少し緩めた。背もたれの高い革製の椅子に坐っているハーロウ判事は、集中してアーノを見つめられるように、案件簿の上に眼鏡を放った。アーノは深々と息を吸ってから、先を続けた。

「私は彼女に目を光らせるようになりました。そしてある夜、自分の想像どおりのことを目《ま》の当たりにしてしまった。それがたしか七月三日です。ルイサは空港の駐車場で、ある男と待ち合わせてました。ずっと奥の薄暗い隅っこで。ルイサはその男の車に乗りこむと、いきなり男にまたがったのです。どうかしてると思われるでしょうが、私はその一部始終を――ルイサが上下に揺れるさまを見ていました。四十分ほどずっと」

アーノは調子が出てきた様子で、それを遮《さえぎ》るのはためらわれたが、証拠手続きのためには仕方なかった。

「ミズ・レマルディと一緒にいた男がだれだかわかりましたか？」

「いいえ、全然。それにあまり相手のことは気になりませんでした。男のホッ、ピン、グ、ス、ティ、ッ、クにまたがって飛び跳ねてる彼女の姿しか見えなかったもので」傍聴席にクスクス笑いが洩れて、アーノの視線が判事席のほうに飛んだ。「失礼しました、判事」

ハーロウ判事は法廷でなければ怒り出したかもしれないが、追い払うように手を振っただけだった。

「ルイサは思う存分やり終えると車で立ち去ったので、私はあとをつけました。それから彼女が入ったのがガスの店、あのレストラン〈パラダイス〉です。私もあとを追って店に入りました。それで大騒ぎになってしまったんです。私は彼女を売女《ばいた》呼ばわりし、彼女は私に、あたしはあんたの持ち物じゃないでしょ、自分だって女房持ちのくせに、あんたはよくてあたしはだめなんておかしいじゃない、と怒鳴り返してきました。想像がつくでしょう」アーノは土気色の顔を横に振ると、証言台のウォールナットの手すりに目を落とし、その悲しい記憶へと舞い戻っていった。

「ガスが気づかないわけがありません。七月四日だったんで従業員に暇をやったんでしょう、店には彼一人しかいませんでした。私たちのほうにやってきて、私にとっとと出ていけというんで、てめえは引っこんでろといい返しました。いいながらルイサをつかんで、店から引っぱり出そうとしたんです。ルイサは悲鳴をあげて私に殴りかかってきました。するとまたいきなりガスが、今度は銃を持ってやってきた。私も昔は度胸があったし、あの店に通っていて、ガスのことも見てきました。だから、あんたには撃てやしないといってやりました。そしたら不意にルイサが手を伸ばして銃をつかみ、こういったんです。〝そうね。でもあたしはやれる〟

きっと本気だったでしょう。だから私はそのリボルバーを奪おうとしました。ところがルイサの手から無理やりもぎ取ろうとしたそのとき、バーン、まるで出来の悪い映画のようでした。ピストルがガスの手にあったときは、たしかに安全装置がかかってるのが見えたんです。おそらく揉《も》みあいになったときに――とにかくルイサのどてっ腹に穴があいていて、そこから煙が立ちのぼってました。ルイサは目を落として、なによこれとでもいいたげな顔をしましたが、煙は消えなかった。しかも血が滲《にじ》み出してくる。

するとガスが、救急車を呼ぶために電話のほうへ走り出しました。それで私は〝待て〟と引き留めたんです。

〝待てだと？　なんでだ？　彼女を死なせるつもりか〟、ガスはそういいました。待てといったのは、判事、考える時間がほしかったからです。状況に対処する時間が。この状況がどういう結果を導き出すか、私にはわかってました。ガスが受話器を取りあげたとたん、航空会社で二十年間働いてきた私の目に、新聞各紙の見出しが浮かんできたのです。《従業員と関係した幹部職員》、《空港警備の副主任、発砲事件に関与》。それだけで仕事にさよなら《アディオス》だ。これからは女房だけを相手に夜を楽しく過ごさなくちゃならない。さらに悪いことに、私は以前に別の発砲事件も起こしてたんです。情け容赦ない検察官にそれを知られたら懲役を食らうかもしれない。

　だから時間が必要でした。一分でよかったんです。状況に対処するため、いや正直な話、極度の怯《おび》えを振り払うために。三十秒でもよかったかもしれない。ところがガスは怒り出した。自分の店で銃撃事件が、しかも自分の銃で起こったことに。もう一度〝待て〟といったのに、彼は電話のほうに向かって歩き出しました。私は動転して、自分の抑えがきかなくなっていた。とにかくなんとかしたくて、ガスに、止まれ、さもないと殺すぞといいました。ところがガスは止まろうとせず、とうとう電話に手を伸ばしてしまった。私は撃ちました。弾は狙いどおり、狙ったとおりに――」アーノは悲痛な声で繰り返した。「頭を貫通しました。

　それから私は、またボックス席のほうへ戻りました。ルイサの容態はよくありませんでした。このままでは失血して死ぬというのに、打つ手はほとんどない。しかし、少なくとも考える時間はできた。私に残された唯一の選択肢は、この殺人からまぬがれることです。それだけは譲れません。自分が捕まるという最悪の事態だけはどうしても避けなければ。少なくともやってみる価値はありました。

そこで考えたのです、強盗の仕業《しわざ》に見せかけようと。私は戻って、レジからあるだけの金を取りました。ガスの腕時計と指輪も奪った。指紋を残さないように、ルイサが坐ってたテーブルをきれいに拭きました。すると鏡のなかにふと、レストランの反対側のほうでなにか見えた気がしたのです。不確かだったんですが、私が店に入ってきたときにボックス席のひとつにもう一人いたような気もしました。そこでよく見たほうがいいと思い、奥の隅を見やると、テーブルの下に男が隠れているのが見えた。一人です。スーツにネクタイ姿の、私と似たような男だ。男と入り口ドアのあいだに私が立ってたため、逃げ出すことができず、一計を案じて隠れていたのです。ただ、男は運が悪かった。それだけです。運悪く、私に見つかってしまった。

私は男にテーブルの下から出てくるよう命じました。そのころには男は泣きじゃくってわめいていた。〝殺さないでください、だれにもいいませんから〟立場が逆だったら、私も同じことをいったと思います。男は財布にある家族の写真を見せはじめました。テレビでそんなシーンを見たんでしょう。私は男に本心をいいました。〝あんたを殺したくはない。殺したいなんて思うものか〟。それから男に、ガスの遺体を地下にある冷凍庫まで運ばせました。

そのころにはルイサも息絶えてたんで、その遺体も同じように地下へ運ばせました。それからポールを縛りあげた。男がポールという名前だということは、あとで新聞で知ったんだと思います。そのあいだじゅう、私はどうやったら彼を殺さずにすむか考えてました。目が見えないようにしてしまえばいいかもしれない。しかし、目をフォークかなにかで突き刺すなんて、引き金を引くよりつらいことです。

そんなふうに意図的に人を殺せる自信はありませんでした。自分が気が短いのはわかってます。ついかっとなってしまう。実際ガスにもそうでした。しかし、やるかやられるかの状況だからといって、冷徹に人を殺すなんてできるだろうか、とためらいました。

まだハンガリーにいた子どものころ、父は隣近所から秘密警察に密告され、殺されました。私はそのことをいつも教訓にしています。自分の家族以外から多くを期待してはいけない。やるべきことをやるまでだ、そう考えてました。しかし、それを本当に信じてるかどうか自分でもわからなかった。そのときまでは。なぜなら私は、ポールを殺したからです。後頭部を狙って撃ちました。たちまちポールは床に倒れて、一瞬にして命が消えてゆくのが目に見えるようでした。それから私はルイサの宝石類を奪い、遺体の下半身を裸にしました。ルイサが駐車場で別の男と会ってたことが、検屍でどんな結果になるかはわかりませんでした」

ここでまたアーノは、息が整うのを待った。大きな古い法廷内には物音ひとつしない。聞こえるのはアーノの酸素ボンベからのシューシューという音だけだ。立っているのはアーサー一人で、ほかのみんなは立ちあがる気力が失せたかのようだ。傍聴席の人々の表情には恐怖があった。それはあまりに残虐な行為に対する恐怖か、あるいはアーノがここに坐ってごく普通のおしゃべりと同じ言葉を使いながら、私たちの理解をはるかに超えた行動について述べていることへのぞっとするほどの違和感だ。それとも、本当に理解を超えているのだろうか？　だれもがその不確かな領域で判然としないまま、アーノがつぎにどんなことを話すのか待っていた。

「冷凍庫のなかにいるあいだずっと、その出来事が起こっているあいだずっと、私はまるでゾンビのようでした。しかしあとになってみると、あとになってみるとどう考えていいのかわからなかった。ただ、道で人を見かけると――路上生活者やチンピラ、役立たずのぼんくらといった、人に見くだされる連中のことです――こんなろくでもないやつらでさえ、私がしでかしたようなことはやってないんだ、そう思うことがありました。彼らに弱味を握られたような気分でした。捕まるのを待ってたといってもいい。気持ちとしては、警察が家のドアをノックしに来る日に備えてました。ところが私の偽装工作は功を奏したんです。警察は闇雲に駆けずりまわって、たがいに鉢合わせしているありさまでした」

アーノがそこでまた休止を挟んでいるあいだ、アーサーは自分の出来具合を確かめるため、法廷内を見渡した。パメラは唇を噛んでいた。この瞬間の完璧な流れを乱さないようにするため、わざわざ息を止めているかのようだ。アーサーはパメラにウィンクし、それからようやく検察側のテーブルを見やった。まずはラリー・スタークゼク。顔を見るのは何年ぶりだろう。アーノがラリーについても証言することになるため、当初はラリーを法廷から締め出したほうがいいと考えたのだが、結局、ラリーと正対して証言したほうが好印象を与えることになるだろうという方針に落ち着いた。その判断は正解だった。ラリーはケントン・ハーロウに好感を持たれるような態度を取っておらず、いまにも噴き出しそうにしている。ラリーにとってはすべてがお笑いであり、茶番なのだ。

それにくらべて、隣のミュリエルははるかに物思いに沈んだ様子だ。彼女がメモを取り終えたとき、ふと視線が交差した。さぞ怒りに燃えているにちがいない、そう思っていた。こちらが有力な次期郡検事候補としての彼女の守りの姿勢につけこんでいることに、彼女はすぐさま気づくだろう。無実の男を有罪にし、なおかつ死刑に処するのは、普通の選挙民なら、自分たちの選ぶ未来の郡検事にふさわしい仕事ぶりだとは思わない。アーサーの狙いは、一般大衆の騒ぎに火をつけることでミュリエルに、新聞やテレビの重大ニュースからこの話題が消えるようただちに訴訟を取り下げさせることだった。しかしミュリエルは、昔からゲームを楽しむほうだったし、実際、かすかにアーサーのほうに首を傾げて見せた。なかなかやるわね、といっているのだ。もっともそれは本心ではない。そんなことは毛ほども思ってないのだが、法廷で闘う者同士、相手の腕前をひとまず褒《ほ》めているのである。アーサーも敬意のあらわれと受け取られることを願ってうなずき返し、ふたたびアーノのほうに顔を戻した。

「ミスター・エアダイ、前には訊かなかったことですが、あなたは一九九一年七月のこの時点で、ロミー・ギャンドルフと知りあいでしたか?」

「知りあい? まあ、そういっていいでしょう」

「当時の印象は?」

「ろくでなしの、ゴキブリ野郎」

法廷内に、思いがけず大きな笑い声が湧き起こった。緊張が解けるこの瞬間をだれもが待ち望んでいたのだ。ハーロウ判事でさえ、判事席でくすくす笑っている。

「スクイレル、ロミー、なんでもいいが——彼は街のごろつきでした。冬になると寒さしのぎによくデュサーブル空港へやってきて、彼が来るとなぜか職員の姿が見えなくなるんです。そこで私は部下の警備員たちと一緒に彼を空港から、まあ追い出したといっていいでしょう、そんなことがしょっちゅうありました。知りあいだったというのは、そういう意味です」

「ロミー・ギャンドルフがこの犯罪で起訴された経緯について、なにか知ってますか?」

「ええ」

「なにがあったのか、あなた自身の言葉で当法廷に話してください」

「なにがあったか？」アーノは訊き返して、一度酸素を吸いこんだ。「その、ラドヤードの教誨師《きょうかいし》が似たようなことをいってますが、私にも良心がないわけじゃないんです。甥が一人いまして、名前はコリンズ。コリンズ・ファーウェルです。私は彼の力になろうとしてきました。いままでずっと。彼が生まれてから、私は彼のことを案じ続けてきた。しかも彼は、心配の種を山ほど与えてくれたときてる。まずはそれから話しましょう。

どういうわけか、私が三人を殺した数ヵ月後、甥は警察に捕まってしまいました。麻薬所持罪です。これでトリプルX、死ぬまで監獄暮らしだ。これには私も考えこまずにいられませんでした。こっちは人を殺しておきながら平然と逃げまわって、コリンズのほうは人のほしがるものを売っただけなのに、一生を鉄格子のなかで過ごすはめになった。どうにも気が晴れません。

しかも当時の私のなかには、だれかに罪を着せないかぎり楽になれないと考える自分がいた。いまにして思えば、バカなことを考えたものです。そんなことしたって気が晴れるわけはないんですから。ところが、当時の私はこう思ってました。そうだ、もしこの人殺しの罪をだれかに着せることができれば、自分にとって好都合だし、コリンズにとっても有利となるだろう、検察側にその手の情報を提供すれば、見返りに終身刑を見逃してもらえるはずだ、と」

アーサーは自明のことを訊いた。ロミーを選んだ理由は？

「ミスター・レイヴン、本当のことをいいますが、彼になら罪をかぶせることができるとわかってたからです。基本的に警察は、ロケットになっているあのカメオを彼が持ってたことに行き着いたわけでしょう。あのカメオはルイサのものだった。私はスクイレルがそのカメオを持ってるのを知ってたんです」

「スクイレルというのは、ロミーのことですね?」

「ロミーはそう呼ばれてました」

「ロミーがカメオを持っているとわかった経緯を説明してくれませんか?」

「かまわないが、長い話になります。ルイサが死ぬ一週間か二週間前――」アーノは背筋を伸ばして自分の言葉を訂正した。「私はルイサを殺す前、四六時中彼女の様子を見ていました。監視していたといったほうが正確かもしれない。ところがある朝早めに出勤したとき、ちょうど夜勤を終えて帰ろうとしていたルイサが、この空港はなんで泥棒が野放しなのよといって私を責めるのです。話を聞いてみると、受話器のコードにカメオが絡みつくので首からはずしてカウンターの上に置いておいたら、ほんの少し持ち場を離れていたすきにカメオがなくなってて、スクイレルが影のように立ち去るのが見えた、というんです。ルイサはそのことで私に罵声を浴びせ、二百年も家族に伝わる大切なものなのにといって泣いてました。

どうしてくれるのよと迫られて、私はスクイレルを探しに行きました。一日かけて、ノースエンドの掃き溜めのようなところでスクイレルを見つけました。もちろん彼は心当たりがないと空とぼけましたが、私はいってやりました。〝いいかこの出来損ない、あのカメオはな、おまえが売りさばこうとしてる相手以上に、持ち主の女性にとってははるかに大きな価値があるんだ。素直に返してくれればそれ相当のものは黙って払ってやる〟

もちろん、ルイサを殺したあとはそんなことなど忘れかけてましたが、死体からカメオがなくなっていると新聞に書いてあることにふと気づいたのです。それが嘘なのはわかってました。ルイサはママに、家族の大事な宝物をなくしたことを打ち明けたくなかったのでしょう。警察が真実だと思いこんでるもののなかには、じつは真実でないものがけっこうあるものです。いや、それはまた別の話ですが」アーノはラリーをちらりと一瞥《いちべつ》し、酸素量を調整するため手を伸ばした。顔に疲れが見えはじめている。

「とにかく九月の終わりごろだったかに、空港でばったりスクイレルに出くわしました。彼は私の名前をあなたにいってないと思いますが、私が金の約束をしたことをしっかり覚えていました。〝例のもん、まだここにあるぜ〟そういって、カメオをポケットから取り出すのです。それも空港ターミナルのなかで。私はびっくりして、心臓が胸から飛び出してズボンの上に転げ落ちるかと思いました。そのカメオはメディアで取り沙汰されていて、その半径一キロ以内にいるところなど見られたくなかったからです。金ならなんとかするといって、まるで疫病持ちから逃げるように私はその場を立ち去りました。

あとになって、私はこう考えはじめました。あんなふうに逃げてたら、みずから犯人だといっているようなものだ。むしろロミーを逮捕させて、彼が犯人であるかのように見せかけたほうがいいのではないか。私はその考えが気に入って、さっそく調べはじめました。空港で問題となってるスクイレルのことを尋ねるふりをして、警察関係の友人にそれとなく訊いたんです。ロミーとガスが不仲だとわかったとき、私はロミーに罪を着せることを真剣に考えるようになりました。とはいっても実行には移さなかったかもしれないが、そのときコリンズが最悪の状況になったもので、それでまたロミーのことを思い出したんです。まさに打ってつけの身代わりでした。

コリンズにしても、ロミーは濡れ衣を着せるには格好の相手でした。私はロミーに関する情報を練りあげ、コリンズにも少し脚色させて、あとはうまく供述さえすれば最悪の状況から抜け出せるようにしました。警官をやらせるからできるだけ条件のいい取引をしろ、なんとか証言しないですむようにするんだ、と入れ知恵もつけた。コリンズが証言台でうまく乗り切るかどうか確信がなかったからです。あとはどこかの警官に、この情報を追わせるチャンスを待つばかりでした。それが一日か二日後にたまたま空港にあらわれた、ラリー・スタークゼクだったのです」

アーノは片手をあげてラリーのほうを指し示した。ラリーは自分がまんまと担がれたことを告げられ、いまになってようやく当時の状況を冷静に振り返っているようだ。

「あとはご存じのとおりです」アーノはいった。

ふたたび話が途切れたのを機に、アーサーは自分のメモに見入った。つぎはラリーとジリアンに宛てたアーノの手紙に移るつもりだったが、アーノがふと手を挙げた。容態が思わしくないか緊張したかで、その手がかすかに震えている。

「判事、少し話をさせてもらっていいですか」アーノはまた咳をした。静かな法廷に咳の音が響く。「たいして意味がないとは思いますが、判事に知ってもらいたいことがあります。ずっと考えてることなんです。甥のことですが、彼は五年で出てきました。スクイレルの情報をタレこんだおかげです。だがもうすっかり大人になった。まさかイエス・キリストに目覚めるとまでは思わなかったが、いまじゃ妻もいるし、子どもも二人いる。ささやかな商売もやっています。私が甥にチャンスを与え——もちろん一度だけじゃありませんが——甥はそれを受け入れたんです、ようやく。たしかに私は恐ろしいことをしでかしたが、頭のなかにはそれがあった。いつもそれを考えてました。それだけを」

ハーロウ判事はこの証言をひとまず頭に入れ、陰気な顔つきで考えこんでいた。ハーロウでさえ、この証言の詳細を整理するには何時間もかかることだろう。判事は質問をひとつ思いついたらしく、まずミュリエルのほうを向いて、私から質問をしてもかまわんかねと訊いた。ミュリエルはあたしもいくつか質問がありますが、判事からお先に、と答えた。それが判事をひとつの芸術形式として敬う、法廷の姿なのだ。ハーロウ判事はミュリエルに小さく微笑み、その顔をアーノのほうに戻した。

「ミスター・レイヴン、尋問を終える前に、ミスター・エアダイの証言について確認したいことがある。ミスター・エアダイ、私の理解したところだと、きみはミスター・ギャンドルフをはめようと考えたわけだ。まちがいないな？」

「おそらくそれが一番適切な表現でしょう」アーノは答えた。「一種の賭けですよ、判事。私は甥っ子のためにできることをしてやろうとしたが、なんの保証もなかった。ロミーを身代わりにしなければ、コリンズが終身刑をまぬがれないことはわかってましたから」

「私が不思議なのはそこなんだよ。甥のコリンズがミスター・ギャンドルフのポケットにあるカメオに警察を誘導すればうまくいく、というのがきみの計算だった。そうだな？　だがそれは、あまりに不確実じゃないかね？　もしギャンドルフにアリバイがあったらどうする？　あるいは、彼がどうやってそのカメオを手に入れたか、完璧に辻褄のあう説明をしたとしたら？」

「たしかにその可能性もあったと思います。もちろん甥のカメオの作り話がばれたら、私は甥をかばわなかったでしょう。しかし、ロミーがガスと犬猿の仲だったことも忘れちゃいけません。私はだいたいどういうことになるか想像がついてました」

「で、その想像というのは？」

「私の想像ですか？　それは、遅かれ早かれロミーは自白するだろうということです」

「自分の犯してない罪を？」

「いいですか、判事――」アーノはそこでまた黙りこんだ。胸と肩を上下させ、その顔にはかすかに笑みが浮かんでいる。「私は世の中の裏も表も見てきました。かっとしやすい刑事《イヌ》と、被害者の宝石をポケットに持ってるうえに別の一人を殺す動機のあるドブネズミがいたらどうなります？　判事――」アーノはやつれた青白い顔をあげ、判事席を見あげた。「ここは地上の楽園《シャングリラ》じゃないんですよ」

16
二〇〇一年六月十二日
ふたたび法廷へ

古い連邦裁判所は、正面に縦溝のあるコリント式円柱が拱廊《きょうろう》を成している三角柱形の建物で、もとはデュサーブルにあるセンターシティのオリジナルデザインの一部であり、フェデラル・スクエアという広場のなかで真っ先に目が行くポイントになっている。ジリアンが花崗岩の歩行者用通路を走っていくと、頭部のてかてかした鳩たちが少しだけ飛び立って道をゆずってくれ、地下鉄の排気がスカートの裾を掻《か》き乱した。キンドル郡の公共輸送機関はほとんどが時間より遅れ気味だが、いまからジリアンの乗るバスも、その例に洩れなかった。

二日前にアーサー・レイヴンが、いつもながら申し訳なさそうに電話をかけてきた。彼とアソシエイト弁護士の若い女は、もし可能であるならば、ジリアンを法廷に呼んだほうがいいという結論に達したのだ。二人の狙いは、アーノ・エアダイのジリアン宛ての手紙が本物であることを証明する必要が出てきたときに備えてという意味もあったが、アーサーが公選弁護人に任命されたことが明らかになる以前の三月下旬に、ジリアンがその手紙を受け取ったことを裏づけるためでもあった。かりにアーサーが公選弁護人に任命されたあとだとすると、手紙はアーノの創作によるものという可能性が出てきてしまうからである。アーサーにとっては些細なことながら欠かせない手続きだが、ジリアンは自分でも思った以上にあっさりと、アーサーの召喚状を受け入れることに同意したのだった。

縞《しま》大理石が緩やかな螺旋《らせん》を描く端正な中央階段を急いで駆けあがりながら、最後にこの裁判所に来たときのことを頭から追い払おうとしたけれど、できなかった。あれは一九九五年、三月六日のことだ。ジリアンが検察側の証人として待機していたほかの汚職弁護士や汚職判事に対する裁判のすべてが、ジリアンの証言なしで結審したのだ。検察側へのジリアンの奉仕もそれで完結した。ジリアンが刑を宣告されたとき、数人の若い連邦検事補がジリアンの断酒と協力ぶりを請けあってくれたし、ジリアンの弁護士も情状酌量を訴えてくれた。ところがケントン・ハーロウの前に首席判事だったモイラ・ウィンチェルは、よくジリアンにもたとえられた氷のように冷たい判事で、法曹界に根深く蔓延《はびこ》った汚職事件に戦慄するあまり、ジリアンに五年十ヵ月の刑を申し渡した。ジリアンが連邦量刑ガイドラインから予想したより、少なくとも一、二年は長い刑だ。検察側に協力したにもかかわらずである。それでもジリアン自身、何千となく刑を宣告してきたなかで、すべての要因を完全に斟酌《しんしゃく》して申し渡したという絶対的な自信があったことはほとんどない。しかもわれながら驚いたことに、ウィンチェル判事から判決を申し渡されたとき、どうしても彼女にいっておきたい言葉が口をついて出てきた。それは、「よくわかりました」だった。

ジリアンは最上階に到着すると、革張りの自在扉に嵌《は》めこまれた小窓から、首席判事の広い法廷を束《つか》の間《ま》ながめた。なかでは酸素吸入のビニール管を鼻に差したアーノ・エアダイが、証言台の手すりにつかまっているのが見える。周囲に大理石の柱があれば教会の洗礼盤のようにも見える判事席では、ケントン・ハーロウが長い鼻の脇に指を一本置いて、アーノをじっと見つめていた。ジリアンは自在扉を開けて傍聴席に坐りたかったが、その衝動をすぐに抑えつけた。証人になる可能性のある人間は、法廷に入ってはいけないことになっている。しかもジリアンは、法廷とはすでに縁の切れた身だ。それでもアーサーと一緒にラドヤードへ行ってきたことで、夜には落ち着かない夢を見るようになった。そしてその夢の名残りで、今日自宅を出てくるときにダフィーに打ち明けたように、アーノがなにを証言するのか、その証言がトライシティズに、引いては自分にどんな衝撃を与えそうなのか、好奇心は膨らむばかりだった。

大理石造りのホールの向かいにある証人用控え室で一時間近く待ちながら、まだペロポンネソス戦争について読んでいると、やがて廊下のほうに騒がしい人の動きがあって、法廷が閉廷したことがわかった。いつもの癖で、立ちあがって壁の小さな鏡を見ながら、黒っぽいスーツの肩をなおし、一番大きな玉が真ん中に来るように真珠のチョーカーをなおす。それから十分後、アーサー・レイヴンがやってきた。あいかわらず真面目な顔つきだけれど、羨《うらや》まずにはいられないほど輝いている。勝利の予感に酔いしれているのだ。

アーサーはまず謝ってきた。ミュリエルがハーロウ判事に、これじゃ奇襲攻撃と同じです、ミスター・エアダイへの反対尋問の準備に二十四時間の猶予をください、と要求したのだ。

「それじゃあたしは、明日もまた来るってこと？」ジリアンは訊いた。

「残念ながら、たぶん。きみを呼ぶ必要があるかどうかミュリエルに訊いてもよかったんだけど、はっきりいって、彼女がいまぼくと作戦上の話をしたがるとは思えない。彼女のささやかな仕返しさ」

そう、戦争に傷はつきものなのだ。

「仕事を休む理由が必要なら、もう一度召喚状を出してもいいけど」

「平気よ。上司が理解ある人だから」ジリアンを雇ったマネージャーはラルフ・ポドルスキーで、その兄ローウェル・ポドルスキーは、個人的権利に対する被害を専門とする弁護士だったが、ジリアンを破滅へと導いたのと同じスキャンダルで転落、燃え尽きた。弟のラルフは兄ローウェルとの関係について、ジリアンがはじめて仕事についた日に触れたきりで、以後その話題を口にしたことはない。

ジリアンはハンドバッグを引き寄せた。アーサーは、マスコミに気づかれずに下の階に降りていく方法を教えてやろうかといってくれた。マスコミはいま、ミュリエルを質問攻めにするので忙しいらしい。エレベーターに乗りこんだとき、アーノ・エアダイの証言の様子を訊いてみた。

「すばらしかったよ」

「アーノはうまくやった？」

「だと思う」

「なんだか大喜びしてるみたい」

「ぼくが？」そう指摘されたのがショックだったらしい。「喜ぶどころか、荷の重さしか感じてないよ。自分のミスで依頼人が死刑になったら、ただの負けじゃすまないからね。いまでもひと晩に三度も目が覚めるんだ。頭のなかはこの件のことでいっぱいさ。ここ何年か現場で汗水垂らして、せっせと小金を稼いできたけど、ほとんどが商法関係だった。取引が暗礁に乗りあげた大会社の訴訟を扱うんだ。依頼人の大半は好感が持てるし、彼らには勝ってほしいと思っている。でもそれ以外に失うものはないといってもいい。ところがこの件の場合、一歩まちがえば、きっと宇宙から光を奪われたような気分になってしまうと思う」

扉が開き、エレベーターを降りたところで、アーサーはジリアン一人では見つけられなかったにちがいない通路を教えてくれ、新聞記者に姿を見られないうちに消えたいからといって、一緒に通りまで出てきてくれた。最初のインタビューは、事務所でふたつの大手テレビ局を相手に行なう約束になっているのだという。ジリアンの勤める〈モートン〉は裁判所から三ブロック離れたところで、ちょうどアーサーの法律事務所があるＩＢＭビルと同じ方向にあるので、アーサーはジリアンと並んで歩き出した。

「判事はアーノをどう思ったかしら」ジリアンは訊いた。「あなたの考えは？」

「信じたと思う。むしろ信じざるをえないって感じだった」

「信じざるをえない？」

「法廷全体が、ひとつの雰囲気に包まれたんだ」アーサーは思い出していた。「悲しみだよ。アーノは見苦しいところを見せなかったし、自分が恐ろしいことをしたからといって、だれに哀れみを請うでもなかった。その分彼の言葉のひとつひとつに、悲しみが滲《にじ》み出ていたんだ」

「そう、悲しみ――」だからこそジリアンも、アーノの証言を聞きたかったのかもしれない。ちょうど夕方のラッシュアワー前で、歩道を行く人の数は少なかった。ゆっくりと歩く二人を、グランド通りに落ちた高層ビルの影と、眩《まぶ》しいほどの暖かい日射しが交互に包みこむ。ハンドバッグからサングラスを取り出したとき、ふとアーサーの視線を感じた。

「きみがやったことは、アーノのしたこととは全然ちがうよ」アーサーはおもむろにいった。「アーノのしたことは殺人だが、きみの場合はそうじゃない」

「そう自分にいい聞かせられれば楽ね」

「それにきみはその代償も支払った」

「本当のことをいいましょうか。恐ろしい真実を」いったそばから、ジリアンはまた自分が、他人と一緒に辿《たど》りたくない道をアーサーと歩いていることに気づいた。けれども、曖昧な言葉や遠まわしな表現でアーサー・レイヴンを煙に巻くことはできない。アーサーは悲しいときには声をあげて泣くし、うれしいときには子どものように朗らかに笑う。人間に裏表がなく、そのやさしさにも裏表がないから、アーサーとのつきあいには彼と同じようにガードなしの受け答えが必要になってくるのだ。それはジリアンにとって決して楽なことではないし、一緒にラドヤードに行ったときには、彼と一緒にいることで、ある種の感情が——なかでも谷底のように深い喪失感が——際立って感じられてびっくりしたほどだ。それでもいまではすっかりアーサーのことを、信頼に足る人物とみなすようになっている。

「あたしが一番最悪だと感じてるのは、自分のしたことじゃないの。誤解を怖れずにいうけど、自分の下した判決で賄賂《わいろ》が左右したものはなにひとつないと思ってるわ。もちろんそれは、あたしも含めてだれにも断言できないし、だからこそあたしのしたことはよけい狡猾《こうかつ》に見えるかもしれない。でもあれはひとつのシステムだったのよ。ほとんど税金みたいなものの。弁護士が金持ちになる以上、判事もその分け前にあずかる権利がある、そういう理屈だったの。まさか自分の裁定が逮捕の理由になるなんて、ちっとも意識してなかった。自分をそれほど高潔だと思ってたからじゃなくて、だれもあたしに不正な裁定を依頼してこなかったから。疑惑を持たれるような危険はだれも冒したがらなかったの。あの当時の自分を恥じてるわ。信頼を大きく損ねてしまったことも。でもあなたのいうとおり、塀のなかで過ごした歳月は、それなりに妥当な代償だった気がする。むしろいまのあたしを苦しめているのは、徒労感よ」

「徒労感？」

「人生でいろんなチャンスがあったのに、それを無駄にしてしまったこと」

「そんなことないさ。きみには新たな人生をはじめるための時間がたっぷりあるじゃないか、きみさえその気になれば。どのみちきみはいつだって、自分の時間帯《タイムゾーン》のなかにいたんだよ」

時間帯《タイムゾーン》という言葉があまりにぴったり当てはまるため、ジリアンは声をあげて笑った。たしかにほかの人々とパラレルではあっても、決して同じとはいえない世界に住んできた。アーサーのいう〝ジリアン時間〟は、周囲よりわずかに速かった。十九で大学を卒業し、一年働いて貯めたお金でロースクールに進学、二十三でハーバードを卒業して、キンドル郡に舞い戻ってきた。ある意味、ケンブリッジの父のいとこたちのもとで暮らした三年間をのぞけば、どこにも出なかったといっていい。ウォール街に行くこともできたはずだし、ハリウッドにだって行けただろう。でも警察官の娘にとって、キンドル郡検事局は最優先の目的地だった。

けれども、それらすべてを決定づけたのはジリアン自身の意志にほかならない。この時代の流れにあって、ジリアンは自分を実存主義者だと思っていた。計画を立て、それを遂行する。ショックなのは、いまや意志そのものが時代遅れになっていることだ。今日のアメリカ人は自分たちのことを、幼いころに容赦なくスチームローラーで伸《の》され、いまでは柔らかな舗装道路と同じくらい無力な存在だと見なしている。とはいえ、そのほうがまだましだったかもしれない。ジリアンの場合、意志の力を使いはじめたとき、自分をニーチェ的「超人」、あるいは慣習から逸脱するだけの勇気を持ったナポレオン風スーパーウーマンと見なすほどまでに、その力を高めていった。ところがそのほんの数年後、刑務所の監房のなかで彼女は思い知った。自分が中産階級のモラルに対して嫌悪の炎を燃やすようになったのは、そうでもしなければ、自分自身に対して破滅的な判断を下していたかもしれないという恐怖があったからなのだと。

「人はいろんな厄介事のなかを生き抜いていくものなのさ。ぼくの親戚には、ダッハウでの数年にわたる強制収容所暮らしを生き延びた人たちもいる。彼らはその後もがんばり続け、アメリカに移住してきてカーテンだのブラインドだのを売りながら、ボウリングを楽しみ、孫の成長を見守ってきた。だからきみも、くじけずにがんばるんだ」

「でも、あたしは自分からあんなことをしてしまったの。自然災害や非道な迫害から生き延びたわけじゃないわ」

「きみは捕まったじゃないか。いい加減過去にこだわるのはやめろよ。きみは意味もなく苦しんでるか、自分を罰してるか、あるいは自分が味わったどん底の心理状況を追体験してるだけだ。もう終わったんだよ。きみはちがう人間になったんだ」

「ほんとに？」たしかにそれは、決着をつけるべき問題だった。

「酒だってやめてるじゃないか。久しぶりに会いに行ったとき、じつをいうと怖かったんだ。きみが酔っぱらってるんじゃないかってね。でもちがった。きみはちゃんと酒と縁を切っていた。だから自信を持っていいんだよ。くじけずに、前を向いてがんばるんだ。ぼくは金融犯罪部にいた当時自分が起訴した人の名前を新聞で週に三回は見かけるけど、そのほとんどがいい意味で注目を浴びてるよ」

「そんな彼らを、ろくでもない連中だと思ってるんでしょ」

「いいや、彼らは自分に与えられた権利を行使してるだけさ。がんばり続けるという権利をね。彼らが前より賢くなってることを願うよ。なかには実際そうなってる人もいるし、そうじゃない人もいる。同じ過ちを繰り返すようだったら、そのときはろくでもないやつだと思うだろうけど」

完全に納得したわけではないものの、一生懸命なアーサーの熱意が胸に染みてきた。

「やさしくしてくれるのね、こんなあたしに。前にいったかしら？」

遅い午後の日射しを避けるように目を細めて、アーサーはジリアンを見た。

「規則に反してるかい？」

「いいえ、やさしくされることに慣れてないだけ」

「もしかして、ぼくらには共通するものがあるのかも」

アーサーと会うたびに、コーヒーショップで彼にひどい言葉を投げつけてしまったあの最初の瞬間が、どうしても脳裏に甦ってくる。一見あのことがすべての扉を閉ざしたかに見えたけれど、逆になにかを開いてくれたのはたしかだ。アーサーはおたがい似た者同士なんだよと続けたが、そうは思えなかった。ただ、アーサーといると楽しかった。いままで完全な法曹資格を持つわけではないダフィーをのぞけば、法律家とのつきあいは一切絶ってきた。その分、法律家らしい会話、本音の応酬、核心に切りこむ能力を持つ人との、動機や意味に関する熱心なやりとり、そういったものに飢えていたのだ。けれどもジリアンにはまだ、二人が分かちあえるのはそれが限度のように思えた。

二人は〈モートン〉の前に着いた。このビルはフランク・ロイド・ライトの師だったという有名建築家が建てたもので、教え子たちを師とはちがう方向に歩ませるきっかけとなったものだ。外観は凝った装飾が施され、鉄をふんだんに使った重厚な正面《ファサード》に、装飾的な真鍮《しんちゆう》製の枠に入った高さ六メートルのガラス扉がある。取っ手は蔓《つる》の形をしていて、毎日来店する何千という人の手につかまれることで磨かれ、遅い午後の濃密な日射しを受けて輝いていた。化粧品カウンターは、なかに入ってすぐのところにある。

「あたしの持ち場よ」ジリアンは指さした。客に素性がばれることの多いセンターシティ店で働くのはずっと避けてきた。けれども夏休みがはじまると、ラルフから週二日ここに出てくれと頼まれたのだ。

「この仕事は気に入ってるかい？」

「というより、働けるのがうれしいの。刑務所のなかでは労働は特権と見なされてるのよ。いまもそんな気分。募集広告を見て、人生の再出発にはここがいいかもしれないと思ったの」

　実際この仕事は楽しい気分になれたが、ジリアンのファッションへの関心は、かならずしも気楽なものではなかった。ここ何年かスタイルの世界に関する何百もの言葉を耳にし、そのたびに衝撃を受けてきたが、それらはまるで福音書かシェークスピア語録から抜粋した完全無欠な英智のように仰々しいものだった。いわく、〝ファッションは魂のもっとも敏感な部分に近い〟、〝ファッションはセックスと同じく人生の一部だ〟。ジリアンにとってファッションとは、少なくとも見た目がよくなるという程度の、単純なものでしかない。仮面のような部分もあり、子どもの遊びのような部分もある。他人の評価を受けやすいものでもあり、なかでも一番大きい要素は、そんなふうに他人に評価されることから来る喜びだ。大の男が憑《つ》かれたように球と棒を使ってばからしい子どもじみたことを繰り返すのと同じで理解しがたいけれど、多くの女たちは、文化に縛られてか本能に縛られてか、美を追求し、たがいにその努力の成果を競いあっている。このごろのジリアンは、もうその競争から抜けていた。アスレチッククラブの帰りにジリアンのいるカウンターにやってくる若い美人とくらべると、自分はすでに「元美人」でしかなく、そこには「元スポーツ選手」と同じくらい悲しい響きしか感じられない。ただ客の応対をしていると、自分がその分だけ虚飾に支配されなくなってきたことを確認できて、毎日ほっとするのだ。虚飾が自分の破滅のひとつの要素だったと思うからである。

「うわべだけで中身がないと思ってるんでしょう」

「別に――」

「そういっていいのよ。コスメティックという言葉からして、表面を取り繕うという意味なんだから」

「ぼくには縁のない話だといったほうが近いな。つまり、魅力的でない人間にもそれなりに魅力的でありたいという本能はあるけど、人間は自分と折り合いをつけなくちゃならないってことさ」

「なにいってるのよ、アーサー」アーサーがそんなふうに自分を貶《おとし》めて見ていることに、ジリアンはいつも胸を傷めていた。「ある程度の年齢をすぎた男の魅力というのは、十代のころのそれとはちがうわ。大きな成功、高い給料、高級車。そういうものがどういう効果を持ってるか知ってるでしょ。分厚い財布を持った不細工な男なんてありえないの」

「でも、ぼくに当てはまらない」

「そんなことないわ」

「きっとまだ青臭い人間だからじゃないかな」

ジリアンは笑い出した。

「実際そうなんだ」アーサーはいった。「いまだに妄想癖があるんだから」

「たとえば？」

「めかしこんで颯爽《さっそう》とした美人とか――ばかげてるだろ？　自分が持ってないものをすべて持ってる女《ひと》を求めてる」

「雑誌から飛び出してきたような？」

「そこまで青臭くはないよ。成熟した女性のほうがいいな。たとえば――」アーサーはなかばそっぽを向いて、日射しに目が眩《くら》んだかのように一瞬《ま》をおくと、小声でつけ加えた。

「きみみたいな」

「あたしみたいな？」動揺したジリアンは顔をそむけ、この会話が怖れていた方向へ向かっていないことを願った。「だけど、年上の女よ」実際に四十七で、少なく見積もってもアーサーより十歳は上だ。

アーサーは短く笑った。

「きみなら申し分ないよ」

「あなたの母親といってもいい年なのに」

「そんなことないさ」

「あなたの叔母さんくらいかも」

「ノーならノーでいいんだ」アーサーは穏やかにいった。「そういう言葉には慣れてるから」

「アーサー、あたしはどうしようもない人間で、だれもまともにつきあえないし、つきあいたいとも思わない女なの。本当よ。はっきりいうけど、あたし自身、だれにもイエスというつもりはないわ。そういう計画は、あたしの人生にはないの」

快活さが完全に消えたわけではなかったものの、アーサーは顔をしかめてうなだれた。頭頂部の禿げかけた部分に、濃い西日が当たっている。アーサーはすぐに気を取り直し、ふたたび笑顔を取り戻した。

「いまのことは忘れてくれ。たとえばの話をしただけだから」

ここで姉が弟にするような軽いキスを頬にでもするのがいいのかもしれないが、それはジリアンの流儀ではなかった。かわりに、あまりよそよそしく思われないような笑《え》みを返し、明日会いましょうと約束した。アーサーも微笑んでくれたが、去っていくその足取りは重たげで、ブリーフケースも引きずるかのようだ。胸の真ん中に、苦い罪の意識がふたたび忍びこんでくる。勝利に勢いづいて不慣れな告白をする大胆な男の姿は、そこにはもうない。ジリアンはわずかな言葉でアーサーをへこませ、いつものアーサーへと突き戻してしまったのだ。

17

二〇〇一年六月十三日
歴史

アーノ・エアダイは、収容されているキンドル郡総合病院の隔離棟から法廷にやってきた。アーノは車椅子をいやがっている様子だったが、事務官たちに乗せられて入廷してきたとき、ラリーはおれも手伝おうかといって近づいた。アーノは年寄りさながらの慎重さでゆっくり立ちあがり、ラリーは事務官たちを手伝ってアーノと酸素ボンベを証言台にあげてやった。まもなく検察側の反対尋問がはじまる。証言の前に面会したいというミュリエルの要請をアーノはきっぱり断わったが、奇襲段階が過ぎた以上喜んでおしゃべりに応じてくれるだろう、とラリーは踏んでいた。いまだに自分を警官と思いたがっているアーノのことだから、同じ警官のよしみというわけだ。事務官たちがさがってアーノが鼻の酸素吸入管を調整しているあいだ、ラリーは証言台の黒っぽいウォールナット材の手すりに片腕を置いて、〝儀式法廷〟を見渡した。ここで判事の就任式や米国籍取得の儀式が行なわれるのだ。連邦制度のたいていの部分についてはあいかわらず好きになれないものの、この古い裁判所のなかに保存されている昔の凝った建築装飾だけは好きだった。

「肺癌とはな。煙草を吸ってたのか、アーノ？」

「ああ。だが若いころの話だ。徴兵でベトナムに行ってたときさ」

「肺癌だとわかったのはいつだ？」

「無駄話はやめてくれ。とっくに私のファイルに目を通してあるのはわかってる」

ファイルは昨夜のうちにラドヤードから密かに持ち出して、ここに運ばせてある。だがラリーがそれを認めれば、刑務所と検事局の職員の半分は告訴されてしまうだろう。しかも治療情報を調べるのはミュリエルの職分だ。にもかかわらず、みんなで午前三時近くまで駆けずりまわり、アーノに関する情報を徹底的に調べあげたのだ。

家族はどうしてる、とラリーは訊いた。

「妻はこのところ具合がいいようだ。今朝の新聞のこともあってな」

「子どもたちは？」

「子どもはいない。できなかったんだ。甥一人だけだ。きみの息子たちはどうしてる？　二人いただろう」

「ああ」ラリーはマイケルとダレルの子ども自慢をしたが、何年も前の記憶についてアーノのほうが優《まさ》っていることは認めざるをえなかった。しかしラリーにも、いくつか覚えていることはある。ポケットから爪楊枝を一本取り出して差し出すと、アーノは喜びを素直にあらわし、すぐに口の端にその爪楊枝をくわえた。

「こういうものはなかじゃそうそうお目にかかれないんだ。きみは爪楊枝を凶器と見なしてないようだな、ラリー」

「なかなら立派な凶器になるさ」

「きみがなかに入れば、爪楊枝一本で目玉をえぐり出されるだろう」

「そういうお楽しみやゲームが待ってる刑務所で、白人の元警官はどうやって生きていくんだ？」

「どうやってもなにも、とにかく生きていくのさ。ほかに選択肢はない。私は他人の癇《かん》に触るようなことはしないんだ。私の持ってた強みのひとつは、信じられないほど悲惨な状況下でも人間は生きられるとわかってることさ。子どものころがまさにそうだった。この国の人間はあまりにも安全ボケしている。だが実際には安全なんかじゃない。みんなが望んでるようには」

ラリーはその言葉を頭にしまった。すでにこのやりとりからいくつか興味深い点を頭に入れてある。ミュリエルが来たらすぐに聞かせてやろう。アーノはラリーに、調子はどうだと訊いてきた。

「そうだな、昨夜はあまり眠れなかった。どうしてかわかるか？」

「想像はつく」

「おれがわからないのは、いまになってこんなヨタ話を持ち出してなにが面白いのかってことだ」

アーノは一瞬、爪楊枝をくわえた口をポカンと開けた。

「きみがそう思うのも無理はないか。だが私がきみに手紙を書いたときにきみがラドヤードに来てくれてたら、その時点で話してただろう、彼らに話したようにな。それが偽らざるところだ。きみときみのガールフレンドに恥をかかせたのは申し訳ないと思ってるが、くたばる前に身辺を整理しておきたいと考える人間は、私がはじめてじゃない」

きみときみのガールフレンド。ラリーはそのことも頭に入れた。アーノは警察官の溜まり場として有名な〈アイク〉に何年も入り浸っていたことで、多くのことを耳にしたのだ。腹の底にわずかに怒りが波立って、ラリーは取り繕った態度をやめ、昏《くら》い目でじっとアーノを見すえたが、アーノはそういう反応を予期していたらしい。謎めいた表情のまま、怯《ひる》む気配もなく、顔をそむけようともしない。氷山が実際にはどれほどの深さを持っているかわからないのと同じで、ラリーはいままでアーノという人間を理解できたためしがなかった。まさか酒場で暴れたり、気晴らしで嘘をつくような男だとは思ってもみなかった。しかし、いまのアーノの肚《はら》は読めている。世界はアーノのような怒れる男たち、棺《かん》の蓋《ふた》がハンマーで閉ざされるまでに意趣返しできるところにはしてやりたいと思っている男たちであふれかえっているのだ。

　ラリーが振り返ると、ちょうどミュリエルが法廷に駆けつけたところだった。十一年前にこの事件を一緒に担当したミュリエルの上司で、いまは首席検事補代理のトミー・モルトと、この訴訟が紆余曲折《うよきよくせつ》するあいだ何年も担当してきた上訴専門の検察官、キャロル・キーニーも一緒だ。モルトはいつもながら、太って苦しそうな顔をしている。二重あごがブルドッグさながらに垂れはじめてきているが、決して最善を尽くすことをやめないモルトに、ラリーは昔から好感を抱いていた。一方キャロルは薄い唇を固く引き結び、いかにも怯《おび》えきった様子だ。検察官になって三年か四年のほっそりしたブロンドで、アーサーから申し立てがあった時点でそれがどういう意味なのか探って当然のはずだったが、実際にはなんの手も打たず、ミュリエルの机の上にファイルをぽんと置き、判事がハーロウだからたぶんこっちの有利だわ、といっただけだった。みんなはキャロルを表向き、くよくよするなと励ますだろう。しかし、検事局でのキャロルの未来が基本的にブラックホールなみに真っ暗であることは、ラリーにもわかっていた。

　ブロンドの美人アソシエイト弁護士と一緒に法廷に入ってきたアーサーが、検察側のテーブルについているミュリエルのもとにやってきた。ラリーからほんの一、二歩のところだ。書類用移送ケースのごつい掛け金を開けているミュリエルに、アーサーは外に待たせてある証人のことで説明しはじめた。ミュリエルは昨夜は一、二時間しか眠ってないはずなのに、朝刊やテレビで叩かれたにもかかわらず、目前の重大局面に闘争心を燃やしているように見える。黒人のアメリカ人が受ける屈辱は奴隷制にも等しいとみなしているサウスエンドのドクター・カーニリアン・ブライズ牧師は、すでにロミー・ギャンドルフの無罪を主張、午前中にデモ行進を行ない、裁判所前の階段で各紙のインタビューを受けることになっていた。ロミーを利用して、キンドル郡統一警察隊の横暴さを、またしても声高に訴えようという肚づもりだ。それでいて、つい昨日まではロミーの名前すら知らなかったにちがいない。

「かまわないわよ」ミュリエルはそう答えた。「彼女があのバカげた手紙を受け取ったことについて争うつもりはないから。彼女を呼ぶ必要はないわ」

踵《きびす》を返したアーサーにラリーが手を差し出すと、アーサーは喜んで握手に応じた。前に検察官だった連中は決まって、自分たちの検察官時代を栄光の日々と見なしている。金の亡者になりはじめる前だからだ。

「ハリウッドからオファーが殺到してるんじゃないのか？　ゆうべあたりから」ラリーは冷やかした。アーサーはそれほどテレビに出っぱなしで、どのインタビューでも、おそらくミュリエルは今朝法廷に来たらロミーに許しを請うことになるだろうといい触らしていた。アーサーはラリーの冗談が気に入ったらしかったが、すぐに証人を探しに行った。

「アーサーはなんだって？」ラリーはミュリエルに訊いた。

「ジリアン・サリバンよ。アーノの手紙が本物であることを証明するために、彼が召喚したの。再直接尋問で必要になったときのために」

「そうか、あれはジリアンだったんだ！」ラリーは廊下で顔を見かけていたが、すでに記憶に薄く、顔見知りであること以外はきれいさっぱり忘れていた。刑務所暮らしを経験したにしては、見た目は悪くなかった。あいかわらずすらりとした色白で、凜とした魅力がある。検事局では、ジリアンとミュリエルはいつも比較されていた。二人とも検事局の次世代を担う星だった。もっともラリーのなかでは、二人は比較にならなかった。ジリアンは怜悧《れいり》で人を寄せつけず、相手が自分の知りあいだろうと、教区の学校に通っていた幼いころから父親と知りあいだった目上の人物だろうと、平気で高飛車な態度をとった。一方ミュリエルは、まったく気取りがなく、ユーモアセンスもあって、人づきあいもよかった。結局はミュリエルが昇進し、ジリアンが転落したことに対して、ラリーはきわめて真っ当な教訓を見た気がした。

そして自分の絶対的信頼に、ミュリエルがもう一度応えてくれることを確信していた。彼女がファイルをテーブルの上にきちんと並べたのを、ラリーは見逃さなかった。その程度の些細なことさえ、彼女の頭のなかではすでにリハーサルずみなのだ。最近は法廷への出番がぐっと減ったものの、ミュリエルほど堂々とした検察官をラリーはいまだに知らない。裁判でも検事局でも、右に出る者はいないだろう。おそらくラリーのセックスの相手としても右に出る者はいないし、ふだんから多くの時間を過ごす法廷やら警察やら犯罪やらといった騒々しい世界のなかで、ラリーとまったく同じリズムで耳を澄ませ、感じることのできるただ一人の女だ。そんなミュリエルとの関係の終焉《しゅうえん》は、大人になってからのラリーのなかでは一番の災厄だったかもしれない。だからこそラリーは、自分に電話をかけてきたミュリエルが本当にうれしそうだったのが信じられなかったし、彼女の声を聞いてひどく滅入ってしまった。若かったころにはまるで理解できなかったもの――。それは、落ち着いた生活にある美しさだった。

＊

アーサーは、法廷での自分の才能については醒《さ》めた見方をしていた。誠実でそこそこ手際がよく、ときに力業《ちからわざ》で押す場合もあるが、法廷内に興奮の渦を巻き起こすことは滅多にない。それでも、ほかの仕事で生活することなど想像できなかった。大きな訴訟が立て続けに舞いこんできてもうんざりしたことはない。そんなときは、期待感が自分のなかで弦のように張りつめ、傍聴席を埋めつくす観客の声にも伝わってゆくのがわかるからだ。社会生活を形成する出来事が、法廷ほど迅速かつオープンに決定される場所はほかにない。だれもが――法律家たち、当事者、傍聴人が――いままさに歴史が起ころうとしていることを理解しながら、入廷してくる。

アーサーはこの雰囲気を楽しむと同時に、自分の不安を束の間でも忘れられることに安堵を覚えながら、静かな廊下の向かいにある証人用の小さな控え室に行った。ノックをひとつして、ドアを押し開ける。ジリアンは窓辺に坐って、いつものぼんやりした表情で外をながめていた。ハンドバッグを膝に置き、白いストッキングに包まれた脚をくるぶしのところで端正に組んでいる。下の広場で拡声器を使って演説しているブライズ牧師のほうに、気持ちが行っていたのかもしれない。アーサーは今夜ブライズ牧師に会うことになっていた。禿げ頭と聡明さ、大きな業績、そしてそれに負けないくらい大きなエゴを持つブライズ牧師のことだから、きっとロミー・ギャンドルフの訴訟を、自分のために利用しようとするにちがいない。ブライズと会うのは気が進まなかったが、そのことはいま頭から遠く離れている。

ジリアンの姿を見たとたん、はっきりと感情が高まるのがわかった。二人でBMWに乗りこみ、彼女の匂いを感じながらラドヤードに行ったあと、興奮が数日おさまらなかった。昨日も〈モートン〉の正面扉の前であっさり振られたにもかかわらず、彼女との関係が新たな次元に移ったのだというぞくぞくするような実感が、たとえそれが法的手続きのなかだけにせよ、たしかに残っているのだ。ジリアン・サリバン！

「アーサー」ジリアンは顔を綻《ほころ》ばせて立ちあがった。アーサーは、ミュリエルはきみがアーノの手紙を受け取ったことを認めると約束してくれた、もうきみの証言は必要なくなった、と説明した。

「きみの役目は終わったよ」アーサーはいった。「いくら感謝してもしきれないと思ってる。

きみはじつに勇気のある女性《ひと》だ」

「そんなことないわ」

「今朝の新聞各紙できみが叩かれたことについては、本当にすまないと思ってる」郊外生活者向けの主要日刊紙である〈トリビューン〉と〈ビューグル〉が、ジリアン自身の収賄の前科と彼女の有名な泥酔癖について記事を書き、ひいてはロミーの事件の判決についても疑問を投げかけていた。アーサーも先月はそれと同じ考えを抱いていたが、ジリアンと一緒にいるうちにそんな考えはどこかへ吹き飛び、今日はジリアンのことを思って腹が立ったほどだ。

「あんなのたった数行じゃない。もっとひどいこと書かれるんじゃないかって覚悟してたわ」

「なんだかきみを騙したみたいな気分だ。そんなつもりはさらさらなかったんだけど」

「あたしがそんなふうに思うわけないでしょ。人の弱味につけこむのがあなたの流儀じゃないことくらいわかってるわ」

「ありがとう」二人ともはにかむように微笑んだ。それからアーサーは握手の手を差し出した。一瞬、自分の人生からふたたびジリアンを手放すことが痛みとなって襲ってきたが、ほかに選択の余地はない。ジリアンは手を握ってきただけで振らず、自分のアイボリーのハンドバッグにじっと目を落としていた。まるでそこに女性にとっての生活必需品ばかりか、不可解な謎の答えでも入っているかのように。

「アーサー、昨日のことだけど、少し話をしていい？」

「いや、もういいよ」アーサーは即座に答えた。昨日は勝利の予感に浮かれるあまり、つい妄想のおもちゃ箱を開けてしまった。いまではそれを思い出すのさえ耐えられない。奔放な希望を維持するには、完全に隠しておくしかないのだ。「忘れてくれ。昨日はどうかしてたんだ。はっきりいって、らしくなかったね。不器用なんだよ、ああいうことに関しては。嘘じゃない。三十八にもなって男が一人でいるのには、それなりに理由《わけ》があるのさ」

「あたしも三十八のときは一人だった。四十八になってもまだ一人だと思うわ。そんなに自分を卑下しないで」

「きみが一人なのは、それを選んでるからだ」

「でもないわ。あたしもそれなりに不器用なのよ、アーサー」

「慰めはよしてくれ。ぼくには運がない。自分でもわかってる。世界はぼくみたいに人と結ばれない人間でいっぱいだ。それは変わらない。だから、慰めてくれなくても平気だよ」アーサーはもう一度手を差し出したが、ジリアンは悲しげに顔をしかめるだけだった。

アーサーは、ハーロウ判事がまもなく判事席に着くからと説明し、ジリアンと二人で控え室を出た。ジリアンは廊下で、アーノの準備は大丈夫なのと訊いてきた。

「ああ、万全の準備をしてやったよ。でもスポットライトが当たるまでなにが出てくるかわからないけどね、きみも知ってのとおり」

ジリアンは扉に嵌《は》めこまれた小窓越しに、ちらっと法廷内をのぞいた。

「きっとドラマチックでしょうね」

「きみも傍聴していいんだよ、時間があるなら」

ジリアンはその考えに一瞬たじろいだ。

「興味はあるわ。ラドヤードでアーノの話を聞かなかったのを後悔してるの。新聞のせいもあるかもしれないけど、ますますあたし、この件には避けて通れない関わりがある気がして。でも、あたしがなかに入ったらまずくない？」

「そう思う人がいるかどうか訊いてみるさ」アーサーは重い革張りの扉を開いて廷吏に合図し、ジリアンが一緒であることを示して、席を見つけてくれるよう頼んだ。

予想どおり、ミュリエルはジリアンにまるで無関心だった。それが検察官ミュリエルの、男顔負けのたくましさなのだ。かりに神様と天使たちがここにいて彼女の反対尋問を見つめているとしても、まったく動じる気配を見せないだろう。ハーロウ判事が判事席にあがると、アーサーは判事席前での三者による協議《サイドバー》を要求した。身長のあるハーロウは、着席したまま身体をずらすだけで、横の手すりから身を乗り出すことができた。アーサーは、最初の判決を下した元判事ミズ・サリバンが傍聴することによって当法廷に問題が起こるかどうか尋ね、ジリアンがここに来ている理由も説明した。

「彼女が、ジリアン・サリバン？」ハーロウ判事はジリアンに視線を飛ばした。分厚いレンズの入った眼鏡の奥で、怪訝《けげん》そうに目を細めている。「同一人物か？」

アーサーはうなずいた。ハーロウ判事はミュリエルに、異論はないかどうか訊いた。

「彼女が手紙を受け取った時点でこちらに連絡がなかったことには異論がありますが、彼女がここにいるのはかまいません。今回の手続きに彼女は関係ありませんから」

「自分の目で確かめたいのだろう」ハーロウ判事はいった。「無理もない。よかろう。それじゃはじめてくれ」

ハーロウ判事は輪になったアーサーたちを散開させたが、それぞれが持ち場についたとき、アーサーは気づいた。一瞬みんなが——ミュリエル、トミー・モルト、キャロル・キーニー、彼らについてきたラリー、そして判事やアーサー自身までもが——ジリアンをじっと見つめている。完璧な身だしなみに包まれたジリアンは、ほとんど無表情のまま、傍聴席最後列の通路側に坐っていた。彼女のいったとおりだ。ジリアンはこの件に関わりがある。だれよりも深い関わりが。ある意味、彼女は被告だからだ。差し当たっての疑問は、十年前、どんな理由にしろジリアンが、破棄事由となる——しかも致命的な——誤りによって、歪んだ判断を下したかどうかである。ジリアンは逃げ出すことなく彼らの詮索の目に耐え、一方彼らはみな、その疑問の答えを待っていた。

18

二〇〇一年六月十三日
アーノへの反対尋問

「それじゃ質問です、ミスター・エアダイ」ミュリエルは反対尋問をはじめた。「一番の問題は、あなたが当時嘘をついていたのか、それともいま嘘をついているかよ」ハーロウ判事から前に進み出るよう促されないうちに、ミュリエルはすでにアーノの正面に立っていた。ラリーにはそれが、ラウンド開始前にコーナーから飛び出すボクサーに見えた。ミュリエルはそこで一秒ほどためてから、最初の質問を繰り出したのだった。小柄でしなやかな身体が、法廷の全注目を集めている。

「当時だ」アーノは答えた。

「さっきの話は嘘なの？」

「いいや」

「でもあなたは嘘をつくでしょ、ミスター・エアダイ。ちがう？」

「ほかの人と同じ程度には」

「あなたは一九九一年、ラリー・スタークゼク刑事に嘘をついたわね？」

「ああ」

「あなたは嘘をつき、別の男の首に縄をかけることに成功した。あなたがいってるのはそういうこと？」

爪楊枝を口の片隅から反対側の隅へ移動させてから、アーノはそうだと答えた。

「卑劣な行為よね」

「誇れるものじゃないな」

「でも卑劣な嘘つきのわりに、いまはみんなに信じてほしがっている。そういうこと？」

「悪いか？」

「いずれその話をしましょう。ところであたし、自己紹介したかしら？」

「きみのことは知っている」

「でもあたしに会うことは拒んだ。そうよね？」

「会って本当のことをいっても、よけい嘘つき呼ばわりされるのがオチだからだ」

判事席のハーロウがかすかに笑った。法廷で繰り出されるジャブやカウンターは、たいがい面白がってながめることにしているらしい。

「それじゃ、あなたのいってることをあたしがちゃんと理解しているかどうか確認させてもらうわね。ミスター・エアダイ、あなたの話だと、あなたは一九九一年七月に三人を殺した。その三ヵ月後、警察はまだあなたを捕まえてなかった。そうよね？」

「そのとおりだ」

「捕まりたかった？」

「きみの考えは？」

「あなたは逮捕をまぬがれるためにあらゆる手を打った、そう考えてるわ。ちがう？」

「まあ、だいたいそんなところだ」

「警察に友人は？」

「たくさんいた」

「ということは、捜査が死産だったことを知ってたわね？」

「死産ってことは、もう死んでるって意味か？」

「死にかけていたといい換えましょう」

「そのほうが近いな」

「あの三人を殺したのが本当にあなたなら、これで逃げ切れると確信したんじゃない？」

「冷静に考えればそうだ。だがそれでも私は不安だった」

「そう、あなたは不安だった。そして不安であるにもかかわらず、また捜査が死にかけた状態なのを知ってたにもかかわらず、あなたは捜査を生き返らせるような情報を提供する決心をした。あなたのいってるのはそういうこと?」

「甥のためだったんだ」

「しかもあなたは匿名で情報を提供せず、直接スタークゼク刑事のところへ行った」

「彼のほうから来たんだが、まあ同じことだな」

「同じこと」ミュリエルは繰り返した。いまでは前後に歩きはじめていて、アーノが逃げ出そうとしたらすぐさま捕まえるかのように、両手の指を大きく開いている。着ているドレスは、ラリーの目には少女趣味にしか見えなかった。プリント柄で腰にベルトがつき、喉もとに大きなリボンがついている。計算された身ぶりは、判事を意識したものであると同時に、テレビを見ている大衆をも意識したものだ。もしテレビカメラ用にPTAボタンを身につけることができたら、そうしていたかもしれない。だが裁判でのミュリエルを見たことのある者なら、彼女が豹《ひょう》のように俊敏な攻撃力を持つことを知っている。

「彼は腕のいい刑事?」

「最高の腕を持つ一人だ」

「腕のいい刑事はたいてい、自分たちがミスリードされてるときは気づくものよ。そう思うでしょ?」

「疑ってかかったほうがいいとわかっていれば、たしかに気づいただろう。だが、だれもが毎日二十四時間レーダーをつけっぱなしってわけじゃない」

「でもあなたは、この死にかけている捜査を目覚めさせた。しかもその方法は、あなたの話によれば、嘘を見抜くのがうまいとわかってる人に嘘をつくことだった。そうよね？」

「好きにいえばいい」

「それからあなたは甥を使って、警察にカメオを追わせた。もしロミー・ギャンドルフが真実を話せば、あなたの名前も出されるかもしれないとわかっていながら。そういうこと？」

「ばれたらおそらく私は、甥は嘘をついてる、甥が私の名前に触れたのは、ロミーのことを警察に話した人間が私だとわかったからだとシラを切っただろう。そのことは考えたよ」

「それであなたは、その嘘を信じてもらえると踏んだわけ？」

「ああ」

「人に嘘を信じさせる方法を知ってるから？」

アーノが質問に答えようとする前にアーサーが異議を申し立て、ハーロウ判事はそれを認めたが、判事はミュリエルの巧みな質問に、笑みを浮かべて聞き入っているようだ。

「あなたの昨日の話だと、ギャンドルフが有罪にならないかぎり、甥が警察や検察からなんの譲歩も引き出せないのはわかっていた、そうよね？　でも下手をするとギャンドルフにはアリバイがあったかもしれないし、そこまでは予測がつかなかったはずよ」

「しかし、ロミーがルイサのカメオを盗もうとして空港をうろついてるのはわかってた」

「夏に？　ギャンドルフが空港をうろつくのは、外が寒い冬だけじゃなかった？」

アーノは顔をしかめた。ミュリエルの尋問をうまく切り抜けようとしたつもりが、完全に言葉に詰まっている。アーノは少し身をよじってから、ギャンドルフが冬になると空港をうろついていたのを昨日判事の前で話したこと、ギャンドルフのアリバイについて確信がなかったことを認めた。アーノはしぶしぶ前言を取り消したのだ。

「ということは、こうなるわね、ミスター・エアダイ」ミュリエルはそういって、ひとつずつ指で数えていった。「あなたは捕まりたくなかったけれど、死にかけてた捜査に息を吹きこんだ。しかもそれをするため、嘘を見破るのがうまいとわかってる刑事にわざわざ嘘をついた。そしてその刑事に容疑者として追わせたのが、じつは被害者の一人とあなたとの関係をばらすかもしれない人間だった。そのうえ、あなたがハメたといっているその男が強固なアリバイを持ってるかどうかさえ知らなかった。あなたの話がなぜ信用できないか、これでおわかり？」

アーサーははじめて大声で異議を唱え、判事は「認めます」といった。だが腹を立てたアーノは、愚かにも一人でしゃべりはじめた。

「きみにとっては辻褄が合わないかもしれないが、それが事実なんだ。私は甥のためになんらかの手を打たなくちゃならなかった。人はいつも辻褄の合うことをするとはかぎらない」

「辻褄が合わないといえば、ミスター・エアダイ、あなたの話がそうでしょ？　全然辻褄が合ってないじゃない」

アーサーはまた異議を唱えた。が、ハーロウ判事はなにごとか書き殴っている手から顔もあげず、ミュリエルに先を続けるよう指示した。ミュリエルは一瞬振り返って、小さな黒い目でラリーを探した。尋問の進め具合の良《よ》し悪《あ》しを確かめるためだ。ラリーは口もとを手でおおい、頰に当たる親指をしっかり立ててやった。ミュリエルはかすかにうなずいた。自信を持っているのだ。

「ミスター・エアダイ、犯行現場から検出された指紋を自動照合装置にかけても、あなたの指紋はひとつもなかったの。どう、驚いた？」

「私はどこもかしこも拭《ふ》いた。前にいったように、慎重だったんだ」

「DNAもなし。血痕も唾液もなし。精液も。あなたのものはなにひとつ現場から発見されてない。そんなことがありうる？」

「ああ、だがロミーのものだってなにひとつ発見されなかったはずだ」

「ギャンドルフに関するこっちの証拠をよく知ってるようね、ミスター・エアダイ」

「この事件は詳しく調べた。当然のことさ」

「銃は？　銃はどうしたの？」

「川に棄《す》てた。ほかのものと一緒に」

ミュリエルの顔に一瞬笑みが浮かんだ。すべての答えを握る男たちと何度も出会ってきたベテランの表情だ。ミュリエルはテーブルまで戻ってメモに目をやり、アーノをじっと見すえた。

「あなたは死にかけてるの？」ミュリエルはおもむろに訊いた。

「医者はそういってる」

「医者の話を信じる？」

「たいてい。たまに医者のいってることはまちがいかもしれないと思うこともある。実際まちがってたこともあるからな。だがふだんは物わかりのいいほうだ」

「ということは、あなたに関していえば、今日の証言であなたが失うものはなにもないってことね」

「意味がわからない」

「ほんとに？　失いたくないものを挙げてみてくれる？」

「私の魂」アーノは答えた。「あるとすればだが」

「魂があるのなら――」ミュリエルは繰り返した。「話を現実に戻してちょうだい。あなたが失いたくないものは？」

「家族だ。私は家族を愛してる」

「家族は味方だものね。ほかには？」

「航空会社の年金は失いたくない。長いこと働いてきたし、妻がいくらか受け取れるようにしてやりたい」

「人を殺しても年金はもらえるの？」

「もらえないのは会社の利益に反する犯罪を犯した場合だけだ」

「じゃあ今回の場合は？」

「ルイサが経営幹部だったら、話はちがってただろう」

傍聴席からどっと笑いが沸き起こった。今日の法廷は満席だ。予想どおり、新聞記事は空席をすべて埋める効果があった。

「つまり年金はもらえるわけね。でもあなたは、また偽証罪で起訴されるほど長生きはできないんでしょ？」

「起訴されるようなことはしてない」

「いずれにしろ、あなたが刑期をもっと長く務めるチャンスはないのよね？」

「だと思う」

「で、甥のコリンズ・ファーウェルはどうなの？　彼はロミー・ギャンドルフとのやりとりについて、スタークゼク刑事に嘘をついたんでしょ？」

「ああ、だがあいつはロミーが真犯人だと本気で思いこんでたんだ」

「いまコリンズはどこに？」

「甥はジャクソン・エアーズという弁護士を雇ってるから、彼に電話すればいい」

「弁護士？　この状況について専門家のアドバイスが聞けるように？」

「そういうことだ。弁護士への報酬は私が払ってる。そもそもこういう状況に甥を追いこんだのは私だからな」

「それじゃあなたは、一九九一年にコリンズがついた嘘については出訴期限が過ぎてるから起訴されないと、その弁護士がコリンズに保証したかどうか知ってる？」

「そういうことは守秘義務に当たるんじゃないのか？」

「いい換えるわ。ミスター・エアダイ、あなたは自分が証言してもコリンズになんの影響もないと考えている。そうね？」

「甥の身になにも起こらないことを願ってるよ」

「コリンズはどこ？」

アーノは判事を見やった。ハーロウ判事はこくりとうなずいた。

「アトランタだ。前にいったように、向こうで立派に暮らしてる」

「それはよかったわね」ミュリエルはいった。「それじゃ話を戻しましょう。ミスター・エアダイ。あなたはいまになって自分から告白することで、なにか得るものがある？」

「すっきりした良心だ」

「すっきりした良心──」ミュリエルは繰り返した。「ミスター・エアダイ、あなたは人生で五人の人間を撃ったわね。自分の義理の母親を殺し、さらに三人を惨殺し、バーで絡んできた五人めの男も殺そうとした。告白をすれば、それが全部すっきりするわけ？」

ラリーの背後で、笑い声がさざ波のように広がった。最初に笑ったのは、状況をわきまえていて当然のキャロルだったたような気がする。ハーロウ判事の目が釣りあがったとたん、法廷内は静まり返った。

「ほかのことはもう取り返しがつかない。いまの私にできるのはこれくらいなんだ、ミュリエル」

検察官をファーストネームで呼ぶあたり、いかにもアーノらしい。たしかアーノとミュリエルは顔見知りですらないはずだが、アーノは警察や検事局の関係者を、昔から血を分けた兄弟のように見なしているのだ。

「何ヵ月か前に特別一時帰休を申請したわね。それが却下されると、今度は刑務所の特別移送願いを出した。奥さんの住まいの近くに行きたかったから？」

「そうだ」

「それも却下された？」

「ああ」

「奥さんがラドヤードまで面会に来るのは大変？」

「私がこっちにいればずっと楽だろう」

「昨夜はどこに泊まったの？」

「郡総合病院だ」

「奥さんは今日あなたに会いに来た？」

「出廷する前に」

ミュリエルはその点にこだわった。昨日も奥さんに会ってるわね。一昨日も。しかもあなたの弁護人は、ギャンドルフの件が係争中であるあいだは、あなたをラドヤードに戻さないよう法廷に申請している。

「この段階だと、毎日奥さんに会うのは大きな意味がある？」

「いまだと？　ああ、いまはじつに大きな意味がある。ここ数年間、妻にはしなくていい苦労ばかりさせてきた。一日も楽をさせてやれなくて——」アーノの声に力がなくなり、出し抜けに顔が赤くなった。鼻に差した管を引き抜き、手で顔をおおっている。ハーロウが判事席に置いてあったティッシュの箱を、ごく事務的な態度で手渡した。ミュリエルがとくに急ぐでもなく待っているのは、アーノが彼女の論点をそれ以上立証してくれそうにないからだ。アーノの息がふたたび整ったとき、ミュリエルは話題を変えた。

「あなたが収監されることになった犯罪について話をしましょう、ミスター・エアダイ」

「それがなんの足しになる？」アーノは訊いた。アーサーがタイミングよく立ちあがって異議を唱え、こう指摘した。アーノ証言の信頼性に関係するのでないかぎり、その罪を持ち出すことに意味はないはずです。

「それをいまから関係づけてみせるわ」ミュリエルはそういい切った。それは法廷弁護士流の〝この郵便に小切手が入ってます〟的詭弁《きべん》だったが、陪審団を伴わないハーロウ判事は、この手続きは証言録取であって裁判ではないのだから、多少のことは大目に見ようといい、ひとこと釘を刺した。

「しかし、ただのはったりだったたら承知しないぞ」

「もちろんわかってます」ミュリエルはそういって、アーノのほうに身体を戻した。ミュリエルが近づいたとき、アーノが少し上体を引いたようにラリーには思えた。ミュリエルとのここまでのやりとりで、すでに気力を削《そ》がれたようだ。

「はっきりいってあなたが刑務所に入ってるのは、警察のお友だちがだれもあなたを擁護してくれなかったからよね。ちがう？」

「私が刑務所に入ってるのは、男を撃ったからだ」

「でもあなたは、その発砲事件が起こった〈アイク〉という酒場にいた警察官たちにいったんでしょ？　正当防衛で引き金を引いたんだと。そうよね？」

「私の考えでは、そうだった」

「そしてその発砲現場を目撃し、あなたから〝自分を守っただけだ〟と聞かされた多くの警官は、あなたの友人たちだった。そうよね？　あなたがよくその店で一緒に飲んでた警官たちでしょ？」

「ああ」

「がっかりしたんじゃない？　そのうちのだれもあなたの正当防衛を支持してくれなくて」

「あとで考えたときは、そんな気持ちにならなかった」

「でも最初は？」

「なにを期待してたのか自分でもわからない」

「でも警官たちがあなたの言い分を支持してくれてたなら、困ったことにはならなかったんじゃない？」

「かもしれない」

「警官は身内を守るものだって知ってた？」

「前はそうだったと思う」

「でもあなたの場合、そうはならなかった」

アーノの目に激昂の炎が過《よ》ぎり、短気な性格がはじめてあからさまになった。しかし老獪《ろうかい》さもかなりのもので、アーノは怒りを鎮めてから、そうだと答えた。

「それであなたは、有罪を認めざるをえなかったんでしょ？」

「ああ」

「それじゃ、スタークゼク刑事はどう？」自分の名前を聞いて、ラリーは反射的に背筋を伸ばした。「彼は警察にいるあなたの友だちの一人だった？」

「ラリーか？　三十年のつきあいだ。一緒に警察学校に通った仲だからな」

「あなたがスタークゼク刑事に送った手紙は――」

不意にミュリエルは、検察側のテーブルに坐っているラリーのほうへやってくると、唇をほとんど動かさずに囁《ささや》いた。

「あたしのブリーフケースの最初の仕切りから封筒を取り出して」ラリーはわけがわからずどぎまぎしたが、レターサイズの封筒三通を取り出したころには、ミュリエルの意図が見えていた。送り主の住所からして、その郵便物は彼女の退職基金の運用表とクレジットカードの請求書二通だ。ミュリエルは三通の封筒を手にして、証人と向かいあった。

「あなたはスタークゼク刑事に、だれかを殺したという手紙を書いたことはないわね？」

「話さなくちゃいけないことがあるとだけ書いたことはある」

「助けがほしいとは書かなかった？」

「書いたかもしれない。覚えてるのは一、二度彼に電話したことだが、あいにく彼は留守だったし、刑務所からじゃコレクトコールも受けつけちゃもらえない。それで手紙を二、三通書いたんだ。返事は来なかった」

アーサーが立ちあがり、ミュリエルの手にある封筒を手ぶりで差し示した。

「判事、弁護側はその手紙を見ていません」

「判事、検察側はミスター・エアダイの証言内容について事前に知らされませんでした。しかもこの手紙はまだ証人にも見せていません。こっちが証人になにを見せるか、弁護側に調べてもらってもいいです」

アーサーは異議を唱え続け、ハーロウ判事はようやく二人を、アーノから離れた判事席横のサイドバーへ呼んだ。ラリーもそれに加わった。

「その手紙でどういう筋書きに持っていくんだ？」ハーロウ判事が小声で訊いた。

「筋書きはありません」ミュリエルは答えた。

ラリーはてっきりハーロウ判事が怒り出すと思ったが、判事は満面に笑みを浮かべてこういった。

「はったりか？」

「そうするだけの資格はあります」ミュリエルが答えた。

「いいだろう」判事は集まった三人に下がるよう手ぶりで示した。ミュリエルは最後のふたつの質問とその答えを、法廷速記者に繰り返させた。

ラリーは、アーサーがミュリエルのはったりをアーノに知らせようとするかもしれないと怖れ、アーサーをじっと見つめていた。被告側弁護人がどんな犬のクソ以下の人間に変わるかわかったものではないが、アーサーはポーカーフェイスのまま口もとを手で隠し、部下の美人アソシエイト弁護士に、なにが起こっているのか説明していた。

「さて、スタークゼク刑事に手紙を書いた当時、あなたは中警備刑務所へ移りたがってたわね？」

「私の弁護士が骨折ってくれたんだ。だがそれが無理だとわかったとき、何人かに力になってくれないかと頼んだ」

「つまりそれは、スタークゼク刑事に自分が残虐な三人殺しの犯人であることを教えれば、中警備刑務所に移れるだろうと思ってた、そういうこと？」

　ハーロウ判事が前もってにらみをきかせたにもかかわらず、傍聴席からはわずかにクスクス笑いが洩れた。

「ラリーに手紙を書いたときには、私はもう中警備刑務所については諦めてたんだ。矯正当局が、銃火器を使って犯罪を犯した者は例外なく重警備刑務所に収監すると明言してるからだ」

「あなたのために矯正当局に例外を作るよう取りはからおうとした警察関係者がいたら、名前をあげてくれる？」

　アーノはくわえていた爪楊枝を取り出した。この質問には参った様子だ。法廷に来て自分を擁護してくれる者はだれ一人いないだろうとわかっているからだ。ミュリエルへの答えは、〝覚えてない〟だった。

「スタークゼク刑事に手紙を書いた理由がなんであれ、あなたが三人殺しの件に触れなかったことだけはたしかね？」

「ああ。私はラリーに、ある重要なことについて話があると伝えただけだ」

「スタークゼク刑事は返事を書いてくれなかった？」

「そうだ」

「彼はあなたとつきあってもためにならないから、関わりたくなかったのよ。そういう感じだったでしょ？」

「いや、そうは思わない」

ミュリエルはラリーのところへ戻って、アーノがジリアンに書いた手紙の写しを取り、証人アーノのほうへ引き返していった。ラリーの左手三メートルのところで、アーサーがすぐさま立ちあがって抗議した。

「判事、弁護人はまだそれを見ていません」するとミュリエルは、天真爛漫な顔でアーノの手紙をまずアーサーに、つぎにハーロウ判事に見せた。ラリーはミュリエルがテーブルに置いていったもう一通の写しに目を通した。そこに内容が書かれていたが、アーサーの落胆した顔は、その手紙の重要性に気づかなかったことを表わしている。ミュリエルはテーブルのほうに戻ると、アーサーに余裕の笑みを送っていた。まるでスクラッブルやテニスでもやっているかのように、〝一本取ったわよ〟という得意満面の顔だ。それからアーノのほうに引き返し、肝臓にナイフを突き立てるように、その手紙を突きつけた。

「あなたはスタークゼク刑事になにも提供できないとわかって、サリバン判事への手紙に、この件の担当刑事があなたになんの関心も持ってないことを書いたでしょ？」

アーノは何度かその部分を読み返した。

「ここにそう書いてある」

「スタークゼク刑事を恨んでいたといってもいい？」

「好きにいってくれ」

「それじゃ、スタークゼク刑事を恨んでいたとしましょう」ミュリエルはそういった。ハーロウ判事はアーサーの異議を認めたが、またしてもにやりとした。このころになるとラリーにも、判事のことがわかりかけてきた。ケントン・ハーロウは真剣な検察官や弁護士が好きで、彼らの闘いぶりに感心しているのだ。真実は激しい法廷闘争から浮かびあがってくるものと信じ、明らかにミュリエルの戦術に魅せられている。

「じゃあ、こういうのはどう？」ミュリエルはいいなおした。「あなたは自分が大きな事件だとわかっていることに関して、スタークゼク刑事に情報を提供した」

「いいだろう」アーノは答えた。

「そしてあなたの友だちのスタークゼク刑事は、それを解決に導いた。彼はその功績を認められた」

「彼ときみだ」

「彼とあたし。それに警察も功績を認められた。そうでしょ？」

「ああ」

「その警察のなかでだれひとり、あなたが中警備刑務所へ移ることに尽力してくれなかった」

「そういうことだな」

「その警察のなかでだれひとり、四年前に〈アイク〉で起こった発砲事件について、正当防衛であるというあなたの主張を支持してくれなかった」

「だと思う」

「あなたのいまの話からすると、あなたはスタークゼク刑事と警察に関して前に発言したことを基本的に撤回していることになるわ。そうなの？」

「私は真実を話してるだけだ」

「真実かどうかは別として、あなたは前に提供した情報の中身を訂正するか取り消すかしようとしているのよ。そうでしょ？」

「前の話は嘘だったからだ」

ミュリエルはただちに削除を申し立て、ハーロウ判事はアーノに返事を迫った。アーノは了承する以外になかった。すでにわかりきったことではあったが、アーノが明言したとき、記者席の列を小さなどよめきが駆け抜けた。記事の見出しが決まったからだ。

その後ミュリエルは、〈ギャングスター・アウトローズ〉との関係についてアーノに質問しはじめた。ギャングスター・アウトローズはラドヤードの刑務所内を支配するストリート・ギャングの一団だ。これはラリーが夜集めた情報で、ミュリエルはそれをうまいタイミングで出したのだ。アーノはギャングスター・アウトローズの同房者と仲よくなって、その結果連中から守ってもらうようになり、かわりに彼らのために、警察関係者の友人からときおり情報を手に入れてやっていたらしい。しかしアーノは、最後の部分を認めようとしなかった。

「ミスター・エアダイ、収監されているギャングスター・アウトローズの一員が、ほかのメンバーが起訴された事件で、身代わりになるために嘘の自白をしたケースがあるのをご存じ？」

「異議あり」すかさずアーサーがいった。「ロミーがギャングのメンバーである証拠はありません」

「質問は——」ミュリエルはいった。「ミスター・エアダイがそれを知ってるかどうかです」

「本件とは無関係です」アーサーはいった。

「まあ聞いてみよう」判事がいった。

「そういう話は聞いたことがある」アーノは答えた。

「じゃあ、ギャングスター・アウトローズがラドヤードの死刑囚棟を支配していることも聞いたことがある？」

「ラドヤードに連中がたくさん収監されてるのは知っている」

「ギャンドルフも彼らの一人？」

「そんなの知るわけないだろう。死刑囚通り《デス・ロウ》の死を待つ服役囚《イエローマン》たちは隔離されている。だれとも会わないんだ。私は刑務所にいるあいだ、ロミーとは言葉を交わしたこともない」

「それじゃミスター・エアダイ、あなたの刑務所での経験からすると、もしあなたを守ってくれるギャングスター・アウトローズのだれかから、こんなふうに頼まれたらどう？　あんたを見捨てたスタークゼク刑事や警察に被害が及ぶような話をしてほしい、あんたに実害はないし、死ぬ前に奥さんと一緒に過ごす時間が手に入るぞ——そんなふうにいわれても、正直なあなたは応じない、そういうこと？」

ミュリエルがいい終わらないうちに、アーサーは立ちあがっていた。静かに「異議あり」といい、ハーロウ判事がすぐさま「認めます」と答える。だがミュリエルは、新聞用のシメの言葉をいい終えたも同然だった。上出来すぎる出来映えで検察側のテーブルに戻りかけたところで、ミュリエルはふと立ちどまった。

「そうだ」たったいま思いついたかのように、ミュリエルはいった。「ミスター・エアダイ、あなたは三人の死体を冷凍庫に放りこんだあと、ルイサ・レマルディの死体になにをしたといった？」

「スカートと下着をくるぶしまで下げた」

「そのあとは？」

「そのあとはなにも」

「それじゃあなたは、ただ興味本位で彼女の下半身を裸にしたということ？」

「私が彼女の下半身を裸にしたのは、彼女が一時間前に男とセックスをしてたのを知っていたからであり、それが検屍のときに出てくると思ったからだ。彼女が犯人にレイプされたように見せかけたかった。みんなの所持品を盗んで強盗に見せかけたのと同じさ。擬装しようとしただけだ」

「ということは、実際にはあなたは死体と肛門性交をしてないのね？」

「もちろん」

「検屍官のドクター・クマガイが、死体は肛門性交が行なわれたと裁判で証言したのを知ってる？」

「ペインレス・クマガイが何年ものあいだに数多くの検屍ミスを犯してきたのは知ってる」

「でもあなたは、よくあるコンドームの潤滑剤が被害者のアヌスから見つかった理由を知らないの？」

「それについては、ルイサと駐車場でお楽しみだった紳士に訊いたほうがいいと思う」

「それが、ルイサの肛門括約筋が死後に広げられた理由の説明になると思う？」

「私は検屍官じゃない」

「でも、あなたのいまの証言が屍姦《しかん》の証拠に対する説明になってないことは認めるわね？」

「私はなにも説明などしていない」

「ありがとう」

ミュリエルはそういって、ラリーの隣に坐った。テーブルの下で、不意にミュリエルの拳が自分の拳を叩くのを、ラリーは感じた。

＊

ミュリエルの反対尋問は、ほぼアーサーがアーノとの面会で練習したとおりに進んだ。唯一の例外は、アーノの手紙のなかの、ラリーがいままではなんの役にも立たないというくだりだ。アーサーはその意味するところに気づかなかった。しかしそれを除けば、アーノの準備は万全といえた。ちがいはミュリエルにある。芸術点に関しては、彼女の圧勝だった。

ミュリエルが反対尋問を終えるころには、ハーロウ判事は判事席の向こう側で椅子に坐ったまま背筋を伸ばし、アーノから文字どおり距離をおいていた。アーサーは再直接尋問のために立ちあがったとき、自分のやるべきことをはっきりと意識した。ジャケットのボタンを留め、パメラのメモを二重にチェックしてから開始したのは、法律用語でいう〝証人の信憑《しんぴょう》性回復〟だ。

「ミスター・エアダイ、あなたがなぜ甥のために自分の身を危険にさらすのか、ウィン検察官が質問しましたね。その答えをハーロウ判事に説明してくれませんか？」

アーノは証言台の手すりをしばらく見つめてから、答えはじめた。

「家族――私の家族は、多くの苦難を乗り越えて生き延びてきた。どういうことかというと、第二次世界大戦には地獄の戦禍《せんか》を経験したし、一九五六年には、父が反乱に参加して――」アーノはそこで顔を歪めた。「――撃ち殺されてしまった。死体は家の前の街灯柱に、見せしめのため逆さに吊るされた。近所の人が秘密警察《AVH》に父を売ったんだ。母と妹と私は、言葉ではいい尽くせないほどの苦労をして出国し、アメリカへやってきた。甥のコリンズは妹のたった一人の息子で、私に子どもはない。もしコリンズが余生を刑務所で暮らすことになるとしたら、家族の血筋が絶えてしまう。私の頭からは、あの街灯柱に逆さに吊るされた父のことが離れなくて――父は何日もずっと吊るされたままで、私たちが勝手にロープを切って死体を降ろすことは許されなかった。見せしめだった」アーノはまるで具合が悪くなったかのように口もとを手でおおうと、堰《せき》を切ったように泣き崩れた。一分後、アーノは判事からもらったティッシュで顔を拭き、前と同じように、しばらく時間をかけて息を整えた。

「コリンズなら立派な男になれるという予感があった。あいつは頭がいい、いまはただ厄介なところに入りこんで抜け出せなくなってるだけだと。だから私は父のため、母のため、家族全体のために、コリンズにもう一度チャンスをやらなければと思った。できることをやる必要があった」

アーサーはアーノのつぎの言葉を待ったが、どうやらいい尽くしたらしい。アーサーとパメラがアーノと過ごした時間はすでに何時間にもなっていたが、この件の厳しい現実のひとつは、アーサーがあまりアーノを好きになれないということだった。アーノが犯罪者だからというわけではなく、彼のしたことが並はずれて残酷だからというわけでもない。司法制度のなかで働く者として何年かのあいだに、剃刀《かみそり》のように頭が切れて巧みに人を騙す根っからの悪党と出会ってきたが、アーノには不変の冷たさがあるのだ。無愛想で、感情に無関心なだけでなく、そのことを誇りに思っているふしがある。好かれることを求めていない。それでもアーノの冷酷さからは、彼が真実を話しているという揺るぎない確信が得られたし、淡々と証言を進め、決して聖人ぶったり殉教者ぶったりしない姿には、感銘さえ覚えるほどだった。自分が聖人でも殉教者でもないことをきちんと弁《わきま》えているのだ。

「なるほど。それじゃもうひとつ。ウィン検察官があなたの証言の動機についていろいろと質問しましたが、なぜサリバン判事と私に話すことに同意したのか教えてくれませんか？なぜ一九九一年七月四日に起こったことについて、真実をいう決心をしたのか」

　予想どおりミュリエルが立ちあがって、アーノが真実をいっているという前提に対して異議を唱えた。ハーロウ判事はアーサーに対して何度かやったように、ミュリエルの異議をあっさり退けた。

「諸君、この訴訟に集中しようではないか。傍聴席の最後列にいる人々のことを気にするのはやめて」明らかに新聞記者を差して、ハーロウ判事はいった。「さて、ミスター・エアダイ、説明してくれ。なぜいまになって私たちに話す気になったのかね」
アーノは呼吸を整えてから、はじめた。

「まんまとロミーに罪を着せたとき、最初はあまり悪いことをしたと思わなかった。彼がまぬがれてきた罪を全部並べれば、刑期をたっぷり務めて当然だと思ったからだ。

前にいったように、もし私が頼んだときにラリーが来てくれてたら、なにもかも彼に話してただろう。どう話すかは頭のなかできちんと整理できてなかったが、話すことは話したと思う。彼には正直に打ち明けなくちゃならない借りがあったからだ。だがいまは、ロミーに借りがあると思っている。

はっきりいって、死にかけているいまほどつらいことはない。どうせ人はこの世に一時的に生きてるにすぎないんだとわかったようなことをいう連中は多いが、医者に死を宣告されると――まあ、年寄りはちがう感じ方をするかもしれないがな。私の母は八十六まで生きて幸せだった。だが私の場合、自分の最期が間近に迫ってるのがわかってからは、一日の大半を恐怖に怯えて過ごしてる。死がじきにやってくる、それがわかってるのに、できることはなにもないんだ。死がじきにやってくる。じつに残酷なものだ。ありとあらゆる苦難を乗り越えて生き延びてきたのに、人生の最期がなんでそこまで残酷でなくちゃならないんだ。

死の床についた男たちは信仰をふたたび見出すというが、私もやがて信仰を見出した。神父の話に耳を傾け、じっくり考えた。思えばひどいことをたくさんしてきたもんだ。神が私に罰としてこの肺癌を与えたのか、それともなるべくしてこの病気になったのかはわからない。神は説明の電報を送ってきちゃくれないからな。しかし結局はこう考えるようになった。物事をよくするために、できることをやろうと。それがロミーのことを考えるきっかけだった。彼は九年ちょっとのあいだ、毎日ずっと死刑囚監房にいる。そして私と同じように毎日思い知らされるんだ。死がじきにやってくることを、そして私と同じように、それに対してできることはなにもないことを。しかも彼は、死刑に値するようなことはなにひとつしてないんだ。私が真実を話しさえすれば、ロミーはあの地の底から這いあがれる。私の苦しみと同じことを彼も毎日体験してるが、彼にはそんな必要などもともとないんだから。そのことがずっと頭から離れなかった。自分の運命は変えられないが、彼の運命を変えることはできる。正しいことをやりさえすればいい、そう思ったんだ」

アーノはこの演説のあいだ、だれとも視線をあわせなかった。じっと目を伏せ、あいかわらず淡々としながら、少し現実離れしたかすれ声で、はじめから終わりまで通した。ようやく話し終えたとき、アーノは顔をあげ、判事にきっぱりとうなずいた。

ハーロウ判事は鼻の横に長い指を一本置いたまま、どう判断したものか計りかねているらしい。アーサーとパメラも同じ疑問を議論して、かなりの時間を費やしてきた。率直な証言内容であるにもかかわらず、とらえどころのなさが残るのだ。結局アーサーはそれを、アーノ自身の不確かさから来るものと判断した。アーノが真摯《しんし》に発言しているのはまちがいないが、それでも本人が自分の回想を、どこか異質なものに感じているような雰囲気があるのだ。それは統合失調症の姉スーザンを思わせた。スーザンはよく、宇宙のどこかから声が命令するのといっている。アーノは証言のなかで、ポール・ジャドソンを撃ったとき、自分の性格の恐ろしい一面を知ったといった。だがそれは、自身の残虐な面から生じた損失を人生の最後に少しでも償うように駆り立てた力とくらべれば、彼にとって不可解なことではないだろう。ただ、アーノは自分が正しいことをしていると思っているが、それが自分にとってどういう意味があるのか、いまだに混乱しているようだ。

最後に判事はミュリエルに、再反対尋問はないかと訊いた。ミュリエルはラリーと相談してから、いいえと答えた。

「ミスター・エアダイ、退廷していいですよ」ハーロウ判事はそういうと、一瞬アーノをまじまじと見つめ、抑揚のない声でつけ加えた。「お大事に」そして振り返ることなく、判事席をあとにした。

19

二〇〇一年六月十三日
静かな被害者たち

証人尋問を終えると、まだアドレナリンでハイになっていたミュリエルは、傍聴席に顔を向けた。窮屈そうに肩を寄せあっていた傍聴人たちが立ちあがろうとしている。特別に派遣された少なくとも一ダースの新聞記者と、ここ二十四時間の新聞の見出しに釣られてやってきた何十人もの民間人だ。

今朝ネッド・ホールジーは、この件は——そしてこの件に関するごたごたは——私が引き継いでもいいぞと、頼もしい気づかいを見せてくれた。けれども新聞記者たちは、ギャンドルフを訴追したことがミュリエルの経歴のなかで大きな転機となったことを知っている。かりにアーサーの手によってギャンドルフが真犯人でなかったと証明されれば、新聞はミュリエルが法廷に出ていようといまいと、彼女を吊るしあげるだろう。ミュリエル自身も、尻尾を巻いて逃げるつもりはない。どれほど苦難に満ちていても、世界が怒濤《どとう》のごとく押し寄せてくるときの一瞬一瞬張りつめた緊迫感が、たまらなく好きなのだ。アーサーは新しい申し立てを山ほど出してくるだろう。つぎの手に関して、モルトやキャロルと相談しなければ。ラリーもアーノに関する捜査の進め方について指示を待っている。新聞記者たちはすでに、ミュリエルからいち早くコメントを取ろうと身を乗り出していた。これが子どものころから望んでいた運命なのだ。タルマッジは円形競技場《アリーナ》という表現をよく使うが、闘争的な響きは好きではない。ミュリエルにとってはむしろ、自分の持てる能力を完全に発揮するかどうかが問題だった。すべての細胞が、成功に向かってきちんと機能することが必要なのだ。

こういうときにはいつも、ミュリエルは本能的な明晰さで、やるべきことを瞬時に判断できた。傍聴席の後ろの列に、ジョン・レオニディスが坐って傍聴している。九年ものあいだそうやって、裁判が開かれるたび、まめに法廷に足を運んでいるのだ。記者たちが周囲に群がってくるなか、ミュリエルはほかのみんなを無視してジョンの肩に腕をまわし、廊下へ出て向かいにある証人控え室に入った。どのみち新聞記者たちは、ミュリエルからコメントを取るまでは帰らないだろう。

ジョンは一人ではなく、肌のきれいな男を連れていた。おそらくフィリピン系だろう。ジョンよりかなり年下だ。控え室のドアを閉めたあとも、法廷の外のざわつきがかすかに聞こえてくる。ジョンは一連の手続きに腹を立てていた。怒り心頭に発した様子で親指の爪を嚙みながら、まるでミュリエルがそこまで考えていないかのように、アーノはキンドル郡警察に仕返しをするために嘘をついている、細部の情報も伝聞にすぎない、と力説した。

「どういうことか聞かせてやりたいよ、外にいるあのバカな新聞記者たちに」ジョンはいった。

ミュリエルにしてみれば、被害者の遺族に味方についてもらうのは理想的なことだ。それでもジョンには、話すのは本当にその気になったときだけにしたほうがいいと伝えた。

「本気ですよ。おれは話したいんだ」ジョンはいった。「頭からあのくたばり損ないのことが離れないんです。あのギャンドルフのことが、それも毎日。あいつにほかになにか負けたものがある感じがして。最近ここ何ヵ月か、親父はおれのことを誇りに思ってくれるだろうかって考え続けてるんです」そうはいっても、父親のガスは充分満足しているにちがいない。なぜならジョンは〈パラダイス〉を立派に継ぎ、活気を取り戻しつつある界隈で、商売は前以上に景気がいいからだ。それればかりか地元ホテルのオーナーと提携し、庶民的な値段のギリシャ料理レストランを全米でフランチャイズ展開している。ミュリエルはジョンの招待で年に数回、センターシティの〈GGタベルナ〉で――GGはグッド・ガスのことだ――昼食をご馳走になることがあった。そのたびにジョンはミュリエルのテーブルに一緒に坐り、煙草を吸いながら、事件のことを話しはじめる。彼の頭のなかでは、まるで昨日の裁判のように記憶が新鮮に残っているのだ。

「おれ、思うんです。親父はきっとおれに手を焼いてた部分があっただろうなって」ジョンはいった。「お袋と同じように。でもおれ、最後には親父とうまくいってただろうとも思うんです。ほんとに。でもおれは思うだけじゃなく、ちゃんとそれを知る権利があったんだ。そうでしょう？　みんなあるんです。なのにあのくたばり損ないのギャンドルフは、あいつは神さまでもないのに――神さまみたいにおれの人生を勝手に決めやがった」

大半の遺族たちと同じように、ジョンが父親を殺されたことや犯人への罰を語るとき、そこにはいつも私憤の響きがあった。けれども、ジョンがこの事件と決別できない第一の理由は、単に事件がまだ終わってないからだ。ジョン・レオニディスはこの十年近いあいだ息を凝らしながら、ギシギシと音を立てる法律制度という機械によって当然の罰と宣告された死刑からロミーが逃げおおせてしまうことで、父親を死に至らしめた不正義がのさばることのないようにと、かすかな希望をつないできたのだ。

何年か前、被害者の遺族のなかでも、ロミー・ギャンドルフの死刑を一番頑固に主張していたのがジョンだった。ポール・ジャドソンの妻ディナはコロラド州ボルダーに引っ越し、一から新たな人生を歩みはじめたので、ここ何年か消息を知る者はいない。捜査が続くあいだラリーにつきまとわれていたルイサの母親は、出廷してロミーの死刑を求めたものの、どこか怯えた感じだった。一方ジョンは、もしロースクールに通って事件を自分の手で裁くことができたら、きっと小躍りしたにちがいない。はじめミュリエルはそんなジョンの気持ちを、母親のためを思ってのことだろうと思いこんでいた。しかし、刑が申し渡される前に行なわれる遺族の最終陳述でのジョンの証言は、父もまた死刑を求めただろうと確信している、というものだった。

「父は人にチャンスを与える人間です」当時ジョンは、ガスについてそう語った。「その人が努力していると思えば、人に六回までチャンスを与えます。でも結局は古い人間で、厳しさも持ちあわせてましたから、最後には見かぎったでしょう。そんな父ですが、ギャンドルフにはよくしてやりました。なのにその見返りに得たものはなにもなく、それどころか、かわりに頭に一発の銃弾を撃ちこまれてしまった。父はこの男の死を望んでいることでしょう。それが私の望みでもあります」当時でさえ、ジョンの父に対する見方が完全に正しいかどうか確信が持てなかったけれど、確かめようがあるだろうか？　もっとも、ジョンが発言したときの法廷の雰囲気、判事席で聞き入っているジリアン・サリバン判事を包みこんだ厳粛さは、いまだに覚えている。理想主義者たちは、州による死刑囚の〝殺人〟は非道だと、呑気に主張するかもしれない。だが死刑は、一般市民に自分で決着をつけさせるよりはるかにいいものだ。むしろジョンのように悲しみに暮れ、死者のために何らかの行動を起こさざるをえないだけの借りを意識している人々は、自分で決着をつけてしまいかねない。ジョンにとって、ロミー・ギャンドルフの死刑は優先事項となっていた。それは、ガスが死んだ瞬間から彼が果たしている父親の代理人としての役割でもあった。

ミュリエルはドアを開け、ジョンと彼の友人をテレビカメラの待っている下の階の裁判所ロビーへ連れていってもらうため、キャロルを手招きした。すると記者数名が大声で呼んだので、ミュリエルはすぐ行くからと約束した。ところがその直後、ラリーが四人の女性を連れて入ってきた。十代の女性二人、一人の四十近い十人並みの女、そしてその後ろには髪をくすんだ黒に染めた年配の女が一人。四人のなかでミュリエルが知っているのは、最後の女だけだ。

「サルビーノさんですね」ミュリエルはそういって、ルイサ・レマルディの母親を歓迎した。その老女は芯が強く、歯に衣《きぬ》着せぬ性格で、ルイサはこの母親にそっくりだと前からミュリエルは思っていた。連れの十代の女性たちは顔が瓜二つだが、二歳の年齢差は全体的な外観にくっきりと対照をもたらしている。二人めに入ってきたほうは化粧をしていて、妹よりも頭ひとつ背が高い。けれども二人とも痩せていて、肌の色が浅黒く、顎が長めで、まっすぐ伸びた漆黒の髪と、黒い大きな目をしている。いずれも美人だ。すぐに二人がルイサの娘だとわかった。

いつもの唐突さで、サルビーノ夫人はミュリエルの挨拶をさえぎった。

「どうしてこの件はいつまでたってもけりがつかないわけ？」

「ヌッチア」四十近い女が叱った。

「ミュリエル」ラリーがごく儀礼的な口調でいった。「ジュヌヴィエーヴ・カリエールを覚えてるだろう。ルイサの親友だった人だ」運転手兼エスコート役として、ジュヌヴィエーヴも呼び出されていたのだ。サルビーノ夫人はキワニーに住むイタリア系で、センターシティには年に二、三回しか来ることがなく、それも不安に怯えながらのことだった。

「あたしがこんなところまで出てくる必要なんてなかったのよ」サルビーノ夫人はこぼした。「ダーラがテレビで聞いて、どうしても来たいっていい出したんだけど、ほんとのところは学校をサボるための口実なの」

「べつに口実なんかじゃないってば」孫娘の姉のほうが答えた。歯列矯正金具をした妹のほうは恥ずかしがり屋で、ドアの横に背中で寄りかかっている。けれどもダーラのほうは明らかに問題がありそうだ。十六歳でぴっちりした服を着て、街でよく見かけるような分厚い化粧をしている。細いキャミソールには立派すぎる体格で、臍《へそ》のあたりが丸出しだ。この手の少女たちの性的な軽率さに面食らってしまう自分に、ミュリエルは困惑を覚えた。自分も若いころに許されていたら、この手の奔放さをとことん利用していたにちがいないと思うからだ。

「あなたはこんな話、聞く必要ないのよ」祖母がいった。

「ちょっとおばあちゃん！　このことはもうテレビに出てんのよ。それにあたしのママのことなのに、おばあちゃんたらなんにも話してくれないじゃない。それって完璧にダサいよ」

ラリーがあいだに入った。

「ダーラ、きみはなにが起こったかよくわかってないようだな。あれはただ死にかけた哀れな男が憂《う》さ晴らしをしてるだけさ」

「あたしどっちかっていうと、彼の話を信じるほうよ」ダーラはその年代特有のあまのじゃくな態度で答えた。「みんなが犯人だといってる男、なんか中途半端な感じなのよね。それに今回の男みたいに病気が重いやつに、作り話をするだけのエネルギーがあるなんて思えないし」

「作り話なら、あんた得意だもんね」祖母が皮肉った。

ダーラはサルビーノ夫人に、バカらしくてやってらんないといいたげに小さく鼻で笑ってみせた。

「ただ今回の男でひとつだけ問題なのは――」ダーラはいった。「あの男、見ていてホント気色悪いのよね」

まだ法廷での闘いの余韻が残っていたミュリエルとラリーは、アーノに対する彼女の容赦ない表現がおかしくて、同時に笑い出した。

「本気でいってんのよ」ダーラは続けた。「あの男が重い病気だってのはわかるけど、もともとハンサムでもなんでもなかったわけでしょ。それって全然ママらしくないよ。ママが一緒に写ってる写真には、パパも含めて、いつもホントにカッコいい男ばかりだったんだから」ダーラが必死になって母親を好意的に再評価していることに、ミュリエルは哀れを覚えた。年を取るにつれてミュリエルは、すべての裁判所に持ちこまれる〝痛み〟を意識するようになってきた。若いころ感じたのは〝怒り〟だった――被害者の怒りもさることながら、被告人さえも、不当に扱われているという思いを怒りに変える場合が多い。そして怒りよりもっと強く意識していたのが、悪を打ちのめしたいという彼女自身の正義への欲求だった。けれどもいま自分のなかにあるのは、痛みの遺産だった。それをダーラや、犯罪者にさえ感じた。おおむね犯罪者たちは自分のしたことを後悔するようになるからだ。犯罪者の家族たちに対しても、それは感じた。彼らはたいていほかの傍聴人たちと同じくらい罪がなく、彼らの唯一の過ちは、人でなしとなった人間を愛したことだった。

ダーラにとっては、母親に対する自分の評価が正しいことが重要らしい。自分と祖母との脇演技を忍び笑いで見つめていたジュヌヴィエーヴに、ダーラは同調を求めた。

「でしょ、ジュヌヴィエーヴおばさん？　ママは絶対あんなのタイプじゃないわよね」

「もちろんよ」ジュヌヴィエーヴはいった。「あなたのお母さんは、ああいうタイプが昔から嫌いだったわ」ジュヌヴィエーヴはダーラの剝き出しの肩に手を置き、そのおかげでミュリエルとラリーが交わした目配せを見逃した。

「なぜルイサは彼を嫌ってたの？」ミュリエルが訊いた。

古いツイードのソファに官給品のテーブルと椅子が並んでいて、六人もいれば窮屈な部屋だ。すぐさま失言に気づいたジュヌヴィエーヴは、突如自分に注がれた注目を正面切って受けようとせず、壁にある陳腐な森の絵の一枚に目をそらした。

「とにかく嫌いだったのよ」ジュヌヴィエーヴはそういって、その言葉に確たる自信がないかのように、マニキュアをした手をひらひらさせた。年齢不相応な若白髪で、逆にそれが魅力的だ。ふっくらした紅い頬から過蓋咬合《かがいこうごう》の口もとまで若さが保たれているからだ。全体に裕福な印象がある。十年前ジュヌヴィエーヴは、まだ友だちの子どもたちや自分の老母の世話をしていたのだ。ミュリエルは、ジュヌヴィエーヴのように本能的に愛情を注ぐ、おそらく地球上で一番善良な存在である母親たちに混じって、サッカー場や野球場のサイドラインに立っている自分の姿を、何年も想像してきた。

「子どもたちには外で待ってもらったら」ミュリエルはそういった。ジュヌヴィエーヴが躊躇《ちゆうちよ》している原因かもしれないと思ったのだ。

「ちょっと」ダーラが抗議した。「あたしたち、赤ん坊じゃないのよ。ルイサはあたし、たちの母さんなんだから」

ミュリエルは思わず笑《え》みがこぼれた。自分も十六のときには、同じくらい生意気で自説を曲げない性格だったからにちがいない。自分を知るため、背伸びをして禁断の地に足を踏み入れるスリルは、ミュリエルから完全になくなったわけではなかった。ダーラの妹アンドレアはむしろ外へ出たほうがいいのではと思っているようだが、結局は彼女も残るほうを選んだ。そのあいだにラリーは、ふたたびジュヌヴィエーヴを詰問しはじめた。

「ということは、きみはルイサがアーノといい仲だったことを知らないのか？」

ジュヌヴィエーヴは腕時計に目を落とし、腕をあげて姉妹を手招きしたが、帰ろうとする前に素直に答えてくれた。

「あたしは二人がつきあってた話よりむしろ、あの男が彼女を殺したほうを信じるわ」

ミュリエルは片手をあげて、サルビーノ夫人を引き留めた。

「ルイサからアーノのことは？」

「覚えてるわけないでしょ」老婆は答えた。「そんなこと、いちいち気にしないわよ」

「ルイサは男性関係についてなにかいってませんでしたか？」

「いい加減にしてちょうだい」サルビーノ夫人はいった。「あたしはルイサの母親よ。親がそんなこと訊くと思う？」

「おばあちゃんなら訊くんじゃない」ダーラが横からいった。

サルビーノ夫人は手の甲を振りあげ、歯のあいだから唾を吐くような音を出した。ダーラはいかにも祖母ゆずりらしい、制止するような手ぶりで応じた。けれどもその顔には笑みがこぼれている。ヌッチア・サルビーノに対してダーラは、口では認めたがらないだろうけれど、案外憎からず思っているようだ。

ジュヌヴィエーヴが三人をドアのほうへ押しやっていくとき、ミュリエルはサルビーノ夫人に、記者たちが質問しようとするかもしれないと告げた。

「話すことなんかなんにもないわよ」

「でも向こうはあなたの考えを知りたがるでしょうね――」ミュリエルは答えた。「ルイサを殺したのはアーノだとあなたが思ってるかどうか」

「アーノが殺したかもしれないわ」サルビーノ夫人は答えた。「あるいは、新しい犯人と古い犯人とが共謀してやったのかも。でもあたしにはわからない。あたしがわかってるのは、ルイサが死んだということだけ」

「あたしたち、話すことなんかなんにもないわ」ジュヌヴィエーヴがいった。

ミュリエルは四人にさよならをいった。ラリーは最後に出ていこうとしたジュヌヴィエーヴの袖に、手を添えた。

「きみとはもう少し話をしたいんだが」

ジュヌヴィエーヴは即座に首を振った。彼女はすでに家族の休暇旅行という口実を用意してあった。毎年子どもたちの学校が終わるとすぐに、みんなで一ヵ月ほどスカージョンに行くのだという。

「出発はいつ？」ミュリエルは訊いた。

「明日よ」ジュヌヴィエーヴは答えた。「朝早く」

「そうか。ひょっとすると、おれたちもそっちへお邪魔するかもしれない」ラリーがそういうと、ジュヌヴィエーヴの黒い目がラリーをにらみつけた。

下の階にいる記者団のことを思い出し、ラリーの弱い者いじめが無駄であることもわかっていたので、ミュリエルはドアを開け、ジュヌヴィエーヴを帰してやった。部屋のなかはミュリエルとラリーだけになり、外で続いているざわめきとは対照的に、奇妙な静けさに包まれていた。

「おれたちもスカージョンに行って、彼女の証言を取るべきだ」ラリーがいった。「ひと筋縄じゃいかないだろうが、宣誓のもとで嘘をつくような女だとは思わない。召喚状なしで彼女からなにか引き出せるとも思わないが」

「ルイサがいつもアーノを嫌ってたというくだりは記録に取っておいてもいいわね。できるだけアーノを嘘つきにさせなくちゃならないから」

「それについちゃ、さっきのきみは上出来だったよな」

ミュリエルはそのお世辞を笑顔で受け入れたが、法廷での派手な活躍ぶり以上に訴訟の勝利が大事だということはわかっていた。ほとんどの訴訟は、判事や陪審団の性格によってははじまる前から決まっているもので、ケントン・ハーロウ判事はその点、ミュリエルにとって心配の種だった。

「もしアーノ証言に信憑性ありとハーロウ判事が裁定したら――」ミュリエルはラリーにいった。「あたしはこの件にずっとかかりきりになるわ。タルマッジによると、もしこれが長引けば、ブライズ牧師は郡検事選挙にほかの候補を擁立しようとするだろうって」

「だれか黒人のやつをな」ラリーはいった。

「でしょうね」ミュリエルは答えたが、その予測にはうんざりだった。その手の闘いは好きになれない。とりわけ、人種差別主義者の郡検事候補と揶揄《やゆ》されるにちがいない闘いにおいては。

「それで、どうする？」ラリーが訊いてきた。

「それはあなたがわかってるでしょ。すぐに頭を働かせてちょうだい。アーノを灰にしてしまうか、あたしたちはしくじったんだといって、できるだけ早く出血を止めるかのどっちかよ」

「おれたちはなにもしくじっちゃいない。死刑を宣告されたやつは、いつだっておんなじ悪あがきをするのさ。アーノの話はでたらめだ。ミュリエル、きみだってわかってるだろう。おれはロミーを脅して自白させたわけじゃない。アーノにはあの地上の楽園《シャングリラ》だかなんだか知らないが、勝手にほざかせておけばいいのさ」

「あたしは選択肢をいってるだけよ」

「おまけに、タルマッジを悪くいうわけじゃないが、もしおれたちがのらくらしてると、ブライズ牧師がまたきみの解剖模型にひとつ穴を空けることになる。きみは選挙ポスターの校正をやめなくちゃならないかもしれないぞ」

「それならそれでいいわ」ミュリエルは即座に答えた。その口ぶりがあまりに挑戦的で、傲慢でさえあったため、ラリーが一瞬たじろいだのがわかった。こういう光景は、何年か前にもあったような気がする。ミュリエルはそのことに罪の意識を覚えた。しかも、ラリーにはまだ本心を口にしていなかったはずだ。先日ラリーに、普通の母親になる喜びと引きかえなら検事局での昇進を諦めてもいいといったし、その言葉に偽りはない。けれども、憧れていたものがどちらも手に入らないとしたら？　自分のことはよく知っている。仕事をそう簡単に諦めるつもりなどないのだ。

「ロミーが真犯人よ、ラリー。でもアーノのカヌーにいくつか穴を空けてやりましょう。あたしはジャクソン・エアーズをつかまえてアーノの甥と話をしてみるわ。それと、引き続きギャングの線を考えてみて。ギャングスター・アウトローズがアーノに、まだあたしたちがつかんでないなにかを約束してるかもしれない。それと、アーノが〈アイク〉で撃った男を探し出して。その男が、アーノのいい張ってる正当防衛なんてヨタ話を支持して歓迎するとはとても思えないから」

ラリーはその考えを気に入ってくれた。二人のあいだの平和は心地いい。

「会見の時間だわ。容赦はしないけど公正に徹するって感じに見える？」

ラリーは親指同士をくっつけて、そこにレンズがあるかのように人差し指を立てた。

「ばっちりだ」

ミュリエルは一瞬ラリーに微笑んだ。

「忘れてたわ。あなたと一緒に仕事をするのがどれだけ楽しいことか」

ドアを開けると、戸口にルイサの長女ダーラが寄りかかっていた。ミュリエルを見て跳ねるように戸口から離れると、ダーラはこう切り出した。

「ひとつ訊くのを忘れたんだけど、あれ、あたしたちに返してもらえんの？」

「あれって？」

ダーラはミュリエルがよほどの愚物であるかのように、若者らしい偏狭な目つきでにらんだ。

「カメオよ、ママのカメオ。証拠品のなかにあるんでしょ？　なにもかも終わって片づかないと返せないってモルトさんはいってたけど、あたしたち待ってるの、ずうっと。だって——」あれほど強がっていたダーラが、不意に傷心をあらわにし、それ以上言葉が出てこない。

けれどもミュリエルには、説明など必要なかった。ダーラがカメオをほしがるのは長女として当然の権利だからだ。自分と母親の絆であり、なかには生まれたばかりのころに撮られたダーラの写真も入っている。しかもルイサはそれを、文字どおり心臓《ハート》に重ねるようにして身につけていたのだ。ミュリエルのなかで、ダーラへの思いとは別に、怒りと不満が不意に湧きあがってきた。十年も経ったというのに、高貴な意図と欠陥だらけの機能を持つ法律は、母親を失った娘に、かけがえのない形見に触れる安らぎさえ与えてくれないのか。

ミュリエルはダーラを抱きしめ、この件を早く片づけることを誓うと、すぐさまエレベーターのほうへ大股で歩いていきながら、平静さを取り戻そうとした。激しい怒りは、カメラの前では逆効果だ。けれども、ダーラと話ができてよかった。自分の関心と決心の強さを再確認できたからだ。英国兵とインディアン、虐げる者と虐げられる者のゲームはもう飽き飽きした。被告側弁護人たちが栗鼠《スクィレル》のために森から飛び出してきて「ビッグニュースだ！」というのもうんざりだ。正義と平和を、それを受ける価値のある人々に与えずにおくのも忌々《いまいま》しい。もう期限はとっくに過ぎている。事件の期限も、裁判の期限も、そしてロミー・ギャンドルフ自身の命の期限も。

20

二〇〇一年六月十三日
スーザン

閉廷してすぐ、ジリアン・サリバンは最後列の席から扉の外へ滑り出て、すでに廊下を歩き出していた。ローヒールの靴が大理石の廊下にタップシューズのように鳴り響く。そのとき、背後で自分の名を呼ぶ声がした。長いこと重罪法廷の番記者をやっている、トリビューン紙のステュー・デュビンスキーだ。駆け足で追いついてきたせいで、息を切らしている。この男以上に会いたくない人間は、この世でわずかしかいない。

法廷内に入ることによってこういう事態に直面する危険があるとわかっていたからこそ、証言など聞かずに帰ろうと、一度ならず自分にいい聞かせたのだ。けれどもアーノの口から最後の言葉が出るまで、席に南京錠がかかっていたかのように動けなかった。背を向けて出ていきたいと何度思ったか知れないのに、いったいなにが留まるほうを選ばせたのだろう。後悔している過ちならたくさんある。ありすぎるほどだ。なのにどうしてこの訴訟だけに、自分はこんなにものめりこんでいるのか？　今朝は新聞を擦り切れるほど読んできた。昨夜もダフィーのテレビの前に坐り、ダフィーの馬なみの鼾《いびき》を聞きながら、深夜のニュースを食い入るように見た。すっかり憑《つ》かれていた。アーサーと一緒にラドヤードに行った日からずっと、気持ちがそうなっている。これもまた、いつも恥に飢えている良心の過剰行動なのだろうか？　それでも、自分を欺くことはもうできない。ここにある真実がなんであれ、それは自分に関するひとつの真実なのだ。

デュビンスキーの体型は、すでに肥満気味から肥満へと移っていた。何年か前に知っていた顔はそのままだけれど、締まりのない分厚い贅肉が弛《たる》みとなってあらわれている。この男はどうしても好きになれない。ほとんどすべての点で信用できないし、遅刻常習者で、事実の扱いがたまにいい加減、事実を集めるときの手抜きはしょっちゅうだ。デュビンスキーは数年前、裁判所の記者証を一時期取り消されたことがある。陪審員室のドアに耳を押しつけていたところを見つかったからだ。

ジリアンはデュビンスキーに、なぜ自分がここにいるのか手短かに説明した。けれどもデュビンスキーがジリアンのことを、ライバル紙にはないネタと見なしているのは明らかだった。デュビンスキーがジャケットのポケットからレコーダーを取り出したとき、本能がジリアンに告げた。デュビンスキーがあいかわらず記事のネタだとしたら、いまの仕事はじきに危うくなるだろう。今朝みたいに自分がこの男を追い払えば、向こうもますます強硬になってしまう。もう行かなくちゃいけないからと何度かいったものの、そのたびにデュビンスキーはあとひとつだけといって、なかなか質問をやめてくれなかった。しまいにはロミーの件から離れて、ジリアンの私生活について答えたくないことまで質問してくる始末だ。

「ここにいたのか」不意に男の声がして、しっかりと肘をつかまれた。アーサーだった。

「判事、いますぐここを出よう。ぼくの車で送っていくから。連絡があってね。依頼人が逮捕されたんで、彼女を保釈で出してやらなくちゃならないんだ」アーサーはジリアンを押すようにして廊下を進んだ。

デュビンスキーは追いかけてきたが、アーサーがいるおかげで関心の対象がジリアンからそれた。デュビンスキーは、ミュリエルが提起したほとんどすべての点に対してアーサーのコメントをほしがった。アーサーは途中で歩くのをやめ、凄《すご》んでデュビンスキーを追い返そうとしたが、結局デュビンスキーは、裁判所の向かいにある小さな駐車場の屋上階までついてきた。そこにアーサーの新しい車が待っていた。

「へえー、弁護士になってから羽振りがいいじゃないの」デュビンスキーはそういって、車のフェンダーを撫でた。

「この訴訟じゃ稼げないけどね」アーサーはきっぱりといってジリアンを助手席に乗せ、自分も運転席に乗りこんで、すぐさまランプを降りた。

「ありがとう。助かったわ」ジリアンは目を閉じて、ほっと胸を撫で下ろした。「デュビンスキーがたちの悪い人間になったのか、それともあたしがこういうことに適応できなくなってるだけなのかしら。ほんとは逮捕された依頼人なんていないんでしょ？」

「だといいんだけどね。姉さんなんだ」

「姉さんが！」

「いつものことさ。でも迎えに行かなくちゃ」

「当然よ。あたしは角で降ろしてくれればいいわ」

「行き先は？」

「いいのよアーサー、姉さんの世話をしてやって。あたし、夜はニアリングの店で働いてるの。バスに乗るわ」

「ぼくはウェストバンク二区署に行くんだ。このまま乗っていけばいいさ。向こうでバスをつかまえられるよ」

警察署まで車に乗せてもらっても、アーサーにそれほど迷惑がかかるとも思えないし、アーサーとのこともまだはっきりしていなかった。昨日の別れの気まずさをできればもとどおりに修復したいし、今日の手続きに対するアーサーの感想も知りたい。けれども、最初に口を切ったのはアーサーだった。アーノの証言をどう思ったか訊いてきたので、ジリアンは答えた。

「ミュリエルは相当なやり手ね。証言の疑わしさをいろんな点からあぶり出したわ」

「きみはアーノの話を信じたかい？」

そのことについてはあまり考えたことがなかった。信じるか信じないかは二の次に思えたし、自分が決めることではない、という思いもある。けれどもそれ以上に、法廷の光景そのものに強く魅せられた。刑を宣告されて以来、法廷には足を踏み入れたことがない。想像するのさえいやだったのに、今日その法廷が自分のなかで息を吹き返したのだ。検察官、弁護士、判事。法廷内の物音。あまりに現実に即しているため、劇場でのそれをはるかに凌駕《りょうが》する緊迫感。アーノが近づきつつあるみずからの死期について話したとき、それはまるで長く続く落雷の音のようだった。広い法廷内にオゾンの匂いがするんじゃないかとなかば思ったほどだ。

自分が羨《うらや》ましさを覚えていることにはそれほど驚かなかった。むしろ法廷にはずっと懐かしさを抱いていた。衝撃だったのは、それぞれの質問にこめられた計算や思惑《おもわく》、判事の返答の裏を読み取ろうとする努力、それらがいまだに手に取るようにわかったことだ。いまになってはじめて、自分がそういうものを毎晩夢想していたことに気づかされた。

「ほんというと、アーノを信じたいのかどうか自分でもわからないの。でもあなたの再直接尋問はかなりいい出来だと思ったわ。ミュリエルの反対尋問と同じくらい効果的だった」

「そんなことないよ」アーサーは口ではそういったものの、抑えきれない笑みがこぼれた。

ジリアンの言葉もお世辞ではなかった。アーサーは一流の腕前を披露したのだ。反対尋問は派手なパフォーマンスを必要とする。尋問者は不信の体現者となるからだ。しかし再直接尋問は、それ自体芸術的効果を持つと同時に、より緻密《ちみつ》でなければならない。弁護人が証人を、手に負えない子どもにそれとなくいうことをきかせる親のように、見えざる手でふたたび華やかな照明の下へ連れ戻さなければならないからである。

「この段階だと、アーノについてはまだ判断がつかないわ。彼の証言を補強できそう?」

「それがわからないんだ。なにしろ物的証拠がないからね。もしアーノがルイサを暴行したというんなら、陰毛や体液があってもいいのに、なんにもないときてる」

「なぜアーノがそれを否定してると思うの——性的暴行を?」

「きみと一緒にラドヤードに行った日から、検屍はまちがってるとアーノはいい続けてるんだ。そのことがアーノには重要なんじゃないかと思ってる。もしアーノが証拠にあわせて自分の証言をでっちあげるとすれば、最初から暴行についても認めてるはずだよ」

二人を乗せた車は、午後の緩やかな渋滞へとゆっくり向かっていた。ジリアンは思いに沈んだ。この段階で、有罪判決への疑いを訴えるだけでは、ロミーを死刑囚棟から解放することはできないだろう。十年もたったあとではあまりに遅すぎるからだ。けれども、ミュリエルがこの件をスポットライトの下から降ろしたいと思う可能性はある。

「ミュリエルのほうから取引を持ちかけてくるかもね」

「たとえば終身刑に引き下げるとか?　ロミーが無実だとしても?」

「あなたの依頼人はどういうかしら」

「終身刑を持ちかけるなんて、それじゃ神盟裁判と同じだよ。彼がもし真犯人ならその取引に飛びつくだろうし、無罪だとしても、生きたいがために取引を呑むに決まってる」

「彼に選ばせてやれば？」

　アーサーは首を横に振った。

「ぼくは彼を無罪にしたいんだ。いまはパメラと同じくらい真剣に思ってる」アーサーは子どものように小さくはにかんで、ジリアンを見やった。「こういうところが検察官よりいいところさ。検察官もたしかに正義を行なうよ。でもこんなふうじゃない。ぼくは全世界を相手にしなくちゃいけないんだ。今朝起きたときは、ここ何年ぶりかで疲れをまったく感じなかったよ」自分の感情を隠さないアーサーの顔に、輝くばかりの高揚感が過《よ》ぎった。

　ジリアンは微笑んだが、自分にはもう入っていく権利のないところへ足を踏み入れているのを、ふたたび感じていた。そこでアーサーの姉のことに水を向けてみた。アーサーはスーザンの病歴について、順を追って手短かに説明してくれた。その抑揚のない口ぶりは、無関心のあらわれというより、すべての希望が痛みによって打ち砕かれてしまったことによるものだ。話自体はありふれていた。精神の安定期、突発的な再発、入院、その繰り返し。スーザンは何度か家出したこともあった。そんなときアーサーと父親は、街に出て必死にスーザンを探し歩いた。最後に家出したとき、スーザンはフェニックスに姿をあらわしたが、スピードの常習者だった。統合失調症患者にとっては想像しうる最悪の事態だ。しかも妊娠三ヵ月。輝かしい未来を控えた美しい娘がいつか自分のもとに戻ってきてくれるだろうと希望を抱き続けていた父親にとって、周期的にやってくるスーザンの心の病は、とりわけ胸がつぶれる思いだっただろう。

「薬は効かないの？」

「よく効くよ。でもすぐに飲まなくなるんだ」

「どうして？」

「なかには副作用の強いものがあるからさ。身体が震えるんだ。頻脈だよ。首が片側に傾いで麻痺するんだ。姉さんをグループホームに預けてある理由のひとつは、週に一度、プロリキシンという精神安定剤を姉さんが打つところを確認できるからさ。ほんとはリスパダールのほうがいいんだけど、それだと毎日やらなきゃいけないから続かないんだよ。そっちのほうが落ち着くんだけどね。姉さんはいやがってるんだ。まあいろいろあるけど、姉さんにとって最悪なのは、薬をなにも飲んでないときに頭にあるものとくらべると、人生はなんともつまらないものかってことさ。IQが百六十五もあるんだ。頭のなかがどうなってるのか、ぼくには想像もつかない。でも鮮明で奔放で、刺激に満ちてるってのはわかる。あいかわらず天才だしね。姉さんにとって外の世界は中世と同じくらい離れてるけど、毎朝三紙は読んでるし、一度頭に入れたことは二度と忘れない」

スーザンの幼馴染みがいまや投資信託会社〈フォークス・ウォレン〉の上席副社長となっていて、スーザンに何年間か仕事を世話してくれていたのだという。キーパンチング、データの照合、各事業報告書の整理などだ。スーザンにはアナリストとしての才能が実際にあった。部屋にひとりきりで坐っている必要がなければ、あるいは年に二回病院送りにならなければ、年俸二十五万ドルは稼ぎ出せるかもしれない、とアーサーはいう。ところが実際には、突拍子もない行動がいつもスーザンを解雇へと追いやってしまうのだ。そのため、アーサーはスーザンの雇用主と、姉がトラブルを起こしてしまったときはすぐに警察に電話して連行してもらっていいという取り決めを交《か》わしてあった。アーサーにはウェストバンク二区署に巡査部長の古い友人がいる。パトカーを派遣する通信指令係、ヨギ・マービンだ。スーザンはたいてい警察を快く迎えた。自分を不当に扱った連中を制圧しにきたと確信しているからだ。

「おっと」警察署が近づいてきたとき、アーサーはつぶやいた。「噂をすればなんとやらだ」ウェストバンク二区署は、レンガで造った靴箱のような形をした機能的な現代建築だった。そのガラス扉の前で二人の女が口論している様子で、横に制服警官が一人立っている。アーサーはそのすぐ手前で車を停めると、運転席から飛び出した。ジリアンも車を降りて、ぴかぴかのフェンダーの横に立って待っていた。このままいるのと立ち去ってしまうのとではどちらが礼を失することになるのか、判断がつきかねたのだ。

「あたしには煙草が要《い》るのよ、バレリー」スーザンはいっていた。「煙草がなきゃいられないのはわかってるでしょ」

「もちろんわかってるわ」バレリーは答えた。「ロルフもそれはわかってる。だから、あたしたちはあなたから煙草を奪うつもりなんてないの」バレリーは、スーザンが住んでいるグループホームのソーシャルワーカーらしい。ソーシャルワーカーの一人がこっちに向かっているとアーサーがいっていたからだ。これまでの人生経験から判断すると、バレリーは修道女《シスター》だろう。スーザンを落ち着かせようとするときの忍耐強さは世間離れしているし、服装も修道服と変わらないほど垢抜けておらず、ズタ袋のようなジャンパースカートに厚ぼったい靴という格好だ。顔はまん丸で好感が持てるけれど、化粧品は、コールドクリームさえ何年もつけてないらしい。

「仕事中は吸うなといったわよね」スーザンはいった。「あたしがあなたの言葉を無視したと思って、それで煙草を奪ったんでしょ」

「スーザン、あたしがいまあなたと仕事してなかったのはわかってるでしょう。あたしがいってるのは、隣に喘息《ぜんそく》のロルフがいるんだから、あなたは規則に従ってラウンジで煙草を吸うべきだってことよ。あなたから煙草を奪おうなんてこれっぽっちも考えてないわ。ロルフだってそう」

「ロルフがあたしの煙草を取ったのはわかってるわ」

そこでアーサーが、自分が店に行ってスーザンの煙草をひと箱買ってこようかと申し出た。

「でも、ロルフが煙草を返してくれればすむことでしょ？　あたしはいま吸いたいの」

縁石に立つジリアンをちらっと見やって、アーサーがやれやれという顔をして見せた。オールダーソンを出所するとき、刑務所では日常茶飯事だった煙草をめぐる金切り声のやりとりを、二度と見たくないと思っていた。とっさに手がハンドバッグのなかに入る。

「一本あるわ」

するとスーザンは反射的に飛びのいて、両手で防御するような構えをした。ほんの数歩の距離にいたにもかかわらず、ジリアンに気づかなかったらしい。アーサーはジリアンを友だちだと紹介した。煙草をめぐるいい争いが終わってほしいというジリアンの願いはたちまち叶った。かわりにスーザンの疑念が、いまやジリアンに集中している。

「煙草を吸う友だちなんかいないくせに」スーザンはいった。アーサーにいっている言葉だが、顔はジリアンのほうへ戻すのではなく、バレリーのほうを向いている。

「ジリアンが煙草を持ってるのは見えるだろ」アーサーは諭《さと》した。

「あたしのことは友だちに紹介したくないんでしょ」

「紹介したくないのは、友だちが姉さんにやさしくないときだけさ」

「自分が統合失調症だと気づいてないと思ってるのね」

「姉さんが自分のことをちゃんとわかってるのは知ってるよ」

スーザンはジリアンのほうを見ないで煙草を受け取ったが、その口からはお礼の言葉が小さく洩れた。判事席に坐っていたとき、典型的な統合失調症の人間を何人か見てきた。オールダーソンでも、明らかに統合失調症にかかっていて、刑務所より病院に収容すべきだという女が少なくとも六人はいた。そのときの経験からすると、スーザンの外見には目を瞠《みは》るものがあった。ジーンズとTシャツ姿で、まるで買い物途中の郊外の主婦といった感じだ。ぽっちゃりと太って青白く、意外なほど清潔で、短く刈りこんだ髪には、白髪がだいぶ混じっている。歳は四十代前半だろう。均整の取れた顔立ちで、人目を引くほどの美人だ。けれども中身は外見と完全に遊離している。煙草を受け取るときも、その手をまるで『オズの魔法使い』に出てくるブリキ男のようにまっすぐ突き出していた。目に光がなく、顔がこわばっているのは、ごく普通の感情が防御不能な危険をもたらすことを知っているからだ。

「この人、精神科医？」スーザンはアーサーに訊いた。

「いいや」

スーザンは瞼《まぶた》を痙攣《けいれん》させた。話しはじめる前にかならずぴくっと慄《ふる》えている。明るい色の目が、ほんの一瞬だけジリアンのほうを見た。

「あなたは〈服従者〉でしょう」

「えっ？」ジリアンはアーサーに助けを求めた。アーサーの顔には苦痛が浮かんでいる。スーザンの造語だよ、とアーサーは説明した。薬物療法を拒む統合失調症患者は、たいてい〈服従〉したがらないんだ。ジリアンは自分がなんと思われているのか、一瞬わからなかった。

「あなたとバレリーはいつもあたしを、回復した人と会わせようとするんだから」スーザンはいった。

「それが姉さんの助けになると思ってるからさ。だけど、ジリアンはそういう人じゃないよ」

スーザンはポケットからマッチを取り出し、持っていた煙草に火をつけて、自分の煙に片方の目をつぶった。独断的な口調とはうらはらに、スーザンは話の合間にそわそわと目を動かし、びくついている。

「あなたがジリアン・サリバンじゃないのはわかってるわ」

「あたしがジリアンじゃない？」考えるより先に、口をついて出た。

「元判事ジリアン・サリバンは、いま刑務所にいるはずよ」

新聞で一度読んだことは忘れないとアーサーがいっていたのは、本当だった。

「数ヵ月前に釈放されたの」

スーザンは答えるかわりに一歩前に出ると、近づけすぎるほど顔を近づけ、サーチライトのようにまわしながら、ジリアンをじろじろながめはじめた。

「薬はなにを？」

アーサーがスーザンの腕をつかんだが、スーザンはその手を振りほどいた。

「パキシルよ」ジリアンは答えた。

「あたしも」スーザンは答えた。「でも神経弛緩《しかん》剤は？　抗幻覚剤は？」ジリアンがためらっていると、スーザンはきっぱりと首を振った。「あなたもあっちの世界に行ってたんでしょ。あたしにはわかるわ」

精神のおかしさを理解しないふりをしている人々は、あくまでもふりをしているだけだ。スーザンのいうとおりだった。ジリアンはまともではなかったのだ。スーザンとはちがった意味で。ほとんどの人が子どものころに谷を渡り、自分だけの神話をほかのみんなと共通の神話へと変えていくけれど、その谷を越えられなかったのがスーザンだ。一方ジリアンの場合は、現実からの逃避だった。自分でもそのことはわかっている。以前は判事席から悪行に対して厳しい結果が下される世界について語ったが、その後はヘロインの恍惚《こうこつ》のなかで、勇気と不撓不屈《ふとうふくつ》の妄想を育《はぐく》むようになった。ヘロインで朦朧《もうろう》とする前の一瞬はいつも、子どものころ人形で遊んだときと同じ絶対的な支配力を覚えた。そんな自分に、スーザンより勝《まさ》るところなどなにもない。

「ええ、そうよ」ジリアンは答えた。

「あたしわかっちゃうの」ベティ・デイビスばりのいらついた傲慢な態度で、スーザンは煙草の煙を吐いた。「でも理解できないわ、あなたがどうしてジリアン・サリバンと名乗るのか」

　アーサーはポイントを稼ごうとして、何年か前に自分もジリアン・サリバン判事の法廷に任命されたことを、スーザンに話した。

「覚えてるわよ、もちろん。あなたはジリアンに首っ丈だった。三週間ごとにちがう女の人を好きになるのよね」

「ありがたいね、よけいなことをいってくれて」

「だってそうでしょ。なのにどの女性《ひと》からも愛してもらえない」

　到着してすぐ疲れた顔をしていたアーサーは、一瞬へこんだ様子で、なにもかも投げやりになったような感じだった。

「あたしのせいじゃないわよ」

「そんなふうに思っちゃいないさ」

「こんな姉の世話をしなくてもよかったら、なにもかもバッチリうまくいくのにって思ってるでしょ」

「突っかかるのはやめてくれると助かるんだけどな。ぼくが姉さんを愛していて、力になろうとしてるのはわかってるはずだよ。もうオフィスに戻らなくちゃ。裁判があるんだ。あの訴訟の話はしたよね。死刑を宣告された男の」

「その人を刑務所から出してやるつもり？」

「できれば」

「この人も刑務所から出してやったの？」

「この人は刑を務めあげたんだ」

「あたしに見せるためにこの人を刑務所から出したんじゃない？　この人はなにをもらうの？」

「じつをいうとあたしの場合、もらうのを止《や》めたことでよくなったの」

ここまで上出来だったことに気をよくして、ジリアンは自分の意見が役に立つだろうとすっかり思いこんでいた。けれどもそれは大きなまちがいだとわかった。スーザンはいきなりふっくらした両手を振りまわし、激しい気性をあらわにしたのだ。

「あたしもあいつらにずっとそれをいってるのよ！　止めさせてくれれば、あたしはもとに戻るのよ。もとに戻るってわかってるの！　この人だってもとに戻って、なにももらってないんだから」

「姉さん、ジリアンは刑務所にいたんだ。病院じゃない。刑を務めあげたのさ。いまは自分の人生をやり直そうとしているところだ」

「あたしにもそうしてほしいんでしょ」

アーサーはここで言葉に詰まった。べつに折れたわけではなく、どうやらここ何年かで彼が学び取ったのは、これ以上スーザンにポイントをくれてやったらますます彼女をつけあがらせるだけだ、ということらしい。

「そう願いたいね。でも、自分にとってちゃんと意味のあることをやるべきだと思うよ」

「あたしはよくなりたいの。わかってるでしょ？」

「もちろん」

「だったらこの人をまた連れてきて」

「ジリアンを？」

「名前はどうでもいいわ。とにかく火曜日にこの人を連れてきて。三人で会いたいから」

アーサーははじめて警戒をあらわにした。

「ジリアンは火曜の夜は都合がつかないと思う。火曜は仕事だよね？」

ジリアンは自分に向けられたその質問の真意を汲み取ろうと、アーサーの顔を見つめた。が、本気で訊いているらしい。ジリアンは慎重に首を横に振った。

「あたしにこの人を近づけたくないってわけね」スーザンがいった。

「そっちこそ、協力する気があるんならそれらしくしたらいいじゃないか」

「なんで火曜日にこの人を連れてきてくれないの？　あたしの力になりたいなんてほんとは思ってないんでしょ。あなたはあたしをずっとこういう目にあわせたがってる。でもこの人はそうじゃない。だからあたしにこの人と話をさせたくないんだわ」

「そんなふうに突っかかったりしない姉さんのほうが好きだな。バレリーと一緒にホームに帰ったらどうだい？」

スーザンはまだ怒っている様子で、アーサーはあたしをジリアンから遠ざけようとしてるといい募った。もちろんアーサーがそのつもりであることは、ジリアンにもわかっている。けれどもそれはスーザンを傷つけるためというより、ジリアンのためを考えてのことなのだ。火曜日になんの意味があるにしろ、そのときにまた来てもいいといいそうになったけれど、力になろうとしたときのこれまでの予想外の結果を思うと、ためらわれた。

そのかわりアーサーが折れて、考えてみようとスーザンにいった。スーザンは一瞬黙りこんだが、感情の安定に向かうのを拒絶するのが手に取るようにわかった。

「この人が来ないのはわかってるわ」

「よせよ、姉さん」アーサーはいった。「もうたくさんだ。煙草はもらっただろう。ジリアンのことだって、考えてみるといったじゃないか。さあ、バレリーと一緒に帰りなよ」

さらに数分ほどかかったが、結局スーザンとバレリーは、グループホームであるフランツセンターの白いバンに乗りこんでくれた。スーザンは、ジリアンが本当はだれなのか絶対に突き止めるからといい残して、去っていった。バンが見えなくなってすぐ、アーサーは平謝りに謝った。まずはずっと横に立っていた警官に、つぎにジリアンに。スーザンはひとつのことがおかしくなると——今日はそれが煙草だった——全体の足場が音を立てて崩れてしまうのだという。

「ううん、なんにも謝ることなんかないわ。でも火曜日って、なにか大事なことでもあるの？」

「ああ。火曜日は注射を打つ日なんだ。そのあとアパートメントに行くんだよ。もとは父さんのアパートメントだけど、いまはぼくがそこに住んでる。おもにスーザンのためにね。一緒に夕食を作るんだ。とくに父さんが亡くなってからは、それが大きな行事になってるのさ。三人のほうがいいとスーザンがいってたのは、そういう意味だと思うよ」

「あたし、行ってもいいわよ。彼女にとってそんなに大切なことなら」

「無理にとはいわないよ。それに率直にいって、きみが来てもスーザンはきみになんの関心も示さないと思う。経験からわかるんだ。スーザンにとっては外の世界のことは連続性がないんだよ、連続性があるのは頭の中の混乱だけさ」

アーサーは、ショッピング街まですぐだから車で送ってあげようといった。いったんは遠慮したものの、もう五時近かったので、結局乗せてもらうことにした。警察署の駐車場を急いで出ながら、スーザンが回復の話をするということはいい兆候なのかどうか訊いてみた。

「姉さんとの会話はどれも回復に関することさ。それがもう三十年近く続いてる」

三十年。その間に姉に注がれた膨大なエネルギーを思うと、ジリアンはまたアーサーに対して深い感銘を覚えずにいられなかった。自分だったら、ずっと前に疲れ切っていただろう。

「信じてもらえないだろうけど、姉さんはほんとはきみを気に入ったんだと思う。いつもはそこに人がいないような態度を取るのが普通だからね。刑務所から出てきたってことが――説明するまでもないと思うけど、姉さんの興味を引いたんだよ。でも姉さんが侮辱するようなことをいったのはすまないと思ってる」

「侮辱だなんてとんでもないわ。いってることが正確すぎるだけ」

アーサーはその言葉をどう解釈したものか迷っているらしく、車のなかの音が一瞬、カーラジオから聞こえてくるおしゃべりだけになった。そのことを考えただけで、ジリアンはなんとなく楽しくなってきた。きみとは共通する部分があるとアーサーはしょっちゅう口にするけれど、非凡な容貌と知性に恵まれながら、不可思議な内面の衝動によってずたずたに引き裂かれた女という共通項をジリアンと共有しているのは彼の姉であって、彼ではない。

「スーザンって、あなたがいってたように頭が切れるのね」ジリアンはいった。「まるでナイフみたい」

「ぼくはその鋭いナイフで刺されたようなもんさ」アーサーは息を吐くと、おどけてスーツジャケットの心臓の上を手で押さえて見せた。どの言葉がその鋭いナイフだったかは、訊くまでもない。〝なのにどの女性《ひと》からも愛してもらえない〟だ。アーサー・レイヴンの人生を広範囲におおう挫折の翳《かげ》を、またしても見た気がした。

車がショッピング街に着いた。アーサーは高級セダンを車寄せに入れてぐるりとまわり、

〈モートン〉の正面で停めてくれた。けれどもジリアンは降りるのがためらわれた。アーサーをこれ以上苦しませたりせず、昨日センターシティの店の前で会ったあとに考えた慰めを口にしたほうがいいと思えてきたのだ。

「アーサー、つらい話を蒸し返すつもりはないんだけど、もう一言だけいわせて。昨日別れたとき、あたしがあなたを拒否したように受け取られたんじゃないかと思って、気分が重かったの。でもはっきりいうけど、あれは個人的にどうこうってわけじゃないのよ」

アーサーはたじろいだ。

「いいや、あれは個人的だったよ。むしろきわめて個人的だったといってもいい。ほかにどう呼べるんだい？」

「あなたには現実が見えてないのよ」

「いいかい」アーサーはジリアンを見つめた。「きみにはノーという権利がある。だから申し訳ないだなんて思わないでくれ。この世には、できればぼくと一緒にいるのを見られたくないって女性がうじゃうじゃいるんだから」

「アーサー！　そういう問題じゃないんだってば」そのいい方には、自分でも予想外の力がこもっていた。たしかにアーサーはプリンス・チャーミングではないけれど、ジリアンはもともと、美は女のものという古い信念の持ち主だ。本当のことをいえば、外見より彼の身長のほうが気になった。ジリアンがローヒールをはいていても、アーサーの背丈は十センチから十二センチ低いのだ。それでもアーサーと一緒にいると楽しかった。いつも思うことだけれど、アーサーは自分の衝動を完全に制御している。息を止められないのと同じように、皿の上に豆を積みあげる作業をやめることができないが、彼は自分のそういうところをちゃんとわかっているのだ。そういうものの見方、自分自身の受け入れ方とさえいってもいいものが、ジリアンには魅力的に感じられた。それればかりか、正しいことに向かって突き進む手腕にも惹かれるものがある。加えて、姉スーザンの病に対して挫折も動揺もしないその姿は、いままで彼に対して持っていた印象を大きく変えることになった。むしろ問題なのはアーサーではなく、自分自身だ。

「アーサー、はっきりいうけど、あなたはあたしと一緒にいるところを見られないほうがいいと思うの」

「きみがもともとこの件に関わってたから?」

「あなたは仕事上、尊敬が不可欠な社会にいるわ。そのなかで汚点になるからよ」ジリアンはアーサーをじっと見つめた。「そしたらどうなると思う? ディナーやダンスは? 法律事務所のカクテルパーティは? あなたの経歴を汚した元被告のおばさんとつきあってるあなたを見て、パートナーたちはきっと眉をひそめるにちがいないわ」

「じゃあ映画は?」アーサーは唐突にいった。「暗いから、だれにも見られない」顔はもちろん笑っていたけれど、アーサーがこの会話にうんざりしているのはすぐに明らかとなった。「ジリアン、きみはぼくがやさしいからと何度もいって、そのお返しをしようとしてくれてる。けどぼくら二人とも、これが直感の問題だってのはほぼわかってるんだ。それにぼくには、直感がきみになにを告げてるかもよくわかってるつもりだよ」

「いいえ、アーサー、これっきりしかいわないけど、そんなことじゃないの。あなたはほんとにやさしい人よ。そしてどちらかというとやさしさは、あたしの世界では供給不足だわ。でもね、きっとあたしがあなたを利用することになって、あなたのほうは自分にふさわしいものを手に入れないってことになると思うの。あなたにかぎらず、だれでもそう」

「その答えをノーと受け取るよ。べつに悪く思うつもりはないから。この問題はもともとなかったことにしよう。ぼくらは友だちだ」アーサーは隣のボタンを押してドアロックを解除し、精一杯明るい作り笑いを浮かべた。そしてもう一度、握手の手を差し出した。ジリアンは無性に腹が立って、その手を握らなかった。このままだとアーサーは、握手を拒絶されて深く傷ついたとしか思わないだろう。

「それじゃ、火曜にディナーね」ジリアンはいった。「何時？　どこで待ちあわせる？」

　アーサーの柔らかな口もとが、わずかに開いた。

「その必要はないよ。姉さんのほうはなんとかなる。どのみち、姉さんが癇癪《かんしゃく》をぶつける相手を増やすことになったら悪いしね。そこまできみに甘えるわけにはいかない」

「なにいってるの」ジリアンは車を降りて縁石に立つと、薄暗い車のなかに身をかがめた。

アーサーがまごついた顔でこちらを見ている。「あたしたち、友だちでしょ」ジリアンはそういうと、思い切りよくドアを閉めた。

（下巻につづく）

|著者|スコット・トゥロー　1949年、シカゴ生まれ。スタンフォード大学大学院で創作を学び、同校の講師を務めた後に法律の分野を志す。ハーヴァード・ロー・スクールを卒業、シカゴ地区の連邦検察局に検事補として在職中の'87年『推定無罪』を発表、世界的なベストセラーとなる。同書はCWAシルヴァー・ダガー賞を受賞。現在も、シカゴで法律事務所のパートナー弁護士を務めながら、執筆を行う。重厚で魅力的な人物造型、読み応えあるストーリー展開は、他のリーガル・サスペンス作品の追随を許さない。著書に『立証責任』『有罪答弁』『われらが父たちの掟』（すべて文春文庫）など。

|訳者|佐藤耕士　1958年生まれ。上智大学文学部英文科卒業。コーベン『唇を閉ざせ』（講談社文庫）、カーニック『殺す警官』（新潮文庫）、ペレケーノス『俺たちの日』『終わりなき孤独』（以上、ハヤカワ・ミステリ文庫）、ホイッティントン『殺人の代償』（扶桑社ミステリー）など訳書多数。

死刑判決《しけいはんけつ》（上）

スコット・トゥロー｜佐藤耕士《さとうこうじ》 訳

講談社文庫

定価はカバーに表示してあります

2004年10月15日第1刷発行

発行者——野間佐和子

発行所——株式会社　講談社

東京都文京区音羽2-12-21　〒112-8001

電話　出版部（03）5395-3510

販売部（03）5395-5817

業務部（03）5395-3615

Printed in Japan

デザイン—菊地信義

製版——豊国印刷株式会社

印刷——豊国印刷株式会社

製本——株式会社大進堂

落丁本・乱丁本は購入書店名を明記のうえ、小社書籍業務部あてにお送りください。送料は小社負担にてお取替えします。なお、この本の内容についてのお問い合わせは文庫出版部あてにお願いいたします。

ISBN4-06-274866-5

講談社文庫刊行の辞

二十一世紀の到来を目睫に望みながら、われわれはいま、人類史上かつて例を見ない巨大な転換期をむかえようとしている。

世界も、日本も、激動の予兆に対する期待とおののきを内に蔵して、未知の時代に歩み入ろうとしている。このときにあたり、創業の人野間清治の「ナショナル・エデュケイター」への志を現代に甦らせようと意図して、われわれはここに古今の文芸作品はいうまでもなく、ひろく人文・社会・自然の諸科学から東西の名著を網羅する、新しい綜合文庫の発刊を決意した。

激動の転換期はまた断絶の時代である。われわれは戦後二十五年間の出版文化のありかたへの深い反省をこめて、この断絶の時代にあえて人間的な持続を求めようとする。いたずらに浮薄な商業主義のあだ花を追い求めることなく、長期にわたって良書に生命をあたえようとつとめるところにしか、今後の出版文化の真の繁栄はあり得ないと信じるからである。

同時にわれわれはこの綜合文庫の刊行を通じて、人文・社会・自然の諸科学が、結局人間の学にほかならないことを立証しようと願っている。かつて知識とは、「汝自身を知る」ことにつきていた。現代社会の瑣末な情報の氾濫のなかから、力強い知識の源泉を掘り起し、技術文明のただなかに、生きた人間の姿を復活させること。それこそわれわれの切なる希求である。

われわれは権威に盲従せず、俗流に媚びることなく、渾然一体となって日本の「草の根」をかたちづくる若く新しい世代の人々に、心をこめてこの新しい綜合文庫をおくり届けたい。それは知識の泉であるとともに感受性のふるさとであり、もっとも有機的に組織され、社会に開かれた万人のための大学をめざしている。大方の支援と協力を衷心より切望してやまない。

一九七一年七月

野間省一